戦《いくさ》百景

関ヶ原の戦い

矢野 隆

講談社

関ヶ原の戦い
布陣図
〈慶長5年(1600年)9月15日〉
菩提
岩手
漆原
府中
伊吹
下町
有馬豊氏
山内一豊
中山道
家康麾下
野上
池田輝政
金蓮寺
浅野幸長
徳川家康(30,000)
桃配山
宮代
南宮神社
吉川広家
安国寺恵瓊
南宮山
毛利秀元
長束正家
長宗我部盛親
北
上野
二又
山村
0
1
2km
東軍
西軍
叛応軍
内応軍
カッコ内は兵数

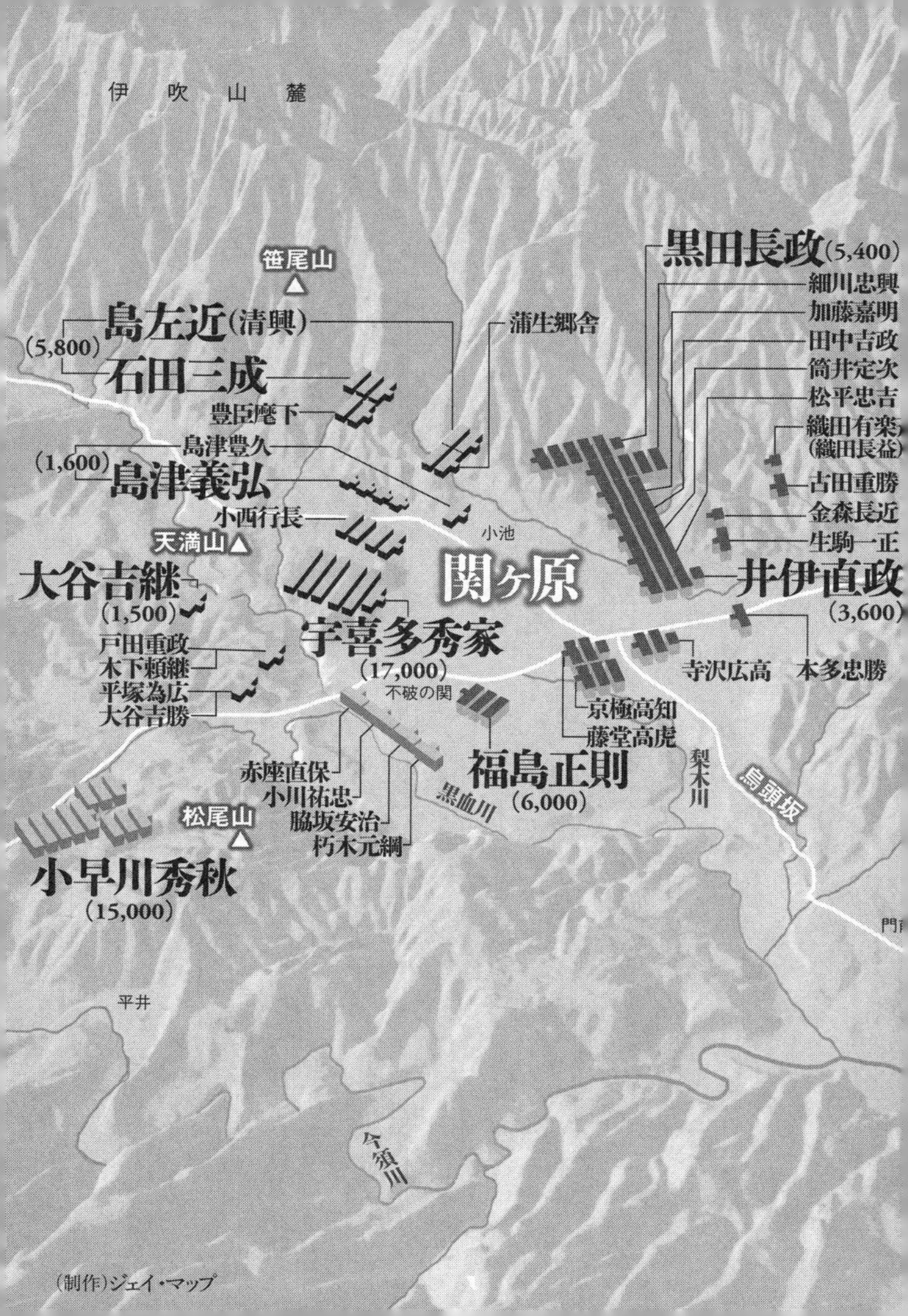

伊吹山麓
黒田長政(5,400)
細川忠興
加藤嘉明
田中吉政
筒井定次
松平忠吉
織田有楽
(織田長益)
古田重勝
金森長近
生駒一正
井伊直政
(3,600)
寺沢広高
本多忠勝
笹尾山
島左近(清興)
(5,800)
石田三成
蒲生郷舎
豊臣麾下
島津豊久
(1,600)
島津義弘
小西行長
小池
天満山
関ヶ原
大谷吉継
(1,500)
宇喜多秀家
(17,000)
戸田重政
木下頼継
平塚為広
大谷吉勝
不破の関
京極高知
藤堂高虎
福島正則
(6,000)
梨木川
烏頭坂
赤座直保
小川祐忠
脇坂安治
朽木元綱
黒血川
松尾山
小早川秀秋
(15,000)
平井
今須川

(制作)ジェイ・マップ

戦《いくさ》百景

目次

戦《いくさ》百景
関ヶ原の戦い

序

来た。

あの男が。

石田治部少輔三成《いしだじぶしょうゆうみつなり》は、仄《ほの》かに灯《とも》る明かりを見つめ拳《こぶし》を握りしめる。秋の盛りの涼やかな風に晒《さら》されてもなお、掌中は熱い汗で濡《ぬ》れていた。

窓外から流れてくる雨の匂いに、泥《どろ》臭さが混じっている。湿った土のなんともいえぬごろりとした匂いを嗅《か》ぐと、昔を思い出す。

近江《おうみ》、観音寺《かんのんじ》。

土豪の次男として生まれた三成は、この寺に預けられていた。家督は兄が継ぐ。兄が嫡男を得ぬまま死にでもしないかぎりは、役には立たぬ身である。石田家にとって三成は、火急の事態に対する備えでしかなかった。

継いだとしても大した家ではない。猫の額ほどの領地を守るだけに汲々《きゅうきゅう》としている田舎《いなか》の土豪である。父も兄も、侍働きの無い時は鋤鍬《すきくわ》を担いで土と戯《たわむ》れていた。土豪は土とともに生きる。

観音寺の小僧であった頃の三成は、ゆくゆくは己も父や兄とともに、土と戯れ生きるのだと漠然と思っていた。

それがどうだ……。

稲が植わる前の泥田を彷彿《ほうふつ》とさせる臭気を追い払うように、三成は鼻から大きく息を吐いた。

眼前の灯明《とうみょう》が風にあおられ右に左に激しく揺れている。

近江佐和山《さわやま》十九万四千石、それが今の三成の領国であった。田舎土豪の次男坊とは思えぬ大出世である。

我ながら、よくぞここまでと思う。出来過ぎだ。

灯火を睨《にら》む三成の口許が微笑に歪《ゆが》む。寺の小僧をしていた頃には思いもよらなかった、今の境遇に恐ろしさすら覚える。

十九万四千石の主である三成が相対しているのは、関東二百四十二万石、日ノ本一の大大名なのだ。この国に並び立つ者のいない男に、三成は互角の勝負を挑んでいる。いや、兵の数ならば、味方の方が勝っていた。

日ノ本の侍たちを二つに分けた大戦の只中にいる。そしてその大戦の一方の立役者こそ、三成自身なのであった。

我が方は八万二千、敵は七万四千。総勢十五万を超す軍勢が、三成の籠《こも》る大垣《おおがき》城の周辺に集《つど》っている。

ふた月前に大坂で挙兵してからというもの、三成はこの時をただひたすらに待った。敵味方の将兵がこの場に集うこの時を。

そして今日、あの男がついに現れた。

徳川家康《とくがわいえやす》。

関東二百四十二万石を領する日ノ本一の大名であり、三成の主が死のその瞬間まで恐れた男だ。

「殿」

「左近《さこん》か」

部屋の外から呼びかけられ、三成は声の主の名を呼んだ。すると唐紙《からかみ》のむこうの気配は、するりと室内に入ると三成の背後に静かに近寄り、嫌悪を抱かぬぎりぎりの間合いを保ったところで止まった。

「どうした」

背後の気配に目をやらず、揺れる炎を見つめたまま問うた。

「草よりの報せにござりまする」

「申せ」

「杭瀬川《くいせ》での小競り合いの後、岡山《おかやま》の本陣に諸将を呼び寄せた家康は、早暁《そうぎょう》この大垣の城を捨て置き、国境《くにざかい》を越え、佐和山城を攻めると申したとのこと」

「真《まこと》か」

左近がうなずいたのを背中で悟る。

「複数の草からの報せにござりますれば、まず疑いはないかと。家康の下知を受けた諸将はみずからの陣に戻り支度を急がせており、敵が動くことは間違いありませぬ」

「この城を捨て置くか」

三成の口許の笑みが強張《こわば》った。

「いかがなさりまするか」

主の緊張を気取っているのであろう。問う左近の声に厳しさが宿る。この決断が、以降の趨勢《すうせい》を決するのだと、有能な腹心は言外に告げていた。

わかっている。

三成はちいさくうなずき、腰を上げた。

「敵がこの城を捨て置くならば、我等がここに留まる理由もない」

振り返りながら左近に言葉を投げる。胡坐《あぐら》のまま見上げる腹心の眼に不敵な輝きがあった。

「退きまするか、佐和山まで」

首を左右に振る。

「全軍で西にむかう」

「では」

「迎え撃つのよ」

大坂で挙兵した時から腹は決まっていた。

この戦で雌雄を決するのだ。

主がこの世で最も恐れた男。家康を滅ぼさなければ豊臣家の命運は尽きる。

殺《や》らねばならぬ。

そのための策はすべて講じてきた。

八万二千対七万四千。

野戦であっても敗れる訳はない。

「何処《いずこ》へ」

問う左近を見ずに、三成は雨の匂いに混じる泥を吸い込み腹に収め、気迫とともに吐き出した。

「関《せき》ヶ原《はら》だ」

＊

「息子が生きておれば斯様《かよう》な苦労をいたさぬものを」

鈍い痛みを発する腰を拳の裏で叩《たた》きながら、徳川内大臣家康は溜息混じりの声を吐いた。

「秀忠《ひでただ》公は必ず参ります」

かたわらで聞いていた本多《ほんだ》中務大輔《なかつかさのたいふ》忠勝《ただかつ》が、ざらついた声で答えるのを耳にしつつ、家康はぞんざいに鼻で笑う。

「その息子のことを言うておるのではないわ」

「信康《のぶやす》殿にござりまするな」

眉《まゆ》を八の字にして首を傾《かし》げる忠勝の隣で、井伊《いい》侍従《じじゅう》直政《なおまさ》が静やかに言った。深紅の鎧《よろい》に身を包んだ直政と、漆黒《しっこく》の鎧の忠勝は灯明のなかでもひときわ目を引く。徳川家の武勇を支える二人の猛将を背後に控え、家康は美濃《みの》岡山の本陣で雨を眺《なが》めていた。

「明日は信康の命日ぞ」

九月十五日は、嫡男であった信康の命日である。旧主、今川義元《いまがわよしもと》の姪の子である信康は、その頃の家康の同盟相手であった信長《のぶなが》に謀反《むほん》の疑いをかけられた。疑われた信康は、信長に切腹を命じられた。

長篠《ながしの》にて武田《たけだ》を破り、中国の毛利《もうり》、北陸の上杉《うえすぎ》、関東にまで手を伸ばし、権勢並ぶ者無しであった信長に逆らえるはずもなく、家康は息子の処断を家臣に命じた。

信康を殺したのは己だ。

二十一年経《た》った今でも、家康の心の奥には、息子を殺したという事実が、どす黒い滓《おり》となって残っている。

「息子が生きておれば四十二か」

すでに家督を譲っていてもおかしくはない。

「動きまするかな敵は」

湿っぽい話が嫌いな忠勝が、咳払《せきばら》いをひとつして話を逸《そ》らした。亡き者のことを想ってても仕方がないと、言っているのだ。徳川随一の武人らしい。家康は武骨な臣の顔を見ず黒雲を眺めて笑う。

夕刻から降り出した雨は、夜になっても止まなかった。弱い雨である。笠《かさ》など無くとも困ることはない。本陣のいたるところに置かれた篝火《かがりび》の炎が、雨粒にも負けずに燃え盛っている。

「肝《きも》の細い三成めのこと。必ずや動きましょう」

主が答えるつもりがないことを悟った直政が張りのある声で言った。忠勝と直政は、軍監として家康よりも先に美濃に入っている。徳川に与《くみ》する諸将による岐阜城攻めの折も、皆とともに戦っている。

長年の朋友の言葉に、忠勝が乗った。

「我等が大垣城を望む赤坂《あかさか》に布陣し、関ヶ原に火を放った時も、己が城可愛さに将兵のことごとくを大垣に残し、単身佐和山へとむかったそうではないか」

「結局、あの男は我が身が可愛いのよ。知恵は回るが、戦《いくさ》の大局は見えておらん」

腹心が二人して大笑する。

「戦の大局が見えぬか……」

降り続ける雨を茫洋《ぼうよう》たる眼差しで眺めながら、家康は腰骨の突き出た辺《あた》りを拳の裏で強く叩いた。激しく打たれて痛みが散じる。しかし散った痛みは、じわじわと四方から集まって腰と背骨の付け根あたりにふたたび留まって家康をさいなむ。

三成は本当に戦の大局が読めぬ男なのか。そんな男が諸将をそそのかし、八万を超す軍勢を集めたというのか。

「あの若僧を侮《あなど》っておると、痛い目を見るぞ」

主の険しい声に、二人の笑い声が止《や》む。

餌《えさ》は撒《ま》いた。

明日、徳川勢は大垣城を捨て置き、佐和山城を攻めるという虚報を、方々でばら撒いた。敵の草が聞いていれば、すでに大垣に籠る三成の耳にも入っているはずだ。

悠長に構えてはいられなかった。時が過ぎれば、大坂がどう動くかわからない。今は静観を決め込んでいる豊臣《とよとみ》家が、三成に加担すれば、今は家康に従っている豊臣恩顧の大名たちのなかに裏切り者が続出する。

野戦あるのみ。

家康の腹は江戸を出る時に決まっていた。

「殿ぉっ！」

部屋に駆けこんで来た若者は、本多《ほんだ》上野介正純《こうずけのすけまさずみ》である。正純の父である佐渡守正信《さどのかみまさのぶ》は、家康長年の策謀の友だ。正信は今、家康の息子、秀忠とともに中山道《なかせんどう》を駆けている。

「どうした正純」

忠勝が声をかけた。肩で息をする正純の姿に、直政も目を見開いている。

「動いたか」

家康は策謀の友の子に声をかける。すると正純は頭を激しく上下に揺らした。

「敵は城を捨て、関ヶ原方面へむけて進軍をはじめておりまする」

「良しっ！」

両手をしたたかに合わせ、家康は叫んで天を仰いだ。

「信康が敵を動かしてくれたわっ！」

「殿っ」

漆黒の天に手を合わせた家康は、呼びかける忠勝へと振り返り胸を張った。

「我等も動くぞっ！」

関ヶ原。

日ノ本の帰趨《きすう》を決する大戦が目前に迫っていた。

壱　石田治部少輔三成

「儂《わし》はやる。儂はやるぞ、見ておれ佐吉《さきち》」

己が肩を力強く握り、激しく上下に揺さぶる小男のぎらついた顔を前に、石田三成は何度もうなずく。

目頭《めがしら》のあたりに熱い物がたぎっている。柄にもないと思いながらもどうしようもない。小男の熱を帯びた視線で射竦《いすく》められていると、胸が締め付けられ、言葉を吐こうとするだけで涙が零れ落ちそうになるのだ。

小男は主である。

羽柴筑前守秀吉《はしばちくぜんのかみひでよし》というのが主の名だ。そのまた主からは、禿鼠《はげねずみ》と呼ばれている。その仇名《あだな》を頭に思い浮かべる度に、三成は言い得て妙だと思い、主のそのまた主の言葉選びに心底から感心するのであった。

秀吉はまさに禿げた鼠である。むくつけき侍たちのなかでひときわ小さい体に、卑屈なほどに矮小《わいしょう》な頭が乗っている。その小さな顔に生えた目鼻がやけに脂《あぶら》っこい。頭の半分ほどもあろうかという大きな目から放たれる光は、常人のそれとは一線を画していて、正面からぎらぎらとした視線に射竦められると、ほとんどの者が言葉を無くして息を呑む。緊張して固まると同時に、薄い唇の隙間《すきま》からのぞく二本の黄色い前歯を露《あら》わにし、顔をくしゃくしゃにして笑うと、誰でもたちまちこの男の虜《とりこ》になる。瞳の力で魂を捉えられ、懐《ふところ》を開ききった満面の笑みで心を奪う。

主の鼠のごとき顔には、抗《あらが》い切れぬ魔力が宿っていた。

三成も、その魔力に魅入られた一人である。

「御主だけが頼りじゃ……。官兵衛《かんべえ》も御主しかおらぬと申しておる」

官兵衛。

秀吉が心から信頼している策謀の友である。羽柴家の与力であるが、二人の関係は主従というよりも、志を一にしている同朋に近い。

「い、いったいなにがあったのです」

三成を揺さ振るのを止めない秀吉の掌に己が手を添えて問うた。すると主は、熱から冷めたように目を一度しばたたかせてから、三成の肩を手放した。

「そうじゃ。そうじゃな……。済まぬ」

「いえ」

他の家臣たちのように、耳触りの良い言葉で主の機嫌を取るような真似ができなかった。人の懐に入るのが苦手なのだ。歓心を得るために心を上滑りさせるような軽い言葉を吐くことが、無様に思えて仕方がない。秀吉の前でべらべらと阿諛追従《あゆついしょう》の言葉を連ねる者を見ていると、そこまでして目上の者の機嫌を取らねば歓心を得ることができぬのかと、哀れな気持ちになるのだ。実があればおのずから目上の者は振り向いてくれる。いや、目上の者だけではない。確たる力があり、それを示してみせさえすれば、かならず下々も付いて来る。

だから。

三成は追従の言葉は必要ないと思っているし、みずから吐くことは一切ない。そういう心根で二十三年間生きてきたから、もはや軽口を吐くことができない体になっている。

「殿がの……」

そこまで口にした主が震え出した。うつむいたまま洟《はな》をすする。どうやら泣いているらしい。

秀吉が殿という者は一人しかいない。

織田信長。秀吉の主である。秀吉に中国攻めを命じたのも、信長であった。羽柴勢は信長の命の元、中国の覇者である毛利家との長い戦いを続けている。今も備中高松城《びっちゅうたかまつ》の水攻めの最中であった。

心の逸《はや》りが主が信長の名を口にして泣いている。不吉な予感が三成の頭を掠《かす》めた。言葉となって薄桃色の唇から飛び出すのを三成は止められない。

「いったいなにがあったのでございますか。泣いておられてはわかりませぬ」

「殿が死んだ」

身罷《みまか》る、御隠れになる、御果てになられたなどという飾り立てた言葉を秀吉は使わない。事態が深刻であればあるほど、直截《ちょくせつ》な言葉遣いになる。百姓から身を立てたという素性がそうさせるのだろうと三成は思う。要は、心の底ではまだ侍になりきれていないのである。現に主は漢字を使いこなすことができず、みずから書を認《したた》める時は、かなを多用する。

「光秀《みつひで》にござりまするか」

三成が問うと、洟をすすりながらうつむいていた主が、顔を上げた。何故だと問いたげな目付きで家臣を見つめる秀吉に、三成は端然と答える。

「秀吉様の御様子をうかがう限り、信長様は誰かに討たれたのではと思い、それでは誰かと思いを巡らせた時、京の信長様の宿所に兵を差し向けることができたのは惟任《これとう》日向守《ひゅうがのかみ》しかおらぬと思い、それを口にしたまでのことにござります」

「御主という奴は、まこと恐ろしき男よ」

明智《あけち》惟任日向守光秀が謀反を成就《じょうじゅ》させ、信長が京本能寺《ほんのうじ》で果てた。

「本能寺で殿を殺した光秀は、中将様も殺したそうじゃ」

中将殿は、信長の長男であり現織田家惣領《そうりょう》の信忠《のぶただ》のことである。織田家は一夜にして最高実力者である信長と、惣領を失ったことになる。

「して、なにを某《それがし》に御命じになられる御積りでしょうや」

主と官兵衛が謀《はか》り、その結果、三成の陣所に主が直々《じきじき》に現れたのである。信長の死を悼《いた》むための到来でないことなど明らかだ。ならば慰めの言葉など無用。三成は己の役割を全うするまでのこと。

秀吉もまた、大恩ある信長の死を引き摺《ず》ってなどいなかった。その死を思って束《つか》の間《ま》涙を見せはしたが、もう頬は乾いている。その目は昨日ではなく、真っ直ぐに明日を見据えていた。

「すぐに毛利と和睦する。その手筈を官兵衛が整えておる」

「聞き入れますでしょうか」

「殿の死を秘する。殿は健在。このままゆけば殿みずから大軍を率いて中国に到来する。そうなれば毛利家は終わりじゃ。高松城の開城さえ成れば、毛利家と和睦し、その存続を殿に認めさせる。その線で動けば、敵も納得しよう。そのための交渉役をすでに見繕《みつくろ》っておる。備後鞆《びんごとも》の浦《うら》、安国寺《あんこくじ》の恵瓊《えけい》じゃ。必ず成し遂げてくれよう」

安国寺恵瓊は毛利の他国との折衝を務める僧である。

もはや主の死を完全に吹っ切っている秀吉に、三成は問いを重ねた。

「毛利と和睦を成したその後は」

「光秀を討つ」

その言葉に揺らぎは一切無い。鼠のごとき面《つら》の大半を形作っている巨大な瞳は、三成を捉えていなかった。部屋の隅にくぐもる闇を一心に見つめている。

「誰よりも先にやらねばならぬ。殿の仇を討つのはこの儂じゃ」

感傷の色は微塵《みじん》もない。あからさまな欲得が、言葉に滲《にじ》んでいる。このあたりも秀吉らしいと三成は思う。情を隠さない。思惑を裡《うち》に秘して誰かと接することができないのが羽柴秀吉という男である。織田家の宿老でありながら、本音と建て前というものを器用に使いこなすことができない。好きなものは好き。嫌いなものは嫌い。解りやすい性質《たち》なのだ。その素直さが人を惹《ひ》きつけ、秀吉を百姓から一国一城の主にまでのし上げたのである。

「やるぞ。儂はやる」

三成に聞かせているようでいて、自身に言い聞かせているのだ。主はこういう己の気の細さは、相当心を許した者にしか見せない。

三成は主に信頼されている。

だからといって慢心も喜びもない。信頼に応えるために三成が為すべきことは、主の心に寄り添うことではなく、己が力を存分に振るうことだ。

「光秀を討つのは解りました。しかし、我等は京を遠く離れた備中の地にあります。討つと仰せになられても、今日明日に光秀と干戈《かんか》を交えることはできませぬ」

「そこじゃっ！　そこなのじゃ佐吉！」

秀吉のぎょろりとした目が輝きを増す。

主は三成のことを幼名で呼ぶ。秀吉と出会った頃、三成はまだ佐吉であった。近江の片田舎の寺でのことである。野駈けの最中、喉の渇きをいやすために秀吉が立ち寄った寺で、応対したのが三成であった。その時の茶を秀吉が大層気に入り、三成は彼に引き取られた。そうして半ば強引に、三成は羽柴家の臣となったのである。強引ではあったが、土豪の次男という先の見えぬ立場から引き揚げてもらったのだから、秀吉には感謝している。三成だけではなく、父や兄も取りたててもらった。石田家は秀吉の御蔭で、土とともに生きる身から、槍働きを専らとする武士の家柄になれたのだ。

この小さな男には、一生かけても返しきれない大恩がある。

「佐吉、佐吉、佐吉」

何度も首を上下させながら、主が嬉しそうに三成の幼名を連呼していた。

こういう時は決まって無理難題が待っている。

三成は腹を括《くく》る。否応はない。やるのみ。ならば、うろたえていても仕方がない。

上機嫌な主を見つめたまま、言葉を待つ。

「毛利との和睦がなり次第、儂は全軍を挙げて京に上る」

「某にはなにを」

「ひと足先に京へむかえ」

三成の言葉をさえぎって、秀吉が言った。もちろん、ただ京にむかうだけではないことはわかっている。続く言葉はおおむね予見しているが、三成はあえて黙したまま秀吉の言葉を待つ。

やけに静かな夜だった。

長い戦陣である。抗する力を失った城を囲むだけの単調な戦の最中だ。兵たちの鬱《うっ》憤《ぷん》はたまっている。毎夜のように方々から喧嘩《けんか》の声や馬鹿騒ぎが聞こえてくるのだが、上方《かみがた》の変事など知らぬはずなのに、何故か今宵《こよい》、男たちは静まり返っていた。

「京へとむかう道中に、兵たちのための飯や水を支度させよ」

それだけで三成は秀吉の意図を悟った。

「駆けまするか京まで」

「おうよ。一気に駆け抜ける」

答えた秀吉の顔には、信長の死を悲しんでいた頃の名残はいっさいない。そこには立身出世を夢見て、ただひたすらに天を目指すいつもの主の姿があった。

幸い道中の城は、これまでの進軍で織田方へと靡《なび》いている。三成が差配すれば、米や水はもちろんのこと、休息のための場もいくらでも提供することだろう。

「銭は惜しむな。一粒でも多く、一滴でも多く、集めるのじゃ」

「そうまでして早急に京に上って如何なされる御積りでしょうや」

言葉通りの問いではないことは、秀吉にもわかっているはずだ。短い指を突き立て、眼前の三成の鼻面に突き出しながら、主は唇からはみ出した前歯をぺろりと舐《な》めた。

「もちろん四方に散った宿老どもを待つつもりはない」

「単身、光秀を討ちまするか」

決意を問うている。

信長の死を契機に、秀吉は行く末になにを見ているのか。三成はそれを問うている。もちろん秀吉もそれを悟っている。

「四国攻めの支度中の三七《さんしち》殿と五郎左《ごろうざ》殿は合流してくるやもしれぬ」

三七殿とは信長の三男の信孝《のぶたか》、五郎左は織田家の宿老、丹羽長秀《にわながひで》のことである。

「そうなれば三七殿を大将にせねばなるまい」

信孝は信長の子である。筋目として秀吉が前に出るわけにはゆかない。

「しかし、はじめに光秀と相対するのは儂でなければならん。儂が動いたことで三七殿は仇討ちを決意なされた。そうでなければならぬのじゃ。そのためにも、儂は一刻も早う、京に上らねばならぬ」

「丹羽殿は」

「彼奴《あやつ》に単身光秀と相対するような度胸はないわ」

羽柴の羽は丹羽の羽であった。織田家の宿老としては先輩にあたり、その名にあやかりたいと己が名に一字を頂いたほどの男を、彼奴呼ばわりである。

秀吉はもはや長秀のことなど眼中にない。

三成の胸が熱に揺さぶられる。鼓動とともにせり上がってきた震えが、鼻の奥のほうで収縮し、両の眼へと溢《あふ》れて来る。

「秀吉様」

三成は声が震えるのを抑えることができない。頬が熱い。どうやら泣いているようだ。堪えられぬ恥辱である。本当ならば、背を向けて一刻も早くこの場を立ち去りたい。しかし三成は、熱く燃える秀吉の瞳から目を逸《そ》らすことができなかった。

主は自信に満ちた顔で、三成の言葉を待っている。

この主に仕えたことは一生の果報。三成は今、心の底からそう思っていた。

「秀吉様は天を目指しまするか」

織田家から脱し、みずからの足で天下へと歩みはじめるのか。

そう問うた。

「そのための大博打《ばくち》じゃ。光秀を討てれば儂の運は開ける。出来ねばそれまでよ。じゃから」

秀吉が立ち上がる。

「御主には京までの道中、しかと整えてもらいたい」

思うより先にひれ伏していた。止まらない涙をそのままにして、三成は敬服の言葉を口にする。

「この三成。秀吉様の天下への道、身命を賭して相整えまする」

「頼んだぞ」

伏した三成の先に立つ男の影は、どこまでも大きかった。

「佐吉ぃ……。佐吉はおらぬかぁ……」

か細い声が呼んでいる。三成は思惟《しい》から醒《さ》め、そっと瞼《まぶた》を開き膝下の男を薄目で見下ろした。

秀吉……。

主だ。

「ここに」

細い声で答えると、老人はしぼんだ顔に安堵《あんど》の笑みを浮かべる。

「大老たちは……」

掠れた声で主は問う。その目は三成の方を見ていない。だだっ広い伏見《ふしみ》の寝間に灯された明かりでは、弱った秀吉の目は枕元の臣の姿すら捉えきれなかった。三成は己の顔を見せつけるように体を傾げて近づけると、秀吉の耳元に口を寄せる。

「皆様より誓書をいただいておりまする」

「そうか……。そうか……」

すでにこの問答は五回繰り返している。夜更《よふ》けに秀吉は目を閉じてから、半刻《はんとき》おきに目を覚まし、三成を呼んで同じことを問う。

大老たちは誓書を出したか。

問われた三成は同じ文言《もんごん》で答えるのだった。

秀吉みずからが五人の大名たちを大老に命じた。徳川家康、前田利家《まえだとしいえ》、宇喜多秀家《うきたひでいえ》、毛利輝元《てるもと》、そして当初は小早川隆景《こばやかわたかかげ》であったがその死後、上杉景勝《うえすぎかげかつ》が加えられている。五人の大老たちは、広大な所領を有した実力者たちであった。

「我等、五奉行も皆様に誓書を差し出しておりまする」

三成は秀吉から奉行職を仰せつかっている。前田玄以《まえだげんい》、増田長盛《ましたながもり》、浅野長政《あさのながまさ》、長束正家《なつかまさいえ》とともに五奉行と呼ばれていた。

五大老、五奉行、そして三人の中老。秀吉によって選ばれた十三人は、豊臣政権を運営する上で、主軸となる存在であった。大事を決する時は五人の大老が議し、諸々の小事は五奉行が決する。大老と奉行の間に諍《いさか》いがあった時は、中村一氏《なかむらかずうじ》、生駒親《いこまちか》正《まさ》、堀尾《ほりお》吉晴《よしはる》の三人からなる中老が、調停にあたることになっていた。

つまり大道を決するのは大大名。日々の政《まつりごと》は、以前から秀吉の手足となり庶務をさばいていた三成たち豊臣家の臣たちが行うという仕組みであった。

「皆、承服しておったか」

常の問答とは違う問いを、床に伏せる主が投げかけていた。薄明りに浮かぶ主の痩《や》せて黒ずんだ顔を半眼のまま眺めていた三成は、小さな呼気をひとつ吐いてから静かに答える。

「勿論《もちろん》にござります」

「異存はなかったか」

「無論」

五大老、五奉行の間で誓書が取り交わされた。その内容は、六歳になる秀吉の子、秀頼に忠誠を誓うという一事であった。

秀頼は生存する唯一の秀吉の子であり、豊臣家の嫡男である。秀吉はもちろんのこと、豊臣家、ひいては日ノ本の武士にとってかけがえのない御曹司《おんぞうし》であった。

太閤《たいこう》秀吉の子なのだ。忠誠を誓わぬ者などありはしない。

「そうか……。そうかぁ……」

喜びで目を細める秀吉の目尻から涙がひとすじこぼれ落ちる。深い皺《しわ》の溝を這《は》いながら流れた滴《しずく》は、白い鬢《びん》のなかに消えた。

寝間には甘ったるい匂いが充満していた。主の寵愛する側室の命で焚《た》かれている香の匂いである。殿下の身を清めるためなどと尤《もっと》もらしい理屈を並べたててはいたが、己が夫ともいえる男の体から放たれる悪臭を厭《いと》うてのことだという本音が透けて見えていた。

側室は家中では淀殿《よどどの》と呼ばれている。秀頼の母だ。近江の豪族であった浅井長政《あざいながまさ》と信長の妹、お市《いち》の方の間に生まれた淀殿は、近江の土豪である三成とは付き合いも長い。

秀吉が近江長浜《ながはま》に城を得て、近隣の侍たちを多く召し抱えた。その多くは浅井家の旧臣たちで、旧主の娘である淀殿に対して特別な感情を抱いている。

だが。

三成は他の近江の臣たちほど淀殿を慕ってはいない。秀吉の側室であり、秀頼の母である。豊臣家に対する功は大きい。

しかしそれはそれ。

主を軽んじるような行いは断じて許せるものではない。近江や浅井家のことなど、三成にはどうでもよい。秀吉、そして豊臣家だけが、三成が身命を投げ打って仕えるべき相手なのだ。他のことは眼中にはない。

残暑が厳しい八月の夜、煙となって寝間をただよう甘ったるさが、煩《わずら》わしくて仕方がない。体に滲む汗に甘さが染みて、皮をすり抜け肉を毒さぬかと不安になる。しかし香を下げさせでもすれば、淀殿の叱責《しっせき》を喰らう羽目になる。病の主は若い側室を猫可愛がりしていた。三成が責めを負うのは目に見えている。

こんな時に、些末《さまつ》な諍いで責めを負うことなど無駄以外の何物でもない。

豊臣家が揺れているのだ。

屋台骨とともに。

「佐吉ぃ」

またも声がした。どうやら目が冴《さ》えてしまったらしい。これまでは、最初の問答を終えると安堵して眠りに就いていた。こうまで執拗に、三成を呼ぶことはなかった。

「ここに」

顔を寄せ、耳元でささやく。

煩わしい香の匂いをすり抜けて、饐《す》えた臭いが鼻腔《びくう》を這いあがって来る。秀吉が放つ濃い体臭であった。老いの臭いだけではない。人のそれとは違う、鼻を突く臭いが強く混じっている。

死の臭い。

頭は現実を言葉にして三成に突き付けてくるが、心がどうしても受け入れてくれない。主が放つ臭いを嗅ぐことを、鼻が拒んでいる。束の間感じた主の体臭は、すぐに甘い香気に覆い尽くされた。そうして三成は平静さを取り戻し、主の耳元に顔を留めていられる。そういう意味では、淀殿の行いも少しは役に立っていると思えた。

「い、家康殿はまことに承服なされたか」

「勿論にござりまする」

「まこと秀頼を」

「はい」

「そうか」

また、主の目尻が濡れた。

徳川内大臣家康。

秀吉の杞憂《きゆう》の元凶である。

主が唯一、戦で屈服させることができなかった相手だ。主が朝廷に取り入って関白の位を得たのは、家康を幕下に迎え入れるためだといっても過言ではない。戦で家康の頭を強引に抑えつけることができなかった主は、人の第一位である関白として、家康に上洛を命じ、すでに人の妻となっていたみずからの妹を離縁させ、その正室とした。家康が上洛した際は、道中の安全を保障する人質として母を岡崎に送るほどであった。

　そんな家康は、豊臣政権下にあっても秀吉に次ぐ実力者である。知行は二百四十二万石。次席の安芸毛利家百二十万五千石を倍ほども上回っている。

　秀吉にとって家康は家臣というより対等の間柄、同盟相手のようなものであった。主の脳裏には、常に家康への猜疑《さいぎ》と恐れが渦巻いているのを、身近に仕える三成は明確に知覚していた。他の大名たちと接する時には尊大な秀吉も、家康に対してだけは愛想を振りまく。三成は知らぬ尾張《おわり》時代の秀吉に戻っているようだった。主が信長の下で足軽働きを行っている頃、家康はすでに織田家の同盟者として一軍を率いていたのである。三河《みかわ》の領主として甲斐《かい》の武田、駿河《するが》の今川、相模《さがみ》の北条と凌《しの》ぎを削っていたのだ。若き日の秀吉にとって家康は目上の者であり、対等に口が利けるような相手ではなかった。

　百姓から身を立てた秀吉には、そういう者が幾人もいる。盟友である前田大納言《だいなごん》利家も、秀吉と立場が逆転した一人であるが、今では明確な主従の関係を確立している。秀吉が利家に対し、卑屈な愛想を振りまくことはない。

小牧長久手《こまきながくて》の戦に勝つことができなかった。

この一事が、主の頭には家康への強烈な引け目として残っているようである。

「そうか家康殿は承服してくれたか」

渇いた喉で声を紡《つむ》いでいるから、常人には掠れて聞き取り辛い。三成の耳には明瞭に届く。肉親などよりも多く言葉を交わしている。三成の生の大半の時は、秀吉との思い出で埋め尽くされていた。この世の誰よりも強い絆《きずな》で結ばれている。妻子よりも深い絆だ。言葉にならぬ声であっても、聞き取れる自信があった。

泣いている。

水気が失われた乾いた体のどこにそれだけの水が残っていたのかと驚くほど、秀吉はぽろぽろと涙をこぼしながら、うなずいていた。首が折れはせぬかと心配になる。

それほど、主は痩せ衰えていた。

夢現《ゆめうつつ》を彷徨《さまよ》っていた時に見た幻が脳裏に蘇る。

備中高松城を包囲していた陣中、信長の死を知り、光秀を討つために中国を引き返す決意を固めた主の眼には、眩《まぶ》しいほどの覇気がみなぎっていた。道中の兵たちの水や兵糧《ひょうろう》の確保を命じる時の秀吉のぎらついた顔を、三成は一生忘れられないだろう。

あの頃の主はもういない。

「佐吉ぃ」

しくしくと洟をすすりながら三成を呼ぶ声に、昔の面影はない。

大軍の前に立ち、腕を挙げて景気の良い言葉を覇気とともに放つと、天が震えるほどの喊声《かんせい》が湧き上がる。男たちが奮い立ち、小さな主の体が何倍も大きく見えた。

「儂に従っておれば間違いないっ！」

主が胸を張ってそう言うだけで、日ノ本の男たちはその身を捧げた。

あの男はいったいどこに行ってしまったのか。

かたわらに横たわり、さめざめと泣き続ける老人と、記憶のなかの主の姿がどうしても重なってくれない。同一人であると必死に頭のなかで叫んでみても、心が認めてくれなかった。

鼻の奥にかすかな痛みを感じる。感傷が涙となって、目玉の裏側に溜まろうとしていた。

三成は固く目を閉じた。

「如何した」

主が気取《けど》った。

「いえ」

鼻の奥の疼《うず》きをそのままに、三成は目を開き、主に答えた。幸い涙は四方に散じたようで、瞼から零《こぼ》れる気配はない。

「眠れぬ」

夜闇《よやみ》に震える童《わらべ》のような、か弱い声で主が言った。

ここ数日、眠るまで傍《そば》にいてくれと頼まれ、主の枕頭《ちんとう》に侍《はべ》っている。襖《ふすま》を隔てた別室には医者や近習《きんじゅ》たちが控えていた。不測の事態がいつ起きてもおかしくはない状況が続いていた。

「眠るのが怖いのじゃ」

主は泣き止んだわけでは無かった。涙を流しながら話すものだから、声が途切れ途切れである。悪戯《いたずら》を見咎められ言い訳をする童のようなあどけなさを垣間《かいま》見て一瞬微笑《ほほえ》みそうになったが、頬の肉を引き締め、主の言葉に心を注ぐ。

「目を閉じてしまえば、もう二度と開かぬのではないか。もう秀頼に会えぬのではないか。そう思うと恐ろしゅうて」

主が洟をすする。三成は、かたわらに置かれた白布を手に取り、そっと主の顔に寄せた。両の目元、そして鼻から口許、濡れた場所を拭《ぬぐ》い終えると、丁寧に布を折り返して綺麗な面を表にして畳の上に置いた。

縦筋が幾本も走る喉の突起を激しく上下させて、主が咳き込んだ。三成が膝を浮かせると、褥《しとね》のなかから枯れ木のごとき腕が這い出してきて掌を力無く掲げた。

「大事ない。ここに、ここにいてくれ」

「はは」

短い返答とともに三成はふたたび腰を落ち着けた。

「喉が渇いた」

静かに褥に手を入れて、主の背中に右腕を差し込む。そのままゆっくりと上体を起こしてゆく。背中の肉がすっかり削げ落ちて、背骨の突起が三成の腕にゆるやかに食い込む。脇の下に滑り込ませた右の掌に肋《あばら》の起伏を感じながら、三成は左手だけで盃に水を注《つ》いで、主の口許へと運ぶ。

「ゆっくりと」

ささやくと、主がちいさくうなずいた。まるで看病する親と小さな子である。先刻から幾度も頭を過《よぎ》る童の幻影が、三成の胸を締め付ける。よもや主を童同然に扱う日が来るとは思いもしなかった。ふたたび鼻の奥から涙が目の裏へと上がってこようとするのを、下腹に力を込めて抑えつける。

ひび割れた唇から水が喉の奥へと滑り落ちてゆく。喉の突起を震わせて、盃の水を干すと、主の肩が小さく上下した。うなずいた主を、ゆっくりと床に寝かせる。それから懐の紙を一枚取り出し、濡れた盃を拭き上げて白布のそばに置いた。

人心地がついたのか、主が目を閉じ小さな寝息を吐き始める。先刻までの弱音が嘘のように、ふたたび眠りに落ちた秀吉に、三成は幾分疲れが滲んだ目を落とす。

口中に血の香がした。舌先で探ってみるが、血の流れた形跡がない。鼻の奥かと思い、息を吸って血の気配を捉えようとするが、匂ってくるのは香の甘ったるさだけで、血肉の残滓《ざんし》は微塵もなかった。

血の香がしたのは束の間のこと。別段、気にすることもなかろうと思い、三成は主の寝姿に気を集中させる。

刹那《せつな》、足元がぐらと揺れた。倒れそうになるのを、畳に手を付いて堪《こら》える。

が……。

寝間はいっさい揺れていなかった。どうやら揺れたのは、己自身のようだ。

夜はこうして主の脇に侍り、昼は通常どおりの政務をこなしている。ここ数日満足に寝ていない。知らぬうちに疲れが溜まっているのだろう。齢《よわい》三十九、無理のできぬ体になってきているのだ。

目を閉じ、首を左右に振る。背筋を伸ばして鼻から大きく息を吸う。

弱音など吐いていられる時ではないのだ。

目を見開き、虚空《こくう》を見据える。派手好みの主の寝間を彩る金色の襖に、色とりどりの花が描かれていた。その間を、うねるようにして川が流れる。川面にひとひらの花弁が浮かんでいた。純白のそれは、水面に漂っているのか。それとも激しく流されているのか。

三成には後者に思える。か弱い白色の花弁は、主亡き後の秀頼を思わせた。

無理矢理元服を済ませたとはいえ、六つの童に天下の政を担えるはずもない。そのあたりのことは秀吉も重々承知で、だからこそ五大老五奉行の制を定めたのだ。みずからが死んだ後の豊臣家を思い、秀頼のため定めた制度である。主の思惑通りに全てが上手《うま》く運べば、豊臣家の天下は安泰であろう。なにせ天下の大大名たちが大老として後ろ盾となり、政務においては豊臣政権のなかでも指折りの者たちが奉行を務め、政を取り仕切るのである。秀頼が十分に政務を司ることができる年になり、関白に就任するその時まで、天下は安らかであることであろう。秀頼の許嫁《いいなずけ》は家康の孫である。両家の縁組が成れば、豊臣家の天下は揺るがない。

果たして……。

三成の心は揺れる。

豊臣家が盤石であるならば、何故主は眠れぬ夜を過ごさなければならぬのか。己を傍に侍らせなければならぬのか。

主自身も心の底ではわかっているのだ。

武士は争う生き物である。戦のなかに己を見出す者たちなのだ。天下が治まっているのは、秀吉という重石があるためだ。天下惣無事《そうぶじ》。長きにわたり日ノ本全土の武士と戦い、己が実力によって布いた惣無事令こそが、争いを求める男たちの手綱《たづな》になっている。それもこれも皆、秀吉という希代《きだい》の将がいるからではないか。

「佐吉ぃ」

寝息をたてはじめてから半刻も経たぬうちに、主が三成を呼んだ。

「ここに」

痩せた主の顔に鼻先を寄せ、三成は答えた。

眠れぬ夜が続く。

「殿下……。御案じめさるな」

そう言って涙ぐんだ丸顔の老人の言葉を、三成は寝間の隅に座しながら聞いた。

感極まっているのか、声が震えている。丸々と肥え太っているこの男こそ、関東二百四十二万石の領主、徳川内大臣家康であった。褥から差し出された痩せ細った手をふくよかな左右の掌で挟《はさ》み、堅く握りしめながら、家康は何度もうなずいている。数日おきに家康は主の下を訪れていた。見舞いと言ってはいるが、どこまでが本心かはわからない。誰よりも早く主の死を知らんとする浅ましい猿知恵であろうと、三成は読んでいる。

「この家康。一時たりとも殿下に受けた御恩を忘れたことはありませぬ。老い先短き儂の生は、豊臣家のためにありまする。御案じめさるな。のぉ秀吉殿」

「おぉ、おぉぉぉ……」

家康に秀吉と呼ばれた主が、嗚咽《おえつ》を漏らしはじめた。それをかたわらで見つめながら、家康が分厚い瞼を固く閉じて力強くうなずく。

狸《たぬき》……。

二人の姿を冷然と見遣る三成の脳裏に、そんな言葉が浮かぶ。家中で家康を快く思わぬ者たちは、彼のことを狸と裏で呼んでいる。そのごろりとした体軀《たいく》と、穏和な気性、しかし天下一とも謳《うた》われる野戦の名手という顔も持つ。狸は愛嬌《あいきょう》のある姿をしている一方、臭くて食えぬという。そこから狸と仇名されるようになった。

弱りきった主の心をくすぐるようなことを言って泣かせておきながら、己も感極まって涙ぐむ。そんな姿を見ているとさもありなんと三成も思う。

「思い出しまするなぁ」

枯れた手を握りしめたまま、家康がしみじみとつぶやいた。周囲に侍る豊臣、徳川両家の臣たちが、主たちのやり取りに感極まっている。今生《こんじょう》の別れに臨む老人たちを、みずからの行く末に重ねてでもいるのだろうか。己の感情に翻弄《ほんろう》されて、二人を冷静に見られなくなっている。もし今、秀吉の首を家康が絞めたとして、果たして何人が気付くだろうか。下手《へた》をしたら三成以外の者は、しばらく何が起こったのかわからずに戸惑うのではないか。それほど皆、眼前の光景に酔っている。

「信長様のために地べたを這いずり回っておった時の事が昨日のことのようじゃ」

「か、金ケ崎《かなさき》……」

「そうじゃ、そうじゃ。金ケ崎じゃ、金ケ崎。ほほほ」

秀吉の肩を撫でてから、ふたたび家康は主の掌を包んだ。

「朝倉《あさくら》攻めの最中に、急に浅井長政が裏切りおって、挟み撃ちになった」

その戦は三成も知っている。

「我先にと逃げ出した信長様に殿《しんがり》を買って出られたのでしたなぁ殿下は」

「秀吉と」

主の頼みに家康は無言のままうなずいて、ふたたび語り出す。肉厚な瞼が載っているくせにやけに鋭い瞳が、金色の襖の白百合《しらゆり》にむけられている。

「殿を買って出られた秀吉殿の加勢に駈けつけたが、それはそれは厳しい戦でござりましたなぁ」

この二人が命懸けで猛烈な朝倉勢の追撃に耐えながら、京まで退いたことは、幾度か主自身の口から聞いていた。金ケ崎の退き口《のぐち》と呼ばれるこの戦を語る時、秀吉は決まって家康を命の恩人だと言う。

あの時、家康殿が助けに来てくれなければ、儂は死んでいた。

それが、この戦を語る秀吉の締めの言葉であった。

「あ、あの時……」

主が家康にむかって言葉を投げる。恐らく三成が幾度も聞いた締めの言葉を伝えたいのだろう。だが、渇いた喉では上手く声が出せず、言葉はそれきりになった。

「なんの」

主の意図を悟ったのか、家康が微笑を湛《たた》え首を振った。

「秀吉殿は儂などおらずとも、無事に信長様の元へと戻ってこられたはずじゃ。儂はただおせっかいに行ったまで」

こういうあからさまな謙遜が、三成には鼻につく。しかし、あまりにも物言いが自然なため、謙遜が謙遜に聞こえない。隠忍自重《いんにんじちょう》、篤実《とくじつ》一途な気性だといって家康を慕う武士は多い。

「そんなことはない」

固い枕の上を、主の頭が弱々しく左右に揺れた。その体から放たれる饐えた臭いは、淀殿の香によって掻《か》き消されている。死の臭気は誤魔化せたとしても、やせ細って髑髏《どくろ》のごとき様相となった顔からは死の影は拭いきれない。

主は死ぬ。

もはや誰の目にも明らかだった。

家康が洟《すす》を啜る。目を固く閉じうつむいた。主の手を握る家康の手の甲に筋が浮かぶ。

「よくぞ、よくぞ……」

握りしめたまま、己が額に主の手を当てる。そのまま啜り泣く家康が、途切れ途切れに言葉を紡ぐ。

「戦乱の世を御纏《まと》めになられた。秀吉殿でなければできなんだことじゃ」

「わ、わしでなくとも」

「いや、信長殿ではできなんだはずじゃ」

主の声に割り込み、家康が断言した。

二人の遣り取りに、声を上げて泣いている者までいる。広い寝間に、哀切が満ち満ちていた。

三成は胡坐の足に置いた手で、己の膝を思いきり握りしめる。肉に指先が食い込むまで、強く強く握った。

惑わされるなと心に念じる。

目の前の男は主の敵となるやもしれぬ男なのだ。主が戦で屈服させることができなかった唯一の男である。この場にいるのは、主の命の灯火《ともしび》がどれだけ残っているのかを確かめるためなのだ。

哀切などに浸っていては見誤ってしまう。

不意に……。

家康が三成のほうへと目をむけた。主の手を額に当てたまま。うつむくような姿勢になっていながら、瞳だけが三成を射ている。

殺気を気取られた。

背筋が冷たくなる。殺してやろうなどという確たる念を送ったわけではない。心の油断を律しただけだ。たしかに家康への悪念は抱いたかもしれないが、気取られるような気を放った覚えはない。第一、この部屋には両家の家臣が十数人いるのだ。そのなかから三成の悪念を気取ったというのか。

この老いぼれは。

家康が三成を見ていたのは束の間のこと。すぐにまた目を伏せ、秀吉との対話を続ける。

「秀吉殿の明るさこそが天下をひとつに纏め上げたのじゃ。日ノ本の武士は秀吉殿の温もりを頼ったのじゃ。儂もその一人にござる」

「お、おぉぉぉ」

秀吉が肩を震わせて泣きはじめる。

「豊臣家は儂が御守りいたしまする」

「秀頼を……。なにとぞ秀頼を頼みまする」

「わかっておりまする。秀頼様が関白となられるその日まで、利家殿とともに御守りいたしまする。御案じめさるな秀吉殿」

心配することはなにもない。

だから。

はやく死ね。

家康の言葉が三成にはそう聞こえて仕方がない。

「頼みまする。頼みまするぞ家康殿」

しかし死が間近に迫る主には、家康の言葉の裏を見透かすだけの眼力は残されていなかった。


伏見と大坂両城の城番、秀頼に伺候する者の策定、五大老とは別に家康と利家の嫡男からの秀頼への忠節を誓う誓紙の提出。五奉行同士に縁戚を結ばせ結束を強固にし、家康、利家が五奉行に誓紙を提出。五奉行が五大老に誓紙を提出。主亡き後、秀頼を中心とした政へと移行するための手筈《てはず》が目まぐるしく整えられてゆく。

その最中、秀吉は五人の大老にむけて遺言の書を認《したた》める。

かえすがえす秀頼のことを頼む……。

不器用なかな文字で、ただそれだけのことを延々と書き連ねた書であった。そこには、もはや天下に覇を唱えた男の威厳は感じられなかった。幼い我が子を想いながら死にゆく哀れな男の心からの声が、墨跡《ぼくせき》となって刻まれていた。

手筈万端整えた秀吉は、それでもなお眠れぬ夜を過ごしている。もちろん三成は、寝ずの番を務めていた。

秋とは思えぬほど蒸し暑い夜であった。襦袢《じゅばん》がねばついた汗でじっとりと濡れている。屋敷に戻って水を浴び、汗を洗い流したい衝動を抑えながら、眠る主を虚ろな眼差しで見守っていた。

三成は眠ってはいない。眠ってはいないが、明瞭に起きているというわけでもなかった。半眼のまま息を細くして、思惟の海に埋没している。夢と現の境を揺蕩《たゆた》い、時に漂う。いつ何時、主に変事が起ころうと、目覚めるところに踏み止まっている。

「佐吉」

やけにはっきりとした声で呼ばれた。

眼前に背筋を伸ばした主が座っている。その目は微《かす》かな灯明のなかでも爛々《らんらん》と輝き、口許には意思のみなぎる笑みがあった。

あの頃の主だ。

三成は思惟の海のなかで思う。

「信長様は」

「なにを寝惚けておる。起きろ佐吉」

呼ばれて胸がひと際大きく鼓動を打った。即座に目が覚める。現世に踏み止まっていたはずであったが、いつしか眠りへと大きく傾いていたようだ。だとすれば。

目の前の主はいったいどうしたことなのか。

純白の寝間着をつけた主が、背筋を伸ばして座っている。やつれて骸骨《がいこつ》となった顔はそのままだ。しかし、落ち窪《くぼ》んだ眼窩《がんか》の底にある瞳には、たしかに昔を思わせる輝きが満ちていた。

「で、殿下」

「目覚めたらこの調子じゃ」

言って主が張りのある声で笑った。それから奥の間に目をやって、顎を突き出す。

「奴等に悟られぬようにせねばの」

「何故にござりまするか」

「御主だけに伝えておかねばならぬことがある」

体の変調を気にするでもなく、主は胡坐をかき、軽やかに尻を回して三成と正対した。

「お身体は」

「いますぐにでも九州にむかい、戦の差配をしたいくらいじゃ」

主が倒れている間にも、海のむこうの外つ国《とくに》では日ノ本の侍たちが戦っている。

「あれほど体じゅうを這いずり回っておった病の根が消え去ったようじゃ」

そんなことがあるのだろうか。主は本当に快癒したというのか。

「違う」

主が言った。得心が行かぬ三成は、不審の色を瞳に湛えて首を傾げる。

「儂は死ぬ」

かさかさにひび割れた唇を軽快に揺らして、主が笑う。

「不思議と御主の考えておることがわかるのよ」

「殿下……」

「儂は今宵、死ぬ。故に御主に伝えておかねばならぬことがあるのよ」

主が死ぬ。

信じられない。

これほど矍鑠《かくしやく》とした主が、今宵死ぬというのか。

今日にいたるまで覚悟はしてきた。主は死ぬ。それは三成自身が思い定めてきたことではないか。しかし、昔の主を彷彿とさせる姿を目の当《ま》たりにしてしまうと、そんな覚悟は音を立てて崩れてしまった。

死なない。病は癒えた。そう言って笑ってくれと、心中に痛烈に願う。

しかし主は、そんな三成を憐れむように瞳に悲しみを湛えた。

「人は必ず死ぬ。儂の番が来た。それまでのことよ。儂は誰よりも多くの者を殺した。信長様の最期を考えてもみよ。褥の上で死ねるなど上出来じゃ」

言って朗《ほが》らかに笑う主の姿は、天下一統に邁進《まいしん》していた頃のように眩《まぶ》しかった。

ふう。と、ひとつ小さな息を吐いて、主が三成から目を逸らす。背筋を伸ばしたまま真っ直ぐ前をむき、柔らかな顔つきで虚空を見つめた。

「儂一人の一生としては、これほど上等な終わりはない。が、そうも言ってはおれぬでな」

「秀頼様」

静かに主がうなずく。すらりと伸びた背筋のむこうに見える灯明が揺らめいたかと思うと、音もなく消えた。闇がわずかに濃くなったのだが、やつれた秀吉の顔にかかる影はそのままだった。

もしかしたら、主はもはやこの世の者ではないのかもしれない。そんな予感が頭を掠めたが、三成は悪い考えを脳裏に仕舞い、眼前の主の肉体に集中する。

「残して行く者たちのことを考えると、幸せな死に様じゃなどと笑ってもおれん」

「五大老五奉行とどこおりなく誓紙を取り交わし、秀頼様への忠節を誓うておりまする」

家康と同じような言い振りだと思い、三成はみずからの吐いた言葉を嫌悪した。安心して死ね。そう言っているのと同じではないか。

「儂が死ぬのは誰の目にも明らかなのじゃ。安心して死ねと言うのがなによりの優しさではないか」

またも心を読まれた。目の前の存在が何者であるか、わからなくなってくる。三成は不可思議という言葉が嫌いだ。物事には必ず道理があると思っている。主は癒えぬ病の床にあった。死は間近であったのだ。往時の姿に戻ることはない。ではいったい目の前の姿はなんなのだ。道理では説明がつかない。

「無駄なことは考えるな佐吉」

もはや心を読まれることを奇異だとも思わなくなってきた。昔から主は、人の心の裡を見透かすようなところがあった。それが少しだけ鋭敏になっているだけのことだ。

「だから考えるなと申したであろう」

言って主が笑う。

「時は残されてはおらぬ。伝えたきことを伝える故、心せよ」

秀吉の声に覇気が満ちた。

三成は身を強張らせて言葉を待つ。

「信長公が死んだ時、官兵衛が儂にこう言うた」

黒田如水《くろだじょすい》。主の謀《はかりごと》の友。

「御運が開けましたな、とな。儂はそう言われて、はっとなった。その通りなのじゃ。信長公が死に、儂の運は開けたのだ」

儂は、と口走り、秀吉が頭だけを動かして三成を正視する。

骸骨が笑っていた。

「儂は織田家の家運を奪い、豊臣家の興隆を招いた。力ある者が天下を担う。それがこの世の理《ことわり》であると思うた故じゃ。儂の申したきことが解るな」

「家康も同じことを思うておると」

「儂もあの男も信長公に魅入られた同じ穴の狢《むじな》よ。天下が目の前に転がっておって、忠義などを貫けるような行儀の良さは持っておらぬわい」

隠忍自重、篤実一途。家康の誠実な気性の裏にある闇を、主は正確に見抜いていた。いや、はじめから知っていたということか。三成には推《お》し量れぬ二人だけにしか見えぬ天地があるのかもしれない。そしてそれは、覇王信長に魅入られた者だけが立つことの許される天地なのであろうか。

「佐吉」

満面に笑みを湛えた髑髏が、三成を見据える瞳に邪気の炎を灯らせた。周囲の灯明が燃え上がる。明るさの増した金の襖に覆われた寝間に、漆黒の髑髏が鮮明に浮かび上がる。

「どんな手を使ってでも家康を殺せ。それが儂が其方《そのほう》に下す最後の命ぞ。命に代えても為し遂げよ。わかったな」

臣が承服の意を示すのを、髑髏が目を見開いて待っている。

三成に否応はなかった。

静かにひれ伏す。

「承知仕りました」

畳を見つめる三成のむこう、髑髏の口許あたりで水が爆《は》ぜたような音がした。

慶長《けいちょう》三年八月十八日、希代の英傑、豊臣秀吉は京伏見の城で六十一年の生涯を終えた。

弐　福島正則

親父《おやじ》が死んで、すべてが変わった。

福島左衛門大夫正則《ふくしまさえもんのたいふまさのり》は、苛立《いらだ》ちの渦中にある。実の父よりも父と慕っていた主、豊太閤秀吉が死んだ。八ヵ月前のことである。それからずっと、正則は腹立たしい。なにがということはないのである。

目に入る物、聞こえる音、匂い、この世の一切、なにもかもが腹立たしい。すべてに悪態を吐《つ》いてやりたくなるのだ。

原因はわかっている。

腹のど真ん中に開いた大穴の所為《せい》だ。誰の目にも見えぬのだが、秀吉の死を知ったその日から、正則の腹にはどでかい穴が開いている。

今の己があるのは親父の御蔭なのだ。

生まれは尾張である。桶《おけ》屋の息子だった。本当なら正則は、桶を作って日銭を稼ぐ職人として生きるはずだったのだ。

ただ普通の桶屋と違っていたのは、母の姉の息子が武士だったということ。しかもその武士は、みずからの才智で成り上がり、主に重用され、近江に城を持つほどの器量を持った男だった。

その武士こと秀吉に、正則は拾われた。

成り上がり者の親父は、子飼いの臣を欲した。そのために血縁者のなかでも体付きの大きな正則が選ばれたのである。同じころに拾われた虎之助《とらのすけ》という男とは、今でも心を通じ合わせる間柄だ。虎之助は母が、親父の母の遠縁の娘であった。

親父は天下をひとつに纏め上げた。そして正則は、尾張二十万石の領主となったのである。故郷の民を従える身になれるなど、桶屋の倅《せがれ》であった時には思いもしなかった。ちなみに虎之助こと加藤主計頭清正《かとうかずえのかみきよまさ》は熊本二十五万石の大名である。

信長公の仇である光秀を山崎《やまざき》の戦で退けた親父は、織田家の宿老である柴田勝家《しばたかついえ》との決戦に臨み、正則と清正はこの戦で先陣を果たした。

賤ヶ岳《しずたけ》の七本槍と言えば、日ノ本の武士にその名を知らぬ者はいない。

あれから十六年。三十九となった今でも、戦場では先駆けを好む。

なにもかも親父がいてくれたからこそだ。

親父が死んだ今、己はいったいなんのために槍を振るえば良いのか。槍を振るうことでしか己を示せぬ正則は、切っ先の行方を見失った。どてっ腹に大きな穴が開いた心地である。

空いた穴から隙間風が吹き抜け、なにをしても落ち着かない。

親父が死んで八ヵ月。天下は歩みを止めないというのに、正則だけは前年八月十八日に留まったまま。

一歩を踏み出す気になれない。

「おい市松《いちまつ》っ！」

巌《いわお》のように固い拳が鎧に覆われた肩を打った。当世具足の肩当て越しでありながら、強烈な一撃は衝撃となって骨にまで届いた。いきなり襲ってきた痛みに、思わず身を翻《ひるがえ》し、拳を突き出す男にむかって身構える。

「しっかりせんか。なんじゃ先刻からぼうっとしおって」

剛毛の塊《かたまり》が兜《かぶと》を被っている。しかもその兜は、異様に上に長い。烏帽子形《えぼしなり》というらしい。元々背丈が人よりも高いくせに、そんな派手な兜を被っているから、ゆうに七尺を越えている。眉も髭《ひげ》も恐ろしく濃いから、毛に覆われた面頬《めんぼお》でも着けているのではないかと思いたくなるのだが、これがこの男の素顔だった。もう二十数年来の付き合いであるのだが、いまだに忘我の境地から醒めた直後に見ると、心底から驚いてしまう。

「五月蝿《うるさ》いわい。御主の方こそしゃきっとせんか虎之助」

剛毛の猛将を幼名で呼ぶ。虎之助こと加藤清正は、ぼうぼうに生えた口髭の真上にある鷲鼻《わしばな》から暴風と化した鼻息を吐き出しつつ、真ん丸な眼で正則を睨んだ。

「儂ぁ、大坂からずっとびんびんに張っとるぞ」

「なんじゃ、儂が気ぃ張っとらん言うんか。おぉ」

にじり寄り、鼻先を付け、睨み返す。虎之助とのこのような遣り取りは、童の頃からうんざりするほど繰り返してきた。普通に会話をするのが照れ臭いから、互いに喧嘩腰になるというところもある。

「止めぬか二人共。内府殿の屋敷の前だぞ」

清正のむこうから、醒めた声が聞こえる。鼻先を逸らし、剛毛の塊を端に避けて、清正の奥に目をやった。床几《しょうぎ》に背を伸ばして座している男の頭に、板状の飾りが付いた兜が載っている。

一《いち》の谷《たに》を模した飾りだ。源平争乱の時、義経《よしつね》が一の谷を馬で駆け降り奇襲を成功させた縁起を担いでいる。

元々は正則の兜であった物だ。朝鮮での戦の折、この男と諍いを起こした。両家の争いにまで発展した喧嘩であったが、正則が折れ、和睦の証《あかし》として互いの兜を交換したのだ。

いま正則の頭にある水牛の角を模した飾りの兜は、元々は男の物だった。

黒田甲斐守長政《かいのかみながまさ》。豊前中津《ぶぜんなかつ》十八万石の大名であり、父は秀吉の謀の友であった黒田如水である。

「無様な口喧嘩などしておる時ではあるまい。御両人とも少しは場を弁《わきま》えられよ」

「わかっとるわ。ちょっとじゃれあっておっただけではないか」

正則は口をへの字に曲げて言い訳する。何故だか、長政に対しては強く出られない。先の喧嘩の引け目がある訳ではなかった。ずっと昔からこうなのだ。長政の目付きや口振りに、父である如水の気配を感じるからかもしれない。親父の側《そば》に常に付き従っていた亡霊のような如水のことが、正則は心底から苦手だった。頭を使うより拳に物を言わせることを好む正則である。奸智と弁舌で人を翻弄する如水は、天敵とも呼べる相手なのだ。しかも親父の盟友である。目上で天敵。最悪ではないか。

如水に似ず大柄で武骨な姿をしているくせに、長政の挙措《きよそ》には如水の匂いがする。

だから正則は、清正の時ほど強くは出られない。

「御主も思わぬか長政」

目の前の正則から逃れるように、清正が背をむけ長政に言葉を投げる。黒田の小倅《こせがれ》は、無言のまま続きを待っていた。

「三成を殺ると決めた時から、此奴《こやつ》はずっとぼうっとしておろうが。そうは思わぬか長政」

「正則がぼうっとしておるのは今に始まったことではない」

固く閉ざされた門扉《もんぴ》に冴え冴えとした視線を送りながら、煌々《こうこう》と焚かれた篝火のなかで長政は答えた。

「なんじゃ、御主も儂に喧嘩を売っておるのか」

床几から腰を浮かせて立ち上がろうとした正則の背を、なにかがつかんだ。肩越しに見ると、長政に負けず劣らずの智の閃《ひらめ》きを瞳に湛えた男が苦笑いを浮かべていた。

「儂等が争うてどうする。つまらぬ喧嘩は止めよ。のぉ、福島殿」

細川《ほそかわ》少将忠興《ただおき》である。丹後《たんご》十八万石の大名で、父は先の将軍、足利義昭《あしかがよしあき》の側近であった細川幽斎《ゆうさい》だ。さすがは将軍の側近を務めただけあり、父子ともに俳諧に通じ、風流を好む通人《つうじん》として名が通っている。

文人風を吹かせる鼻に付く男ではあるが、戦場では勇猛な戦いぶりを見せる。朝鮮でもともに戦った。鼻には付くが、武人としては認めている。そういう意味において、正則のなかで長政と忠興は、同じ範疇《はんちゅう》にある存在といえた。

正則には絶対の尺度がある。

武人であるかどうか。

それのみで男を計る。武人として認めれば、才気走っていようと、気性が悪かろうと、癖が強かろうと認める。武人であれば、他のいっさいは些細《ささい》な差異でしかない。足の速い者もいれば、力が強い者もいる。それと同じ。人の差異であれば、目くじらを立てて糾弾することもない。

武人として認めれば、である。

長政も忠興も武人として認めている。だから、気性や嗜好はとやかく言わない。一人の男として遇するのみだ。

だからこうして、同じ場に並んで座っている。

「とにかく座られよ福島殿」

にこやかに取り成す忠興に勧められるようにして、床几に腰を落ち着け直すと、正則は努めて語気を抑えながら長政に問いを投げた。

「儂がぼうっとしておるのはいまに始まったことではないというのは、どういう意味じゃ」

「だから喧嘩は……」

「喧嘩ではない」

口調は穏やかだが、声の底に覇気を込めて忠興を制した。そのまま長政を見据え、問いを重ねる。

「先刻の言葉の真意を知りたい」

正則に荒ぶる素振りがないことを悟った仲間たちが、黙ってやり取りを見守る。さっきまで言い争っていた清正も、左右に座る正則と長政をにやけ面で交互に見遣っていた。

「そのままの意味よ」

「今に始まったことではないと申したな」

「そうよ」

閉ざされた門扉を見据えたまま長政が答える。巨大な黒金《くろがね》の鋲《びょう》がいくつも打ち込まれた門の両脇を、槍を地に突いた番兵が守っている。その顔色は険しく、緊張した目は、正則たち七人を見据えたまま瞬《まばた》きひとつしない。戦装束の大名が門前に七人も並んで座っているのだから、緊張しないほうがどうかしている。正則の隣に座る忠興のむこうに加藤嘉明《よしあき》。長政の奥に浅野幸長《よしなが》と池田輝政《てるまさ》が座している。

七人が座しているのは、伏見徳川屋敷の門前であった。秀吉の死後、政務を任された家康は伏見に残っている。秀頼は大坂城に移り、後見役であった前田利家とともに暮らしていた。

だが、その利家が死んだ。

この一事が、正則たち七人の決起を促したのであった。

「なんじゃ。言いたいことがあるのなら、はっきり言ったらどうじゃ」

声に凄みをきかせて長政を急かす。目線すら正則にむけず、如水の息子は心の読み取れぬ声で言葉を連ねる。

「殿下が崩御なされてから、御主はずっと腑抜《ふぬ》けではないか。それ故、いまに始まったことではないと申したまでのこと。異論があるならば聞こうではないか正則」

一の谷を模した兜が動き、長政が正則を正面から見据えた。両者の間に座す清正が、胸を仰《の》け反らせて視線の交錯から身を逸らす。

図星……。

喉の突起の辺りに大きな石が詰まったように、正則は息を呑む。もちろん言葉など出てくるはずもない。長政の冷徹な視線は、正則の目ではなく、腹に開いた大穴を見ているようだった。

「深謀遠慮という言葉とは無縁の御主じゃ。心が虚ろであっても、首から上だけで勢い任せの言葉を吐いておれば、大抵の者は欺《あざむ》けるであろう。が、儂はそうはゆかぬぞ。殿下が身罷られてからというもの、御主の目は現世《うつしよ》を見ておらぬ。こうして我等とともにここに座っておるのも、そういう己を認めたくないからであろう」

「そうなのか市松」

正則同様、深謀遠慮と無縁な清正が、鼻の穴を大きく膨らませながら二人の間に割って入った。

「邪魔じゃ」

清正の巨体を右手で押し退けながら、正則は長政を見た。小生意気な講釈を垂れる如水の息子は、清正の体でさえぎられてもなお、正則へと視線をむけたままである。正則が本気になって太刀を抜けば、長政などひとたまりもない。一個の武では勝負にならぬのは、長政も心得ているはずだ。小癪《こしゃく》な黒田の惣領は、それでも恐れを微塵も抱かず正則と堂々と対峙している。そういうところが、正則には好ましい。

自然と口角が上がる。

「御主の言うとおり、儂はたしかに腑抜けになっておるやもしれん」

「市松」

「御主は黙っておれ」

またも割って入ろうとした清正を腕で押し退けながら、身を大きく乗り出して長政にむかって続ける。

「殿下が死んで、朝鮮との戦が終わった。これでもうこの国から戦は無うなった。それがなんとも寂しゅうてのぉ」

半分本心、半分嘘である。

親父が死ぬと、家康を筆頭にした五大老五奉行は、朝鮮からの撤兵を決めた。もともと親父の妄執《もうしゅう》によってはじめられた戦である。大明《みん》国を手中に収めるための道案内を命じた朝鮮と戦になり、大明国をも巻き込んで泥沼の様相を呈した。正則も文禄《ぶんろく》の最初の戦の時には海を渡って戦った。しかし慶長の二度目の出兵の時には、日ノ本に留まっている。二度の戦に参加した清正や長政などは、日々の兵糧にすら困り死ぬ思いをしたらしい。

「朝鮮か。その名を聞くと三成の瓢簞《ひょうたん》頭を思い出す。儂等が戻って来た時の奴の言葉を思い出しただけで吐き気がするわっ！」

閉ざされた門扉が爆ぜようかというほどの裂帛《れっぱく》の眼光で睨み付けながら、清正が吐き捨てた。

親父が死んで朝鮮から引き揚げてきた者たちが筑前博多《ちくぜんはかた》の港にて三成の出迎えを受けた時のことは、清正自身の口から聞いている。血と泥に塗《まみ》れ、解《ほつ》れだらけの鎧を着けたままの清正たちを前に、皺ひとつない直垂《ひたたれ》姿の三成が吐いた言葉を聞いた時、正則は我が耳を疑った。

「皆様方はひとまず伏見に赴き、太閤殿下の喪《も》を弔《ちょう》して後、領国にお帰りくだされ。明年入京なされた折は、某が茶会を開き長年の皆様の労苦を労《ねぎら》いましょうぞ」

清正たちは親父の死を秘し、息を潜めるようにして海を渡ってきたのだ。多くの家臣同朋の死を目の当《ま》たりにし、言葉の通じぬ敵と長年にわたって刃を交えてきたのである。武人であれば、武人なりの労い方があるであろうと正則は思う。

そのまま領国には戻るな。殿下の喪を弔してから帰れ。疲れが取れて京に戻ってきたら、俺が茶会を開いてやるから。

どのような顔をして三成が言ったのか。正則には見ずともわかる。あの、人を喰ったような顔を思い出す度に、清正ではないが吐き気がする。智に聡《さと》いだけで、武の欠片《かけら》もその身に宿っていない。どうせ細く尖った顎を突き出し、鼻の穴を清正たちに見せるようにして、薄ら笑いで高慢な言葉を吐いたのであろう。

もちろん清正は怒り狂ったらしい。

「御主等は朝鮮に行かず散々富を蓄えられたであろうが、儂等は七年もの長きにわたり領国の経営すらままならず、兵馬を養うのに精一杯で一銭も残っておらぬわ。朝鮮では喰うもままならなんだ。三成。御主が茶会を開いてくれるのならば、儂は稗粥《ひえがゆ》でもてなしてやろうではないかっ！」

そう怒鳴りつけて床几を蹴り上げ場を辞したらしい。どうしてその場で三成を斬り捨てなかったのかと、正則は後に清正をなじった。

「治部少輔殿は、儂等が戻って来なければ良いと思っておったのではないか」

同席していた浅野幸長は、清正の激昂の後にこう三成に問うたという。青瓢箪はつるりとした額に青筋を浮かべて、無言のまま怒りに震えていたらしい。こういう時に悪辣《あくらつ》な返答すらできぬ腰抜けなのである。三成という男は。

石田三成……。

正則たちが憎む彼《か》の男は、いま眼前で閉ざされている門扉のむこうにいる。

「戦が無くなった……。それだけではあるまい」

長政が執拗に正則を問い詰める。清正がうんざり顔で溜息を吐いた。

「もう良かろう。此奴が腑抜けかどうかなど」

白黒など清正にとってはどうでも良いのである。冗長な議論が苦手なのだ。すぐに面倒になって放り投げる。

清正が顔じゅうの毛をもさもさと揺らす。

「市松も言うておろうが。戦になれば目が覚めよう。ほれ、内府殿が三成を門前に放り出してくれれば、此奴は得物《えもの》も持たず真っ先に飛び掛かるわい。のぉ市松」

「ふんっ」

吐き捨てるように鼻から息の塊を吐いて、正則は頭上を見上げた。閏《うるう》三月、春の夜空を篝火が焦《こ》がしている。炎に焼かれてもなお、星々は己が身を誇るように輝き続けていた。

「殿下は死んだ。もうおらぬ」

長政のつぶやきが、正則の心を抉《えぐ》った。腹立ちが雷となって総身を駆け巡る。空を見上げていた顔が、長政に向けられていた。清正たちの背が低い。最初にそう思い、己が立っていることに後になって気付いた。

「落ち着かれよ福島殿」

背後から忠興の声が聞こえる。正則は聞き流して、長政の前に立つ。

「そんなことは御主に言われずともわかっておるわっ！」

門扉のほうで徳川の番兵たちが騒いでいる。こちらの剣呑《けんのん》な気配に、身を固くしているのだろう。変事があれば動く手筈になっているはずだ。家康がなにを命じているかは、正則たちにはわからない。もし、三成を守ることを最優先に考えているとするならば、七人が不穏な動きをすれば、番兵たちの槍先はこちらにむくことになるだろう。

そうなることは十中八九ないと、正則は思っている。なぜなら家康は、正則たちの味方なのだ。いや、どちらかというと門前に集う正則たち七人が、家康に与しているといったほうが正しい。

「親父はもうおらん。そんなことは儂もわかっておる。子供扱いするなよ長政っ！」

「ならばそろそろ腰を据えて目の前のことに集中せよ」

座したまま長政が正則を見上げる。この男も十分智に聡い。が、武人だ。だから、長政の言葉には耳を傾ける。耳を傾けるから、ついつい口籠ってしまう。そうなると長政は、隙を見逃さない。

「殿下が死して豊臣家は揺れておるのだぞ。わかっておるのか正則」

「わかっておるわ。わかっておるから、こうしてここにおるのではないか」

隙を衝《つ》かれてしまっている正則には、子供のような受け答えしかできない。長い付き合いの長政は、そのあたりのことも十分理解している。正則がぼそぼそと単調な言葉を吐くようになると、決まって声に温もりを加えるのだった。

「豊臣の武を担っておるのは清正と御主ぞ。御主たちが腹を据えねば豊臣は内側から崩れてしまうぞ」

「わかっておる。わかっておるのだ」

「だったら座れ市松」

割り込む清正の声もいつになく穏やかである。いつの間にか清正の顔が隣にあった。気付かぬうちに立ち上がっていたらしい。正則の強張る肩に手を置いて、腐れ縁の朋友が笑う。

「御主は誰よりも殿下に可愛がってもらったからのぉ。殿下が死んだことが信じられぬ気持ちは俺にもわかる」

そうだ。

正則は誰よりも親父に可愛がられたという自負がある。子のない秀吉は正則のことを市松と呼んで、息子同然に扱ってくれた。だからこそ正則は武勇で応えた。学の無い正則には、秀吉から受けた大恩に報いる術《すべ》はそれしかなかったのである。同様の想いを、清正も抱いているはずだ。子供ではないから、どちらが好まれていたかなどという無様な口論はしない。だが、正則は己の方が寵愛を受けたと思っている。

「座れ市松」

清正が肩に触れた手に力を込めた。その力にいざなわれるようにして、空の床几に尻を落ち着ける。

「儂等の役目はまだ終わってはおらぬ」

正則が座ったのを確認して、隣に座した清正が番兵たちを見据えながらつぶやいた。

「長政の申す通り、我等が豊臣の武であるならば、その槍先は何処《いずこ》にむける」

「豊臣に仇なす者に決まっておろう」

吐き捨てる正則に、清正が大きくうなずく。膝の上で硬く握りしめた正則の拳の裡から、骨が鳴る音が響いた。嚙み締める奥歯からも、鈍い音が聞こえてくる。仇なす者と口にした時、脳裏にはある男の顔が鮮明に浮かんでいた。親父の寵愛を正則から奪った男の顔である。

「豊臣家に巣食う奸臣《かんしん》は、いまあの門の裡にある」

「わかっておる。どれだけ腑抜けになろうと、奴だけは必ず殺す」

みずからの指先が掌にめり込む。今にも砕けそうだと、奥歯が悲鳴を上げる。それでも正則は身中から湧き出る力をどうすることもできない。脳裏で笑う悪辣な男の顔が、正則の怒りを掻き立てる。

親父の寵愛を奪った男だ。

天下一統が成る少し前あたりから、親父は正則や清正へと目をむけなくなった。対面する機会も減り、言葉を交わすことも稀《まれ》になっていった。

北条を討ち、陸奥《むつ》の大名たちが親父にひれ伏し天下一統が成ると、正則や清正は他の大名たちと同列になった。諸国の大大名たちと対等になったといえば聞こえは良いが、もはや親父にとって正則たちは家族ではなくなったのである。

そんな最中、誰よりも親父の側《そば》に従うようになった男がいた。

石田三成である。

智に聡いだけの三成を、親父はことのほか可愛がった。三成だけではない。大谷刑《おおたにぎょう》部《ぶ》吉継《よしつぐ》、長束大蔵少輔《おおくらしょうゆう》正家など、近江の出の者たちを、親父はそばに置き始めたのである。

近江の者は皆、頭が良かった。

天下一統が成り、戦国の世は終わりを迎えた。槍働きしか能の無い正則のような男の役目は終わったのである。三成たちのごとく頭の良い者によって、天下の政が行われることに、正則はなんの不服もない。天下の政を取り仕切れと命じられたらと思うと、身の毛がよだつ。正則にはそんなことは出来る訳がない。餅《もち》は餅屋である。弁えているつもりだ。

だが、親父と己は家族ではないか。物の譬《たと》えではない。本当の血縁なのである。正則の母は親父の母の妹なのだ。親父と正則は従兄弟《いとこ》なのである。

それがどうだ。

使い終えた道具のように、親父は正則や清正を遠ざけた。気安く接することができるのは、親父の正室である高台院《こうだいいん》の元で親戚連中で集まる時だけ。その時だけは親父も、尾張にいたころの昔の顔で気さくに正則たちと接してくれる。しかし一歩外に出ると、ふたたび親父は親父でなく豊太閤秀吉になるのだ。

片時も三成を放さない親父を見ていると、虫唾《むしず》が走った。三成の取り巻きである近江の優男《やさおとこ》たちも気に喰わなかった。

浅ましい嫉妬である。

わかっている。

だが、どうしようもない。

武士は武功を立ててこそ。幼い頃よりそう教えられて育ってきた。教えてくれたのは、親父である。その親父が、槍働きしか能の無い正則や清正を遠ざけるのだ。なにが正しくて、なにが間違っているのかわからなくなった。

三成が憎い。

その想いだけが、正則の腹中でどす黒い根を張り、ぐんぐんと育っていった。

「我等の行いは私怨ではありませぬ。それは肝に銘じておきませぬと」

正則の熱き想いに水を差すように、長政の奥に座る浅野幸長が言った。五奉行、浅野長政の息子で、母は高台院の妹である。近江衆であるが、高台院との縁もあることで正則や清正と親しく交わって育った。正則と十五、清正と十四、年が離れているため、年若い弟のような存在である。

「わかっておる」

正則が答えると、幸長は鼻筋の通った整った顔をほころばせ、臆せず続けた。

「加賀《かが》殿の背に隠れておった奸臣三成を廃し、豊臣家を守る。それが我等の目的ですぞ」

正則たちに命を狙われていることを知った三成は、死の床にあった利家の看病と称して大坂城に留まり続けた。病身の庇護者を盾にするなど、卑劣極まりない行いである。我が身可愛さの蛮行に、正則たちは嫌悪を募らせた。

正則たちは、利家が死ぬと同時に起《た》ったのである。大坂城を辞する三成を待ち伏せて討つ算段だった。

しかしここで事態は予想だにしていなかった方向へと進んでゆく。正則たち七人の武断派大名たちの決起を知った佐竹侍従義宣《さたけじじゆうよしのぶ》が、密かに三成を京へと連れ去ったのである。しかも、三成はあろうことか家康に保護を頼んだのだった。三成は日頃より、政権を専横していると家康を糾弾していた。それだけではない。三成はこれまで二度、家康を暗殺しようと企んでいるという噂である。いずれも藤堂佐渡守高虎《とうどうさどのかみたかとら》の注進によって事なきを得ているという話だが、これが本当ならば、ただ事ではない。

「この期に及んで内府殿を頼るとは、あの青瓢箪め、そこまで我が身が可愛いか」

清正が吐き捨て、腰の太刀の柄を拳で叩いた。家康の屋敷の前で動けずにいるこの状況に、さすがにしびれを切らし始めている。だからといって、番兵を脅して門を開かせるような真似は逆立ちしてもできなかった。

家康を怒らせてはならぬ。

それは七人に共通する想いである。

朝鮮の戦の折から、事あるごとに七人は三成をはじめとした賢《さか》しき連中と衝突してきた。戦場の現状も知らず、頭ごなしに命令を下す三成たちは清正と衝突。三成は清正を軍律違反として秀吉に注進した。清正は罪を問われ、帰国後すぐさま蟄居《ちっきょ》を命じられたのである。慶長の大地震の折に、その罪は許され清正はふたたび朝鮮へと赴いたのだが、その時の恨みを清正は今でも忘れていないし、正則たち残りの六人も我が事のように思っている。

三成を筆頭とした五奉行をはじめ、賢しき者たちは政権の中枢に居座り、正則たち武のみに生きる侍を無視し続けてきた。その忸怩《じくじ》たる想いを汲《く》み取ってくれる者こそ、天下第一の大大名、徳川家康であった。五大老筆頭としてみずから政権のど真ん中に立つ家康は、親父のように三成たちを重用することはなかった。正則たち武辺者を気にかけ、家同士の絆を深め武士の結束を高めようと常に努力してくれている。

正則の息子も、家康の養女を正室として迎えた。その他にも家康は、奥州《おうしゅう》の伊達《だて》政宗《まさむね》の娘を己が六男、忠輝《ただてる》の妻とし、蜂須賀《はちすか》家政《いえまさ》の子に養女を嫁がせている。薩摩《さつま》島津《しまづ》家とも頻繁に交流して絆を深め、秀吉亡き後の政権を盤石ならしめんと努力してくれている。

しかし三成はそれをも糾弾するのだ。

親父は生前、己の死後、公儀の許しなく無断に大名家同士が縁組をすることを禁じたというのだ。それには、五大老、五奉行も同意していたのだそうだ。つまり家康も承服していたのである。

三成は三中老を伏見に遣わし、家康を糾弾した。政権に異心があるならば、五大老から除外するという強硬な内容であったという。

忘れていた。

それが家康の答えであった。

「忘れていたのだから、謝れば済む話ではないか。それよりも、事を荒立て己を政権から省こうとするのは、それこそ太閤殿下の遺命に背くことではないか。己は太閤殿下より政権と秀頼殿を任された。この家康を政権から除外するということは、殿下の遺命をないがしろにする行いぞ」

そう言って家康は逆に三成たちを糾弾したのである。

よもや伏見と大坂との間で一戦はじまるかという情勢のなか、正則とここに集う六人は、周囲に竹柵と外郭を築いた家康の屋敷を警護した。三成たち奉行衆ではなく、家康に与するという意思表示であった。七人の他にも藤堂高虎、京極高次《きょうごくたかつぐ》など多くの大名が兵を引き連れ家康の屋敷を警護した。

相手は二百四十二万石の大大名である。戦も辞さずという強硬な姿勢の家康を前に、奉行たちは折れるしかなかった。三中老が間に立ち両者の和睦が進められ、四人の奉行が頭を丸めて謝意を明らかにし、事態は収束したのである。

三成だけが頭を丸めなかった。こういう姑息《こそく》さが、正則たち武辺者の心を逆撫でするのだ。

家康と三成は不倶戴天《ふぐたいてん》の敵である。

この見解に異議を唱える者は、豊臣幕下の大名に一人もいない。

「むっ！」

清正が腹の底から声をひとつ絞り出した。その目が捉えているのは、ゆっくりと開かれてゆく門扉である。

六人が立ち上がった。一人出遅れた正則は、背筋を伸ばすようにして勢いを付けながら立つ。

「いやいや」

開かれた門扉のむこうから現れたのは、一人の好々爺《こうこうや》であった。薄茶の肩衣《かたぎぬ》をよたよたと左右に揺らし、にやけ面の翁《おきな》が七人に近付いてくる。首の裏を掌でぺちぺちと叩きながら、弓形の目を右から左へと移し七人を見渡した。

「各々方、このような夜更けまで御苦労様でござりまする」

開いた両膝に掌を置いて、翁がぺこりと頭を下げた。

「我等の用向き、内府殿へと御伝えいただいておるのでしょうな佐渡守殿」

己の鳩尾《みぞおち》ほどしかない背丈の翁を見下しながら、清正が問うた。

本多佐渡守正信。家康の懐刀《ふところがたな》であり、謀議の朋友ともいえる男である。

「はいはい勿論にござりまする」

大袈裟《おおげさ》に首を何度も上下させながら、好々爺は朗らかに言った。それから辺りに目をやって、額を拭う素振りをする。

「それにしてもここは暑うござりまするな。篝火の焚き過ぎじゃ。これでは戦ではないか。早急に片付けさせましょう、片付けさせましょう。ほほほ」

口をすぼめて笑う正信に、荒い鼻息を浴びせた清正が胸を張る。

「我等の装束を見ていただければ御解りになられましょう」

「おやっ」

いま気付いたとでも言いたげに、正信が目を丸くして芝居っ気たっぷりに仰け反ってみせた。

「皆様、いったいどうなされたのでござりましょうや。昨夜、加賀殿が身罷られたばかりにござりまするぞ。服喪《ふくも》の最中にそのような物騒な格好をなさってはなりませぬぞ」

「煙に巻くような物言いは止めていただきたい」

怒りに任せて叫ぼうとしていた清正の機先を制し、長政が冷淡な声を投げた。正信は毛ほども顔色を変えずに、笑みのまま首を傾げる。

「私めがいままさに、篝火の煙に巻かれておりまする。ほほほ」

「惚《とぼ》けられまするな」

取り付く島もなく、長政は淡々と話を進めてゆく。

「そちらに三成が逃げ込んだということはわかっておるのです。清正も問い申したが、我等の申し出はちゃんと内府殿に伝わっておるのでしょうな」

三成を引き渡してもらいたい。

正則たちの願いはそれだけである。三成を引き渡してくれればそれで済む話なのだ。家康と事を構えようとは誰も思っていない。むしろ、家康のために奸臣三成を始末するつもりなのである。

「はいはい」

「伝わっておるのか、おらぬのか。それだけを御答えいただきたい」

惚けようとした正信の鼻っ面に、長政は怜悧《れいり》な言葉の切っ先を突きつける。笑みのままの翁の皺だらけの目尻が一度だけ小さくひくついたのを正則は見逃さなかった。

「回りくどい問答など無用じゃ長政。こんだけの篝火と門外の騒々しさじゃ。内府殿が知らぬ訳はあるまいっ！」

屋敷内に聞こえるように、正則は声を張る。眼前の翁が肩をすくめ、わざとらしく顔を歪めた。五月蝿いという無言の非難を無視して、正則は三成に届けとばかりに大声を張り上げる。

「三成がここに逃げ込んだのはわかっておるのじゃっ！　儂等はあの青瓢箪の首を捻《ね》じ切るまでここを動かぬ故、そう心得ておいていただきたいっ！」

「それは困りましたなぁ」

右耳に小指の先を突き入れながら、正信が苦々しく笑う。正則の拳のなかで骨が鳴る。こういう小賢しい真似をする者が嫌いだった。三成もそうだ。拳で物を言えぬ者は、こういう小癪な態度で人を翻弄《ほんろう》しようとする。その芝居じみた目の奥に、武辺者を嘲笑《あざわら》う色が滲んでいるのも気に喰わない。槍一本で命のやり取りをする者を、心の底で軽蔑している。そのくせ、家康や親父のような強者《つわもの》のそばでなければ己の存在を保てないのだから始末に負えない。

こういう小賢しい者と相対していると、殴《なぐ》り殺してしまいたくなる。

早く……。

三成を目の前に放り出してくれ。

でなければ。

「御主を殴り殺してしまいそうじゃ」

「はて」

小声でつぶやいた正則に、家康の懐刀が耳をむける。賢しい笑みを口の端に滲ませて、正信は正則に問う。

「なにか申されましたか」

「早う三成を出さぬと、御主を殴り殺してしまうぞ」

「おい市松」

放言が過ぎたと刹那の後悔をした後、正則は己を奮い立たせる。たしなめる清正の声に答えず、好々爺のほうへと踏み出し思い切り見下ろした。

「佐渡守殿。其方がすることはふたつのいずれかじゃ。今すぐここに三成を連れて来るか。それとも我等を内府殿に会わせるか。どちらか選べ」

「いずれも嫌だと申したら」

赤ら顔で睨む悪鬼《あつき》を前に、好々爺は笑みを崩さず飄々《ひようひよう》と問うた。気に喰わないが、この男の心の奥にも武は根差している。

「言うてみたらどうじゃ」

正則の赤銅《しゃくどう》色の額と、正信の額を横断する無数の皺の突起が触れそうになる。

「おい市松っ！　いい加減にせぬか。儂等は内府殿と事を構える気はないのだぞ」

清正の言葉を聞き流しながら、正信を気で押す。

「どうする」

「強情な御方ですなぁ。福島侍従は」

溜息をひとつ吐き、正信が数歩身を退いた。正則は追わずに、翁の言葉を待つ。

「宜しゅうござります。殿とお話しになられれば宜しかろう」

「御主」

正則は翁をにらみつけた。

「端《はな》から儂等を内府殿に会わせるつもりだったのではないか」

「ほほほ」

正信は笑い声だけを残し、番兵が開いた門のむこうへと消えた。

七人相並んで下座に控える。甲冑《かっちゅう》姿のままだが、太刀は屋敷に入る時に預けてきた。一段高くなった上座の壁のむこう。上座のすぐそばの畳の下に天井裏。いたるところに気配がくぐもっている。広間にいるのは七人のみだが、少なくともあと五人はこの部屋にいるはずだ。恐らく皆、得物を手にしている。正則たちが少しでも不審な動きをすれば、たちまち囲まれて斬り殺されてしまう。

武人の当然のたしなみである。

他の六人も気配には勘付いている。勘付いていながら平然と座しているのだ。家康に異心はない。普通にしていれば、彼等が姿を現すことはないのだ。

武骨なまでに真っ白な上座の襖が開かれ、家康が側仕えの若者を引き連れ現れた。

「いやいやいや……」

上座に設《しつら》えられた円座にむかうまでの間、家康は肥《こ》えた体を揺すりながら疲れたようにつぶやいていた。

「ふぅ……」

円座に腰を据えると同時に、大きなため息をひとつ吐く。前後するようにして、下座の七人は一斉に頭を下げた。

「面《おもて》を上げてくだされ」

日頃と変わらぬ暖かい響きを持った家康の声が降って来る。親父と同等に、家康の声を聞くと正則はそれだけで心が和《やわ》らぐ。理屈ではない。そもそも理屈などで己を推し量る術を正則は知らない。家康の声を聞くと落ち着く。それだけが真実であり、それ以上でも以下でもない。

皆とともに正則が頭を上げると、どっしりと胡坐をかいた家康のぎょろりと輝く目が七人を見つめていた。

「どうしたものかのぉ皆の衆。三成が頼ってきおった」

「は……」

虚を衝かれた清正が解りやすいほど気の抜けた声で答えた。それを聞いた家康が頬の肉を振るわせて笑う。

「なははははは。御主たちに殺される故、助けてくれと泣きついてきおったわ」

正信との面倒な問答など無かったかのように、家康は挨拶すら省いて核心を突いてきた。勢い込んで面会を求めた正則であったが、こうなると言葉を失い丸顔の老人の鼻面を眺めるだけしかできない。隣の清正も同様で、髭に埋もれた唇をもごもご動かしてはいるが、威勢の良い声は出てこなかった。

「三成を差し出していただきたい」

皆の想いを代弁したのは、若き幸長だった。

「おぉ浅野殿。其方も三成が憎いか」

「はい」

きっぱりと答えた幸長に、狸を彷彿とさせる家康の丸々とした顔がほころんだ。

「某の想いはここに集う皆様と同じ。このまま三成をのさばらせておれば、豊臣家は奸臣どもに喰い散らかされてしまいましょう」

「だから殺すと申されるか」

「武を専らとする我等には、槍しか己を示す術がございませぬ故」

真っ直ぐな言葉に家康が笑みを浮かべて聞き入っている。

親父の派手好みとは違い、家康は質素を好むようで、屋敷の造りにもそれは表れていた。襖など貼れる場所にはふんだんに金箔をあしらい、夜の灯火で室内が照り映える秀吉の住まいを見慣れた正則には、調度は極力排されて重厚な柱と清廉《せいれん》な純白の壁と襖で構成された家康の屋敷に妙な圧迫を感じた。壁や柱の実直な重さが我が身を四方から包み込んでいるようで、息苦しさを覚える。剛直な四角い巌のごとき室内に、真ん丸とした柔らかい姿の家康が座していてくれることで、少しだけ気が和らぐ。

「そうかそうか」

首に埋もれた顎に生える白い物が目立つ髭を撫でながら、家康が七人を見渡す。

「其方たちに三成を渡せば殺されるか」

「無論」

清正が短い声で応えた。鷲の嘴《くちばし》のごとき鼻から荒い息を吐き出して、気迫とともに言葉を上座に投げる。

「奴は内府殿のお命を二度も狙《ねろ》うておりまする。内府殿のお命を奪えばどうなるか。あの悪知恵の働く三成がわからぬはずがない。諸大名の重石である内府殿が亡くなれば天下は再び麻のごとく乱れましょう。奴めは日ノ本を戦乱に戻そうといたしておるのです」

「儂等が三成を討つのは、内府殿の御為でもあるのです」

清正の言に、正則も言葉を重ねた。柔和な関東の主の目が、正則を見て笑う。清正と正則は豊臣家の武の要だ。戦場でひと睨みすれば、男たちは震えて固まる。そんな二人の気迫に満ちた言葉を受けても、家康はそよ風を受けた程にも面の皮を動かすことはない。笑みに緩んだ顔で、楽しそうに七人を眺めている。

「もし……」

脂を蓄えた柔い頬をころりとした掌で叩きながら、家康が清正を見定めて問う。

「儂が三成を渡すのを拒んだら、其方たちはどうするつもりじゃ」

三成を渡すのを拒む。

正則は考えてもみなかった。天敵である三成を家康が庇《かば》うはずがない。三成は命惜しさに大坂を離れ、血迷った挙句、京で一番の実力者を頼った。みずからと家康の関係を失念して。三成は敵の掌中にみずから飛び込んだのだ。

「内府殿は我等を愚弄するおつもりかっ！」

思わず叫んで、正則は腰を浮かせた。立ち上がらなかったのは、幸長が正則の動きを機敏に悟って鎧の上帯をつかんだからだ。父とは違い、己が武勇で名を上げた幸長である。正則が全力で立ち上がろうとするのを、腕一本で押し留めていた。

「まぁまぁ、落ち着かれよ福島殿」

頬を叩いていた掌を掲げて言った家康の声に、動揺の色は微塵もない。武辺一途の正則の裂帛の気迫を浴びせ掛けられても、小揺るぎひとつしなかった。

だからといって正則はここで退き下がる訳にはいかない。この屋敷に身ひとつになった三成がいるのだ。

「今宵、なんとしても三成を殺すっ！　そは我等七人の総意にござるっ！」

「実直な福島殿らしきお言葉でござるな。ほほほ」

三成だけは許さない。

正則はこれだけは譲れないのだ。己から親父を奪った男を許せるわけがない。あの男は、親父の最期を看取った。親父が最期に見たのは、あの男なのだ。己は呼ばれもしなかった。末期の親父は己のことなど忘れていたのだ。

豊臣家に仇なす者。我が意のままに政を行う奸臣。近江衆の出頭人。

そんなことは本当は正則にはどうでも良かった。

穴が開いているのだ。

どてっ腹にぽっかりと。

親父が死んで出来た穴だ。

塞ぐことができるのは、あの男の骸《むくろ》だけ。三成の血肉だけが、正則の腹に開いた大穴を埋められる。

だから、こんなところで退けぬ。

「笑っておられる場合ではありませぬぞ内府殿っ！　いまこそあの奸臣を討つ好機にござりませぬかっ！　ここで奴を討っておかねば、後々後悔いたしまするぞっ！」

「後悔」

家康の気が一瞬にして変じたのを、正則だけではなく七人全員が悟った。

最前まで肥え太った狸であった家康の体軀がひと回り小さくなったように正則には

見えた。縮んだ分の何倍もの気が、家康から放たれ始める。覇気ではない。殺気でもない。修羅場《しゅらば》を幾度も潜り抜けてきた正則にも推し量れぬ異様な気であった。ねばついたそれが、家康の背後の黒い柱と純白の壁を揺らがせている。黒白が入り混じる歪《いびつ》な斑《まだら》模様が、老武士の周囲に漂っていた。

「この儂が三成ごときを生かし、後悔すると福島殿は仰せになられるか」

口振りはまったく変わっていない。柔和な笑みもそのままである。なのに、家康のすべてが先刻の正則の言葉を境に変貌していた。

腰を浮かせたまま正則は上座の妖物《ようぶつ》を睨み続ける。もはや腰をつかむ幸長の手に力はない。立ち上がろうとすれば、幸長の手を振り切っていつでも立ち上がれる。しかし、見えない力で全身を抑えつけられているように、足腰が思うようにならない。

動けば死ぬ。

心よりも深いところで、獣の正則がそう感じている。

「では、儂がここで三成を其方たちに渡したとしようではないか」

「座れ市松」

左方に座る幸長とは逆、右隣の清正が端然と言い放つ。朋友の覇気が気付けとなったのか、正則は拘束を解かれた。しかし立ち上がって家康に詰め寄ろうとする気は起きなかった。清正の勧め通り、静かに腰を床に据える。すると家康は満足そうにうなずいて、いっそう破顔した。だが、総身から立ち昇る怪しき気配はそのままだった。

「儂は五大老の筆頭ぞ。その儂が五奉行筆頭である三成を其方たちに引き渡したとなれば、豊臣家の政は立ち行かぬ。不都合があれば各々の裁断で成敗する。そんなことが罷り通れば、天下はたちまち乱れようぞ」

家康の言いたいことも解る。智に長《た》けた長政、忠興、幸長などは、その言に納得していることだろう。同席する池田輝政は家康の娘婿だ。はなから逆らうつもりはないはず。残る加藤嘉明はどんな時も皆の意見に従うから、長政たちに同意である。

頼みの綱は清正だ。

「虎之助」

正則は隣に座る朋友を呼んだ。上座を一心に睨みながら、清正はうなずく。

「天下が乱れようと我等は三成を殺す」

「正気か加藤殿」

「某も虎之助と同じ想いにござる」

「福島殿は大乱を御望みか」

「三成を殺せるならば、戦乱も辞さずっ！」

「おい正則」

素直な想いを述べた正則を、長政の剣呑な声が律する。しかしもはや、長政の智から出ずる言葉では正則を止められはしなかった。

「難しきことは儂には解り申さず。なにがどうあろうと、儂は今宵三成の首を斬る」

「そは儂と一戦交えるということでござるかな」

「良い加減にせぬか正則っ！」

家康の言葉が途切れた直後、長政が床を蹴って正則に飛び掛かった。寝かされた正則は、長政の体を押し退けようと互いの腹の隙間に膝を滑り込ませた。腹に力を込めて押し退けようとしたが微動だにしない。長政だけではなく、幸長や忠興までもが、正則を押さえている。

「虎之助っ！」

頼みの綱の名を呼んだ。清正の姿を目で追う。

座っていた。

輝政や嘉明とともに、組み合う正則たちを座ったまま見下ろしている。

「止めなされ皆の衆」

家康の声が間近に聞こえ、体が急に軽くなった。長政たちが退き、座してひれ伏す。速やかに身を起こした正則の面前に、丸い顔があった。家康だ。上座にあったはずの家康の顔を間近に見て、正則は息を呑んで固まった。

「福島殿」

手を床に突いたままの正則の前にしゃがみながら、家康が笑う。

「福島殿、福島殿」

笑いながら正則の頬を柔らかく叩く。

「この家康。必ずや其方の願いを叶える場を用意いたしましょうぞ。約束じゃ」

三成を殺す場……。

「真《まこと》にござりましょうな」

血走った目で狸面を睨む。家康は緩めた顔のままうなずく。

「この家康。武人との約束を反故《ほご》にしたことはありませぬ。福島殿の実直な願い。無下にはいたしませぬ」

「頼みましたぞ」

妖気に包まれたまま、正則は家康に頭《こうべ》を垂れた。

七人が去った後、三成は五奉行の任を解かれ、己が居城佐和山城で謹慎との沙汰が下った。政権から除かれようと、三成は生きている。
家康は三成を殺す場を用意すると約束した。
正則はその時を、一日千秋《いちじつせんしゆう》の思いで待ち続ける。

参

大谷刑部吉継

どこまでが駆け引きで、どこからが本意なのか……。

大谷刑部吉継は美濃垂井《たるい》の陣所で一人、思惟に耽《ふけ》っていた。

開け放たれた障子戸《しょうじど》から夏の風が吹き込み、頬に触れる。水気の無い爽《さわ》やかな揺らぎが、病の肌に心地良い。手足に思うように力が入らず、目すらもおぼつかない。吉継の世界は白い靄《もや》のなかにあり、幽玄の気配を孕《はら》んでいる。朝の柔らかい日差しも、照り付ける日中の厳しい光も、夕暮れの紅き空も、吉継にとっては靄の果てに煌《きら》めく幻影のようであった。

病は確実に体を蝕《むしば》んでいる。死の黒き影は吉継の背後に忍び寄り、日を追うごとに濃くなってゆく。

それでも。

休むことは許されない。

大谷家を慕ってくれている家臣たちのため、己を求める者のため。吉継は思うようにならぬ体を引き摺り、領国を離れ、兵とともに東国への旅路の途次にある。

越前敦賀《えちぜんつるが》五万石。敦賀は近江の琵琶湖から京へと続く水運の起点であった。日本海に点在する港を回る商船が、都へと届ける品々を下ろすのが敦賀である。敦賀で荷下ろしされた品々は、陸路琵琶湖へと運ばれ、そこから船で京へとむかう。その途上、琵琶湖の関所として船が必ず通るのが、三成の佐和山である。敦賀と佐和山は、太閤秀吉の富を支える重要な拠点だったのだ。琵琶湖水運の要所である敦賀と佐和山に、秀吉はみずからが最も信頼する者を置いた。

吉継と三成である。

二人とも秀吉が長浜に初めて城を持った頃に仕官をし、小姓として仕えた。賤ヶ岳の戦い、九州征伐、小田原《おだわら》、朝鮮の役と、二人は戦場を駆けまわることよりも、兵たちが速やかに動くための糧道や兵站《へいたん》の確保という後方での働きで功を上げた。

吉継は戦働きが嫌いではない。そのあたりは三成とは違うと己でも思っている。三成は戦働きを嫌う。若き頃から武芸の修練にはあまり関心を示さず、政の道にばかり目が行っていた。

荒ぶる気持ちが吉継の心には宿っている。清正や正則などの豊臣の猛将たちとともに、戦場を駈け巡って戦働きに励みたいと願っていた。しかし吉継は、算用や物の動きを差配する術に長けていた。そしてそれを、秀吉は見逃さなかったのである。吉継は己の想いとは裏腹に、前線から遠ざけられた。戦を厭う三成たちとともに、武人たちを後方から支える務めに邁進《まいしん》せざるをえなかったのである。

秀吉の死後、五奉行たちの詰問《きつもん》に強硬に反した家康が、すわ大坂と一戦交えるかという事態になった時、吉継は清正や正則たち武断派の大名たちとともに、家康の屋敷を警護した。それは、三成たち大坂の奉行連中と反目し、家康に与するという意思表示である。

吉継には清正や正則のような三成たちに対する強烈な恨みはない。朝鮮の役では、どちらかというと三成や増田長盛らとともに、目付として前線で戦う者を監督する立場だったのだ。清正が三成の注進によって秀吉の怒りを買った時も、吉継は三成側にいたのである。

清正等が武断派ならば、吉継は三成等とともに文治派と呼ばれるのかもしれない。

しかしそう呼ばれることに、吉継は納得がゆかなかった。

自分と三成たちがひとくくりにされるのは、武人としての意地が許さない。己も機さえ与えられていたならば、武功によって身を立てていたという気概がある。清正や正則に負けぬという自負もある。病に冒されてさえいなければ、今すぐにでも槍を手にして彼等と勝負しても構わない。勝てはせずとも、手も足も出ずに敗けるような失態は死んでも犯さない。

己は武人だ。

吉継の心中には、常にその叫びがある。

だから、家康からの出兵要請を受け、千人の兵を引き連れて国を出た。

会津《あいづ》上杉家との戦である。

昨年、国許へと帰った上杉家の当主、中納言景勝は、腹心である直江兼続《なおえかねつぐ》の差配の下、国内の道や橋を改修し、城を補修して浪人たちを大量に雇い入れるという戦支度としか思えぬ政を行い始めた。しかもそれらを秘匿《ひとく》するようなことはなく、謀反の疑いを問われると、これらの支度は武士として当然のたしなみであると堂々と言い放ち、悪びれもしない。しかも景勝は、前年からの度々の上洛要請にも従わず、国許に籠ったまま沈黙を守っている。

会津百二十万石という石高は、芸州《げいしゅう》毛利百二十万五千石に次ぐ第三位だ。そんな大大名の不穏な動きに、諸大名たちは騒然となった。

彼等の関心は、不穏な沈黙を続ける上杉家に当然向けられたが、もう一人、いまや豊臣家の公儀そのものとも呼べる存在となった徳川家康の動向にも向けられていた。

前田利家の死の直後に起こった武断派七将による襲撃事件によって、中央から三成が追われると、それ以前に頭を丸めて屈服していた四人の奉行たちには家康を止めるような力はすでになかった。

政権内で逆らう者のいなくなった家康は、朝鮮の役で海を渡った諸将を帰国させた。その間、死んだ利家に代わって秀頼公の擁護を任されていた利家の子、利長《としなが》を謀反の疑いありと問い詰めて大坂城から追い出すと、みずから西の丸に陣取ったのである。

秀頼を人質に取られた。

三成などはそう言って歯嚙みするだろう。

国許に戻った利長が城を修復し、戦支度を整えているという風説が大坂に流れる。これに呼応するように、細川忠興も謀反を画策しているという噂も流れた。このふたつを耳にした家康は、北陸討伐を諸将に表明。みずから兵を率いて前田家を討つと息巻いた。

勝てる見込みのない戦を回避せんと、利長、忠興の両名は、人質を差し出すことで事態の収束を計る。忠興はみずからの三子である光千代《みつちよ》を、利長は生母であり利家の正室である芳春院《ほうしゅんいん》を質として家康に差し出すことで許された。

両国の人質は、はじめ大坂に入ったが、後に江戸に送られた。

家康の領国にである。

これには吉継も驚いた。

謀反とは、公儀に対して為されるものである。公儀、つまり豊臣家に対する叛意《はんい》を、二人は責められたのだ。家康は五大老の筆頭であり、公儀の執行者であるかもしれない。だが、あくまで公儀は豊臣家にあり、その主権は豊臣家の惣領、秀頼にある。異心無き証である人質は、大坂に住まわせるのが常道であろう。百歩譲って、伏見だ。

江戸はありえない。これでは利長と忠興は、公儀に恭順の意を示したのではなく、家康に屈服したということになる。

だが、秀頼と同居同然である西の丸に住まい、大名家から質を取る家康の行いに、正面切って異議を述べる者は一人もいなかった。

吉継もその一人である。

それどころか吉継は、このような状況にあって、家康の命に従い公儀の代表を務めていた。

五大老の最年少、宇喜多秀家の浪費による財政窮乏を原因とした御家騒動の調停役を、徳川家の重臣、榊原康政《さかきばらやすまさ》とともに任されたのである。秀家の浪費によって出来た借財の償却を家臣の禄を減らすことで行おうとしていた者たちと、それに反する家臣たちの間で衝突が起こり、こじれにこじれた末に、榊原康政は家康の叱責を受けて江戸に戻り、吉継も任を辞した。その後、家康自身の手で調停がなされ、五奉行、前田玄以と増田長盛が、ふたつに割れた秀家の家臣をそれぞれが預かることで一応の落着を見たのである。

吉継は、家康から任された調停の役目を果たせなかったのだ。

病の所為にはしたくない……。

そうは思っても、意のままに動いてくれぬ体を押しての調停は思った以上に骨が折れたのは事実である。家康に対してはひと言たりと弱音を吐いてはいない。我が身を気遣ってくれる家臣たちに対しても、気丈《きじよう》に振る舞った。

それでも。

いざという時に体の不調が心や言動に影を落とすのは否めなかった。人と人のこじれた悪念を溶き解《ほぐ》すのは生半《なまなか》な覚悟では務まらない。決死の境地で両者の間に割って入るだけの気概と力がなければ、凍り付いた心にひびを入れることすら叶わない。

行く。と、覚悟を決めてぐいと押し出そうとするのだが、声が出ず体が前に動かない。寸暇《すんか》の後に体は動いてくれるのだが、そのわずかな間が命取り。すでに局面は動いている。間の外れた説得など、なんの役にも立たない。ともに働いてくれた康政は、そんな吉継の忸怩たる想いを十分に汲んでくれていた。協議の席でも、吉継の意を先に先にと悟って、時に代弁し、時に手を差し伸べてくれた。

康政には申し訳ないという気持ちしかない。

己はまだ役に立てるのか。

靄のかかった世に問うてみるが、答えが返ってくるはずもない。役に立てるかどうかを決めるのは、己ではない。他人様《ひと》である。

だから吉継は休んでなどいられないのだ。世のため人のため、天下のため。そんな大きな物のためではない。

己のためだ。

大谷吉継という男がこの世に存在している意味を、みずからの行いで確かめたかった。

そのために吉継はいま、戦場へとむかう道中にある。

「殿」

家臣の声が吉継を現世に引き摺り戻す。

宿所としている寺の本堂の端に、気配がくぐもっている。声を発した者のそれであった。

「どうした」

こんな夜更けに、と続けるところを止めた。どうしたと言うだけで事足りるし、喉を使うのがいささか億劫《おっくう》だったからだ。

背後の気配はその場に留まったまま、静かに言葉を吐いた。

「治部少輔殿からの使いとして柏原《かしわばら》殿がいらっしゃっておりまする」

柏原彦右衛門《ひこえもん》は、石田家に仕える老臣であり、吉継も幾度か顔を合わせている。

「通せ」

「はは」

短く答えると、気配はすぐに遠ざかった。主にできるだけ無駄なことはさせぬまいという、気遣いである。

ゆるりと振り返った。吉継が座っていた場所は、住職が本尊に対して経を読む座であった。振り返って観音を背にすれば、すなわちそこは本堂の上座にあたる。

胡坐をかき、彦右衛門の到来をじっと待つ。その間にも、頭のなかは忙しなく動いている。思惟を巡らせるのは癖だった。幼い頃からひと時として頭が休まることはない。秀吉など目上の者と相対している時でも、常に頭のなかでは別のことを思っている。それでも、相対している者との会話に齟齬を来したことはなかった。吉継にとって思惟と外界は、完全に切り離されているからだ。脳裏で無数の言葉が錯綜していようと、腹の中は別のことを考えている。だから一度たりと、見当外れな返答をして余人を困らせたことはない。

三成が使者を遣わしたということは、吉継の申し出とは異なる返答を持ってきたということ。そしてそれは、恐らくは吉継の望まぬ結果をもたらす返答であろう。

不吉極まりない。

喉の奥が堅くなって息苦しさを覚える。

「殿」

階を登ってきた先刻の声の主が、本堂に入り膝を折った。吉継が無言のままうなずくと、男の背後から現れた肩衣姿の男が、するすると吉継の面前まで進んで胡坐をかいた。恐らくは紺なのであろうが、灯火と靄の所為で淡い灰色に見える肩衣を揺らし、男は深々と頭を下げた。

「柏原彦右衛門にござります。刑部殿におかれましては……」

「良い」

腹に精一杯気を溜めながら言った。そうしなければ、彦右衛門の言葉を止めるほどの勢いを得ないからだ。

言葉を止められた彦右衛門が顔を上げて、戸惑っている。果たして、彦右衛門には己の顔がどう見えているのか。そんなことが気になってしまう。病で目が霞《かす》み出してからというもの、己の顔を見なくなった。元々、容姿にこだわりなどない性質《たち》であったから、みずからの顔立ちに関心はない。身形《みなり》は近習たちが整えてくれるから、顔など見ずとも不便なことはなにもないのだ。

昔は、余人にどう見られているかなど構いもしなかった。

弱さか。

ちくりと痛んだ胸に手を添えながら、三成の使者に精一杯笑って見せた。

「挨拶など良い。それより、あの堅物の返事を聞かせてもらえぬか」

彦右衛門がわずかに顎をかたむけた。すぐに背を伸ばし、上座に正対すると、老臣は堂々と語り始めた。

「是非とも刑部殿と会って話したき儀があると、我が主は申しておりまする。某に同道していただき、佐和山へ来ていただけませぬか」

彦右衛門の乾いた頰に緊張が滲んでいる。弱くなった鼻に、抹香《まっこう》が香った。本堂に数十年、数百年と染みこんだ香りである。それがまるで、彦右衛門の決死の覚悟を示す香りのようで、思わず吉継はみずからの想いを下座の老武士に投げかけていた。

「同道せねばこの場で腹を斬るような面持ちではないか」

「なにがあっても刑部殿を佐和山へ御連れするようにと仰せつかっておりまする故」

「儂は息子をともに連れて行こうと、治部少に申したのだがな」

会津へとむかう軍勢に、三成の息子の重家《しげいえ》を同道させるために、佐和山に使者を送ったのだった。垂井から佐和山まではひと駆けである。こちらの使いを得て、すぐに重家に支度をさせればその日のうちに合流できると見込んでの申し出であった。

「今度《こたび》の会津征伐は、豊臣家の戦じゃ。石田家としても、傍観を決め込むわけにはまいらぬであろう。そう思った故、重家を連れてゆこうと申したのだがな」

長々と語ると息が切れる。本心は、長い問答など避け、石田家は今回の征伐に不参加ということで落着させたかった。三成が傍観するというならそれでも良いのだ。過度なおせっかいを焼くつもりは毛頭ない。

「重家を連れて来ぬのなら、儂が佐和山に行くこともあるまい」

「とにかく佐和山へと」

「儂はこの通りの身ぞ。夜間の馬は疲れるでな」

幸い、かろうじて馬は操れる。だが速駆《はやが》けはさすがに無理だった。このような身になってから戦場に出たことはないが、恐らく今度の戦では家臣たちが担ぐ輿の上で差配することになるだろう。現にここまでの行軍でも主の疲れをおもんぱかった家臣たちの気遣いに甘え、輿に乗って進んでいる。

「もうわかった。佐和山へ戻られよ」

「そうは行きませぬ」

彦右衛門が膝を滑らせ上座に寄る。剣呑な様子に、彦右衛門を連れてきた吉継の家臣が、腰を浮かせる。右手を挙げてそれを制し、吉継は彦右衛門を正面から見据えた。老いた頰がひくひくと痙攣《けいれん》している。佐和山へ行くことを拒んだら、本当に腹を斬りかねぬ形相《ぎょうそう》であった。

「何卒《なにとぞ》、何卒」

「いったいなにがあった」

「なにもありませぬ」

「ならば何故、そのような顔をしておるのじゃ」

「刑部殿を佐和山に連れ帰るのが、某の命にござりまする」

「そは命を懸けるほどのものなのか」

石田家の老臣は黙したまま答えない。

「そうか。それほどの命か」

彦右衛門が喉を鳴らす。

想いとは別のところで、溜息が知らぬうちに漏れた。

吉継は笑う。

「わかった。其方に敗けたわい」

安堵で顔を緩めることなく、彦右衛門は脱力して額を床に叩きつけるようにして、吉継にひれ伏した。


「よくぞ来てくだされた」

相も変わらず愛想笑いすらできぬ仏頂面《ぶっちょうづら》が、紫色の硬い唇を揺らして言った。靄がかかった瞳でも目鼻がはっきりと確かめられるほど、吉継と三成の間合いは近い。四畳そこそこの部屋に、四人の男が膝を付き合わせながら座っている。部屋の片隅に置かれた文机《ふづくえ》の上にある蠟燭《ろうそく》の火だけが、四人を照らす光であった。そんなか弱い光のなかであっても、他の三人の顔が見渡せるのだ。うんざりするほどの近さに、吉継は苦笑いしかできない。

「其方のことを第一に想う忠臣が死ぬと申して動かぬのだ。来ぬわけには行かぬ」

そう答えるしかない。苦笑いを浮かべる吉継に、三成の左方に控える大男が深々と頭を下げた。

「刑部殿ならば、かならずや柏原の御覚悟を無下にはいたさぬと思うておりました」

地を震わすような重々しい声を、分厚い胸板の大男が吐いた。武人だとみずから思い定めている吉継が羨むほどの堂々とした体軀である。

島左近清興《しまさこんきよおき》。

三成の懐刀である。智謀に関しては、豊臣家でも右に出る者はいない三成が、最も頼りにしている男であった。元は大和筒井《やまとつつい》家の臣で、その後、秀吉の弟である羽柴秀長《ひでなが》に仕えた。

三成に過ぎたる者。三成のことを快く思わぬ者たちのなかには、左近をそう評する者もいる。朝鮮の役では秀長の子である秀保《ひでやす》に従い海を渡り、武功を上げた。秀保の死後、武士を捨てんとした左近を、懇請の末に三成が迎え入れた。

智よりも武に勝る男である。

「左様、刑部殿は義に篤《あつ》き御仁故、かならずや来ていただけると信じておりました」

今度は右方の丸顔の男がにこやかに言った。蒲生郷舎《がもうさといえ》と名乗っているが、以前は蒲生氏郷《うじさと》の元で横山喜内《よこやまきない》と名乗っていた男である。左近の二万石に並ぶ、一万五千石という高禄で三成に招かれた剛の者だ。左近は三成同様、なかなか笑わないのだが、郷舎は二人とは違って良く笑う。膝を付き合わせて向かい合うこのような緊迫した状況でも、余裕を満面にたたえて口許をほころばせている。

左近と郷舎は、智に長け、策に先走るところがある三成の手綱を、武人の気骨によって握っていた。才智によって為される抗弁には耳を傾けぬ三成であったが、この二人の言葉だけは素直に聞く。

主の左右に侍るようにして己と相対する石田家の阿吽《あうん》一対の仁王を見遣り、吉継は軽口を吐いた。

「そうやって持ち上げてから、斬るつもりであろう」

「何故、我等が刑部殿を斬らねばならぬのじゃ」

すかさず郷舎が軽快な相槌《あいづち》を打った。この時とばかりに、吉継は返す刀で本心を秘めた言葉を返す。

「儂が内府殿に従い会津に向かおうとしておる故に」

「あばっ……」

珍妙な声をひとつ吐いて、郷舎が口籠った。その目が、ちらと主にむく。三成のつんと尖《とが》った鼻から短い溜息が漏れる。嘘の吐けない年嵩《としかさ》の臣の視線を受け流しつつ、三成が吉継と正対した。

場には白湯《さゆ》すら用意されていない。酒など論外である。垂井から速駆けで佐和山まで来た。城に着くなり三成の屋敷の狭い部屋に通されてこの有様である。喉が渇いていた。こういう細かいところの配慮が、三成には致命的に欠けている。大事な話をすることで頭が一杯になり、相手の様子にまで気が回らないのだ。

家康は、真っ先に相手のことを気遣う。いきなり呼び付けたことをまずは詫《わ》び、喉の渇きをいやすためのもてなしの後に、本題へと移る。

小さな気遣いが、人の評判を作るということに三成は思いが至らない。だからといって、言ってどうにかなるものでもない。日頃、余人をどう見ているか。問われているのは、人の根幹である。忠告してすぐに治るものではないのだ。

「其方が内府殿に近付こうとしていることは、わかっておる」

不躾《ぶしつけ》に三成が言った。頭ごなしである。こういう物言いが人を怒らせるのだ。気が短い福島正則などであれば、このひと言で席を立っている。

黙したままの吉継に、三成が酷薄な言葉を連ねてゆく。

「無断の縁組を詰問する奉行衆とにらみ合い、一触即発となっておった内府殿の屋敷を警護したり、榊原康政とともに内府殿の手先となって宇喜多家の調停に奔走したり。其方が内府殿の顔色をうかごうておるのは解っておる。今度の出兵も同じ」

これで悪気が無いというのだから、恐れ入る。長年の付き合いである吉継であるから、三成の心に微塵も悪意がないことが解るのだが、他の者はそうはいかない。薄い唇から流麗に垂れ流される冷淡な言葉の数々に皮肉と悪意しか感じられないだろう。三成には本当に悪しき想いはないのだ。淡々と事実を述べているつもりである。だから吉継も声を荒らげることなく言葉を返す。

「だから其方の息子をともに連れて行こうと思うたのだ」

「儂にも内府殿の機嫌を取れと」

「そういうことだ」

左近は太い眉を固く引き締め目を閉じながら、郷舎は緩い笑みを口許にたたえながら、二人の遣り取りを聞いている。たがいに声に抑揚がない。ともすれば喧嘩腰のようにも聞こえる。しかし、石田家の双璧は、このあたりの問答には慣れている。余計な口を挟むことなく、ただ黙して成り行きをうかがう。

「佐吉よ」

言いながら吉継は体を傾け、三成へと顔を寄せる。霞んだ目で古き友を見据えた。若き頃より少しも変わらぬ偏屈な顔に、感情の色は微塵もない。こちらから懐を開かなければ、この男は深い所まで降りてこない。行軍中の友をみずから呼んでおきながら、余計な牽制で言葉を濁《にご》しているのが良い証拠だ。みずから相手の間合いに入ることは、三成の矜持《きょうじ》が許さないのである。

面倒な男なのだ。

だがなぜか、吉継はこの不器用な男が放っておけない。

「内府殿に刃向うのは止めておけ」

友の細い眉がひくと震えた。左近の気が細波《さざなみ》のように揺れる。

構わず吉継は押す。

「よもや内府殿に刃向える者は日ノ本にはおらぬ」

「彼奴の専横を指をくわえて見ておれと申すのか御主は。豊臣家の、太閤殿下から受けた御恩を御主は忘れたか」

「それとこれとは別儀であろう」

「別儀にあらず」

言い争ってている。言い争ってはいるが、二人とも口調は驚くほど平静であった。抑揚が極端に無い。

三成が横目で郷舎を見た。

「茶が出ておらぬな」

「そうであった、そうであった」

綺麗に剃《そ》り上げられた額をぺしぺしと叩きながら、郷舎が腰を上げた。背後の障子戸に手をかけてから、思いついたように振り返る。

「茶で良かったですかな」

飄々と主に問う。三成は身を乗り出す吉継に目をむけたまま、平坦な口調で答える。

「茶で……」

「いや」

三成の声を吉継はさえぎった。それから浮かせていた尻を床板に戻し、柔和な石田家の重臣に白く濁った瞳をむける。

「このような刻限に茶を喫すると眠れぬようになる。白湯をいただけますかな」

「子供のようなことを申されるの」

郷舎が笑う。

「ならば酒はいかがか」

左近が入って来た。沈み込んだ場の気を少しでも和ませようとしている。二人の家臣の健気《けなげ》な努力のなかにあって、真ん中に座る三成は相変わらずの仏頂面であった。

「いやいや、白湯で」

「解り申した」

郷舎が障子戸のむこうに消えると、小さな息をひとつ吐いて、三成がふたたび語り始めた。

「家康は豊臣家を滅ぼすつもりだ」

わずかに和んだ部屋の気が、一瞬にして凍り付く。三成はわざと家康を名で呼んだ。もはやみずからの意思を隠すつもりもないらしい。吉継にだって、三成が佐和山へ己を呼んだ真意はわかっているつもりだ。わかったうえで懸命にはぐらかしているのは、どういう意図があってのことか。語らずともわかるはず。それでも三成は踏み込んでくる。

本気なのだ。

吉継は丹田《たんでん》に気迫の塊を置く。病の所為で体の軸が昔より定まり辛いから、気迫を腰骨の器に留めておくのにいささか骨が折れる。それでも、これから先の三成との攻防に耐えるためには、十分な備えをしておかねばならない。
これから言葉の刃《やいば》で斬り合う。

使うのは四肢《しし》ではない。心と頭だ。心という四肢を使い、頭で研ぎ澄ました智の刃を振るうのである。気迫が足りぬと言葉の刃が鈍ってしまう。刃の鈍りは隙を生む。隙が生じれば、打ち込まれ、敗北が待っている。言葉での斬り合いでは死なない。だが、論戦での敗北は、みずからの死を意味する。決別や屈服などという温厚な結末ならば良いが、下手をすればこの場で斬り殺されるということもある。左近と郷舎という武辺者が控えているのだ。そういう結末も頭の隅に置いておくべきである。

丹田に溜めた気を腰骨の器に定めながら、吉継は息をひとつ吐いて、三成と改めて正対した。そうして、一太刀目を古き友めがけて振るう。

「内府殿は豊臣朝臣《あそん》ぞ」

豊臣の姓を与えられた朝廷の臣という意である。朝廷の臣、つまりは太閤秀吉を祖とする豊臣家の臣であるということを示した言葉だ。

「そうだ。家康は豊臣朝臣だ。それこそが奴の専横を援《たす》けている。太閤殿下存命の折に、奴が豊臣家の臣となったばかりに、いまの豊臣家の苦悩があるのではないか」

吉継の一太刀目を受ける友の太刀は、冴え渡っていた。淀みなく淡々と繰り出される言葉は止まらない。

「奴は太閤殿下から政を任されたという一事を盾に取り、横紙《よこがみ》破りを繰り返しておるではないか。大名家同士の許可無き縁組は禁じられておる。そんなことはあの男も承知しておるのだ。なのに奴はみだりに縁組を繰り返し、挙句の果てに忘れておったなどと見苦しき言い訳をし、それでも責める奉行衆を江戸に帰るなどと脅す始末。挙句、己が武力をちらつかせ、奉行どもに頭を丸めさせおった」

秀吉が死んで以降、三成の心中には家康に対する怒りが溜まりに溜まっているのだ。これまで平坦であった友の口調がわずかに激しくなっている。恐らく己でも気付いているであろう。だが、それを直そうともしない。みずからの言葉に感情を乗せるなど、この男のもっとも嫌うところである。感情を乗せてしか話せない清正や正則を、愚かな童と吐き捨てるほどに嫌っていたではないか。そんな男が、己の言葉に乗せられるようにしてますます激してゆく。

「前田殿は生前、加賀大納言という誇りを御捨てになり、あの男に頭を御垂れになられたのだ」

病がちだった利家は、公儀と不穏な関係にあった家康との縁を深めるため、病の身を押して大坂から京へとむかった。その席で利家は、秀頼と豊臣家のことを家康に頼んだ。長年、ともに戦場を駈け巡った利家の懇願を、家康も涙を浮かべて受け入れたという。

「それがどうじゃ。前田殿が身罷られるとすぐに、清正どもを焚き付けて儂を襲いおったではないか」

七将に襲われたのも、家康の差し金だと三成は見ているようだった。さすがに吉継は言葉を挟む。

「あの時、御主は大坂を離れ伏見まで逃げ、内府殿に助けを求めたではないか」

「家康の腹を確かめるためよ」

こんなに激する男であったか。

吉継は目を見張る。

目の前の三成はこれまで見たどの三成よりも、三成らしくなかった。みずからの言葉に酔う姿など、吉継は一度も見たことがない。怒りにまかせて喋ることもないし、想いのままに誰かを糾弾することもなかった。

内府憎し。

三成の目が紅く染まっている。

「助けを求めた儂を迎え入れた時の奴の顔。御主にも見せてやりたかったわ」

慣れぬ激昂《げっこう》に身を任せている三成の口許に、悪辣な笑みが浮かんで小刻みに震えていた。恐らくこれまで一度もみずからの手で人を斬ったことはないのだろう。もしかしたら、殴ったこともないのかもしれない。己の荒ぶる心に、体が恐れを成している。怒りに身を任せることを、体が怖がっているのだ。吉継には良く解る。感情を暴走させるというのは、智で己を見通せる者にとって、これほど恐ろしいことはない。

「死んだはずの男が目の前に座っておるのだ。あの老いぼれめ、必死に平静を取り繕《つくろ》ってはおったが、頬の皺が歪んでおったわ」

「内府殿は御主を助けたではないか。七将を諭《さと》し、其方を佐和山まで送り届けた」

「儂は奉行の職を解かれ、佐和山に封じられた。奴の奸智《かんち》の所為ではないか。本来ならば、七将に討たせるはずであったのだ。己のところに逃げて来るなどということは考えておらなんだはずだ。それでも奴はただでは転ばなんだ。儂を生かす代わりに、豊臣家から排しおった」

いつの間にか三成の胡坐の膝に、拳が置かれていた。固く握られた骨張った拳も、唇と同じように震えている。

「いやはや」

熱を帯びた室内に冷や水を浴びせるような軽妙な声とともに障子戸が開き、郷舎が現れた。重ねられた盃と銚子が載せられた盆を持ちながら入って来ると、元の場所に座って中央に盆を滑らせる。

「やはり酒が良いと思ってな。支度しておったら随分かかってしもうた。ははは」

軽い笑いに左近の口許が和らぐ。笑みかどうか迷うほど淡く唇を歪ませて、左近が盆の上の盃を手に取り、吉継に差し出した。手に取ると、銚子を持った郷舎が笑っている。

「喉が渇いておられると申されたに、酒とはの。ぬはは」

「いや、いただこう」

照れ笑いを浮かべる丸顔の男に告げると、朱塗りの盃を白色の酒が埋めて行く。

「ささ殿も」

左近に勧められ三成が盃を手に取る。郷舎が酒を注ぎ、家臣たちは速やかに自分たちの盃も酒で満たした。

「では」

飾り気のない短い言葉とともに三成が盃を掲げる。吉継たちもそれに続き、四人はともに盃をかたむけた。まったりとした甘みとともに、酒の温みが腹中に降りて来る。腹の底に据えた気の塊を、酒の温もりが包む。

呑み干した吉継に、郷舎が銚子を持って問う。首を左右に振ってにこやかに辞すると、中程まで残った酒をそのままにした盃を床に置いた三成と目が合った。

「珍しいではないか。其方がこれほど熱くなるなど」

正直に語り掛ける。

三成の目元が揺らいだ。

笑っている。

「そうだな。儂としたことが、想いに任せて聞き苦しき言葉を吐いてしもうたな。許してくれ」

素直に謝るのも珍しい。やはり今宵の三成は何か違う。思い定めているのだ。

一事を。

酒の温もりが染みた気を腹の中で練る。想いと情を気に乗せ、腹中から喉へと運び、舌の上で言葉を混ぜた。

「御主はどこまで見据えておるのだ」

吉継の簡潔な斬撃《ざんげき》が三成を貫く。

「ん」

また。

三成が笑った。

一瞬ほころんだ顔をふたたび引き締め、豊臣家一の智将はその名に違わぬ智の煌めきを瞳に宿した。

「家康を討つまで」

自信に満ちた揺らぎのない言葉に、吉継は息を呑んだ。返す言葉が見つからない。三成は、家康を討つまでの策が頭のなかにあると言っている。この男の智謀は死した太閤も、一目を置いていた。三成の才については、吉継も疑いはない。家康を討つまでの策があるというのが本当ならば、それはすでに動いているのだろう。そしているま、こうして吉継が佐和山に呼ばれているのも、策の一環なのだ。

すでに吉継は、三成の脳裏で動く策に取り込まれているのであろう。

「本当に家康を討つつもりか」

友の問いに、いつもは青ざめている頬をわずかに紅潮させた三成がうなずく。その目に宿る光に嘘はない。この男は智謀に長けた能吏ではあるが、奸智で人をたぶらかすような下卑《げび》た真似をもっとも嫌う。三成が家康を討つというのならば、本当に討つつもりなのだ。

「よもや儂を取り込み二人で家康を討つなどと申すのではなかろうな」

「無論だ」

自信に満ち、揺らぎもしない返答を受けた吉継の脳裏に不意な閃きが到来した。我を忘れて喋《しゃべ》り過ぎたせいで重く疲れた喉を、咳払いをひとつして奮い立たせてから、武骨な男たちを従えた友に問う。

「まさか、上杉殿の不穏な動きも其方の入れ知恵ではあるまいな」

「儂だけであの堅物の中納言殿を動かせるはずがなかろう」

三成が己の堅さを棚に上げて、上杉景勝を堅物呼ばわりする。その言葉の裏には、ある男の影がちらついていた。闇に揺れる三成の冴え冴えとした瞳が言わずともわかるだろうと語っている。

「山城か」

「奴しかおるまい」

短い答えだけで、吉継には全てが理解できた。

直江山城守兼続は、景勝が最も信頼する男である。豊臣家中とか上杉家内とかいう小さな括りのなかでのことではない。恐らく景勝は、この世に生きる人のなかで兼続を最も信頼している。兼続は若い頃から景勝の近習として仕え、上杉家の宰相として豊臣家との間を取り持ち、秀吉の覚えもめでたい男だ。それが縁で、三成とも好《よしみ》を通じたのである。

「あの男が中納言を動かし、東北を乱したか。内府殿を大坂城から引き摺り出すために」

「狸め。まんまと穴蔵から出おったわ」

天下一の大大名を見下すように悪しざまに罵《ののし》る三成に、吉継は嫌悪を露わにしながら己が想いを披瀝《ひれき》する。

「内府殿を東国におびき出し、その間に西で兵を挙げようというのであろうが、御主が旗を振っても誰も付いて来ぬぞ。いまの内府殿への物言いもそうであるが、御主の高慢さは諸大名に嫌われておる。それに比べ、内府殿は武名、慇懃《いんぎん》なるそのご気性。高禄、弱卒分け隔てなき細やかな御心遣い。あの御方を嫌う者は少ない。豊臣家の威光だけでは、戦には勝てぬぞ」

「そんなことはわかっておる」

お前は嫌われていると言われても、三成は眉ひとつ動かさない。誰にどう思われているかなど、この男にはまったく関心がないのである。

「佐和山へと押し込められてから、儂は家康を討つことのみを考えておったのだ。敵を知り己を知ることから戦ははじまる。儂では勝てぬことなど、策を練る以前にわかりきっておることではないか」

「なれば……」

「至急、毛利中納言殿に上洛いただき、大坂城西の丸に入っていただく。過日の仲裁の遺恨を、宇喜多殿は忘れておられぬ。あの御方もあの狸めに恨みを抱いておられる」

「御二人を味方に引き入れるか」

「総大将は中納言殿じゃ」

家康が去った西の丸に入れるということは、そういうことであろう。

「すでに長政以外の奉行たちとは相通じておる。儂等の挙兵とともに奉行衆の連名により、家康を糾弾する書状を諸大名に送りつける手筈となっておる」

よもやそこまで事が進んでいたのかと、吉継は目を見張る。己の与かり知らぬところで、三成の策謀の糸は日ノ本全土に張り巡らされようとしていた。

「内府殿を謀反人に仕立て上げるつもりか」

「仕立て上げるとは異なことを申すではないか。儂が仕立て上げずとも、奴の謀反は自明であろう。奴は豊臣家を滅ぼし、その権を簒奪《さんだつ》せんと目論《もくろ》んでおるのじゃ。かつて殿下が、信長が死した後に織田家に行ったようにな」

「そこまでわかっていながら、それでも豊臣家に与するというのか」

「その物言いは聞き捨てならんぞ刑部」

主の言が終わった刹那、左近が咳払いをひとつした。激昂する主を止めるためというよりは、吉継の言葉に主同様の異を唱えるためであるようだった。

「おい刑部。其方はあの狸が天下を簒奪するのを認めるつもりか」

細い体に殺気が揺らめく。慣れぬことをするなと言ってやりたかったが、その言葉を吉継は喉の奥で止めた。三成の左右に控える二人の武人の剣呑な気配が、三成の殺気よりも色濃く室内を満たし、病の喉を見えない手で抑えつける。

下手なことを言えば殺す。

無言の圧が両肩に重く重くのしかかる。

それでも、言わねばならぬことは言う。この場は戦なのだ。斬られるその一瞬まで、抗わなければこの場に座っている意味がない。

己は武人である。

吉継は震える心に勇気の鞭《むち》を入れ、三人の敵と正面から相対し、みずからを貫く。

「力を持つ者が天下を統《す》べる。それが戦国の理《ことわり》ではないか」

「殿下の御威光によってすでに天下は治まっておる。戦国の世の理など今の世には無用なもの」

「天下は治まったやもしれぬが、そこで生きておる者たちは、戦国の世を生き、いまだその気風を忘れてはおらぬ。儂も御主もそうだ。殿下の覇道をその目に焼き付けてきたではないか。九州征伐、小田原から奥州仕置きにいたるまで。殿下の天下一統の道は、常に力によって為されてきたではないか。豊臣家の幕下にある大名たちは、力によって殿下にひれ伏した者も多い。強者によって天下が統べられるのが当然であると思うておる者も少なくはなかろう」

「では御主は、殿下がおらぬ豊臣家には天下を統べる力が無いと申すか」

三成の怜悧な言葉の切っ先が吉継の鼻先で止まっている。次の吉継の返答が、二人の命運を分けることになるだろう。

同調か、反発か。

ともに秀吉に引き上げられ、国持ち大名にまでなった。天下一統がなった後の豊臣家の公儀をともに作ってきたという想いは双方にある。三成は吉継を、吉継は三成を無二の友と心得ていた。だからこそ、三成は今宵、吉継を佐和山に呼んだのである。家康に味方しようとしている友を引き留めるために。

「刑部よ」

霞んだ目に映る三成の目が、白色の靄を焼かんとするほど紅く燃えていた。

「其方は最早、豊臣家は終わりだと申すか。あの狸が、殿下に代わって天下を統べると。それを大名たちも望んでおると申すのか」

急《せ》かすな三成……。

想いが言葉にならない。三成の意にそぐわぬ答えを発して左近に縊《くび》り殺されることなど怖くもない。己を曲げて追従するような愚かな真似をするくらいなら死んだ方がましだ。そんなことで声を失っているわけではない。

言いたくなかった。

豊臣家は終わりだと。

認めたくなかった。

それでも。

武人として、己の想いを伝えなければならない。腹を決め、吉継はかさかさに乾いて張り付いた唇を無理矢理引き剝《は》がして己が想いを放つ。

「天が内府殿を次の覇者にせんとするならば、それを止める力は、いまの豊臣家にはあるまいと思う」

友は声を吞んだ。左右に侍る武人たちは、顔を引き締め、指先ひとつ動かさずに瞑《めい》目《もく》している。

生暖かい沈黙が狭い部屋に流れる。障子戸の外から蟬《せみ》の声が聞こえて来た。先刻から鳴いていたのだろうが、この時まで吉継には聞こえていなかった。日中のけたたましいそれとは違う、時を忘れた数匹のみの細い声は、知覚せねば気にもならない。夜でも蟬が鳴くのかなどと呑気なことを考えていると、己が殺意の只中にあることをつい忘れてしまう。

「殿下の……」

目を伏せ、胡坐の裡にあるみずからの手を見つめながら、三成が言った。その声は弱く、先刻までの刺々しさが失われている。蟬の声から意識を友へと移し、舌先で唇を濡らした。かすかに血の味がしたのは、さっき無理矢理引き剝がしたせいだ。

「殿下の臨終に立ち会《お》うたのは、儂一人であった」

それは吉継も知っている。秀吉が死の床に就いてからは、三成がずっと寝ずの看病を続けていたという。その最中の死であった。

「身罷られる直前、殿下は病を忘れたかのごとく聡明になられ、儂に後事を託された」

掌にむけられていた目が、吉継を射た。紅く染まっていたはずの目が、青白く輝いている。

「どんな手を使ってでも家康を殺せ。命に代えても為し遂げよ。それが儂だけに遺された、殿下の最期の御遺言だ」

幼き我が子を頼むと、秀吉は涙ながらに家康に頼んだという。家康だけではなく五人の大老にみずからの手で、秀頼を頼む旨《むね》の書を認《したた》めたとも聞く。それほど、秀吉は我が子のことを気に病んでいた。

家康を殺せ。

あの男ならばそう言うだろう。いまの三成の言葉が虚言ではないことを、吉継は直観として感じ取った。

「儂は殿下の御遺言のためだけに、この二年生きてまいった」

「それ故、暗殺などという卑怯な真似を」

「あの男が死ねば良いのだ。できるだけ余人を巻き込みたくはなかった」

その目論見は二度、藤堂高虎によって阻まれている。

「殿下でさえ戦で屈服させられなんだ男。儂の思惑など、すでに見透かしておるはず」

高慢で他者のことを顧みようともしない三成が、謙虚なまでに家康を冷徹に見定めている。

この男は本気なのだ。

本気で家康を討つことだけにみずからの命を注ぎ込んでいる。

「殿下が死んでから、儂と奴は目に見えぬ刃を幾度も交えてきた」

公儀に無断での縁組、それに対する詰問。四奉行の剃髪《ていはつ》に、七将襲撃からの家康邸への逃亡。そして奉行職はく奪の上、佐和山に謹慎。

二人の攻防は諸大名を巻き込み、静かに繰り広げられてきたのだ。

「もはや、あの男を殺すだけでは徳川家の横暴を止めることはできぬ」

「それで戦か」

「儂の策に兼続は同意してくれた。増田殿、前田殿、長束殿も儂と心はひとつじゃ。九州の立花《たちばな》殿、四国の長曾我部《ちょうそかべ》殿にも、儂の想いは伝えておる。良いか刑部。この戦は儂の私怨などでは決してない。豊臣家恩顧の武士であることを示す戦ぞ。家康は天下を乱す奸賊《かんぞく》である。奴を破らぬ限り、天下は真の静謐《せいひつ》を得ることはできぬのだ」

「本当にできると思うか」

「できる」

三成は揺るがない。

「家康とともに会津にむかっておる市松や長政たちも、儂のことを嫌うてはおるが、殿下の元で育ってきた仲じゃ。豊臣家への大恩を忘れてはおらぬ。家康を糾弾《きゅうだん》し、毛利中納言殿が旗頭となって豊臣家のために戦うとなれば、行軍の最中、家康を討つこともあり得よう」

「東と西から内府殿を包み込むか……」

「どんな手を使っても、儂が奴を追い詰める。奴に勝ち目はない」

友の喉が鳴った。

「儂の力になってくれ刑部」

「このとおり、儂は病の身ぞ」

「病を押して会津にむかおうとしておったではないか」

「三成よ」

「なんだ」

散々に言葉の刃で斬り合った。

勝ったのはどちらなのか。己か、三成か。吉継には良くわからない。

「殿下が生きておられたら、いまの儂等を見てどう申されるかのぉ」

答えは返ってこなかった。

その夜、吉継は佐和山城を辞し、単身垂井の陣所に戻った。明確な答えを避けた吉継の帰還を、三成は止めなかった。

垂井に留まること四日。

吉継はついに去就を決めた。

友とともに起つ。

吉継は手勢とともに佐和山城へ入った。

肆　黒田甲斐守長政

思い切り引いたのに、びくともしなかった。

黒田甲斐守長政は福島正則の体の芯に宿る、重厚な力にあらためて驚いている。海老茶の陣羽織の襟元を握りしめ、振り返ろうとしている朋友を押し留めていた。

「待て。とにかく話を聞いてくれ正則」

福島という姓や侍従などという官職で呼ぶと、妙に照れ臭くなる。そんな間柄であった。長政と正則は、秀吉が長浜城の主であったころからの付き合いであった。七つ違い。正則が上である。正則は秀吉の妻の親類として、長政は父の臣従の証の人質として、ともに秀吉の妻である於禰《おね》の元で育てられた。

市松、松寿丸《しょうじゅまる》。

そう呼び合っていた頃に染みついた関係は、三十三になった今でも変わらない。

「放せ長政」

襟首をつかむ長政の腕の上に、みずからの拳を置いて、正則がねじるようにして引き離そうとする。歯を食い縛って強硬に耐えるが、このまま強力で押され続ければ、じきに手首が悲鳴をあげるだろう。

「怪我《けが》するぞ」

「とにかく頭を冷やして、俺の話を聞いてくれ正則」

腕を絡《から》めたまま睨み合う。

「三成めが兵を挙げたからと言って、内府殿に加勢する義理も儂にはない」

「なにを申しておる。御主の息子の正室は、内府殿の御養女ではないか」

太閤秀吉の死後、公儀の禁を無視して強行された縁組であった。長政自身も、蜂須賀家の女であった前妻と離縁して、家康の養女を室に迎えている。

「だからといって、儂は内府殿の臣ではない」

豊臣家への謀反の罪に問われた上杉家征伐のため会津にむかう家康に、上方で三成が兵を挙げたという報せが入った。長政はすぐさま呼ばれ、家康から密命を受けた。

豊臣恩顧の者たちを束ねてくれ。

上杉征伐に従軍している大名たちは、あくまで豊臣家の臣である。秀吉に大恩を受けた者ばかりだ。

三成が兵を挙げると同時に、増田長盛、前田玄以、長束正家連名で、秀吉の死後にその遺命に反した行いを十三条にまとめた書状が家康の元に届いた。それと時同じくして、家康を真の謀反人と断じ、豊臣家への恩を忘れていなければ秀頼公に忠を尽くせという趣旨の檄文《げきぶん》を諸大名に送りつけたのである。

家康は豊臣家の臣として、諸大名の兵とともに会津へと下っていた。その家康こそが謀反人であると、大坂にある三奉行が連名で断罪し、豊臣家のために味方せよと高らかに宣言したのである。

檄文が諸大名に届くころには、広島を発した毛利輝元が大坂城西の丸に入り、三奉行に懇請される形で、家康糾弾の盟主となっていた。

「宇喜多殿も毛利殿の元に参じたというではないか。五大老のうち、二人までもが内府殿に異を唱えた。上杉殿もはじめから三成と通じておったと思うたほうが、筋が通る。大方、直江山城あたりが三成と絵を描いたのであろう」

襟首をつかまれたまま正則が黄色い歯を露わにして言った。策謀などという小細工がめっぽう嫌いで、槍働きにしか関心のない男にしてはなかなかの卓見であると、長政は心中で感心している。

「内府殿もそう申されておる」

「毛利、宇喜多、上杉。大老のうち三人までもが、内府殿を滅するために動いておる。大義がいずれにあるか。内府殿とともにおらぬ者たちは、大坂に義があると思うは必定」

「数や形勢、有利不利。そのような物に、七本槍の筆頭、福島侍従正則は惑わされるのか」

賤ヶ岳で最も武功を上げた七人が、賤ヶ岳の七本槍と呼ばれている。正則と清正は、いずれが筆頭であるかと事あるごとに言い争っている。筆頭は御主だと、さりげなく言ってやることで、正則の心を和らげようとする小細工だ。

しかし、前段の言葉が逆鱗《げきりん》に触れている。長政の小細工など耳に入っていない。その証拠に、黒々とした髭の無数の毛先がつんと上がり、天を突く。刃も通らぬほど分厚い面の皮が、みるみるうちに紅くなった。

「俺が強き者に尻尾《しっぽ》を振ると言いたいのか松寿丸」

互いの立場など忘れ、正則が長政の幼名を呼んだ。怒りが骨の髄にまで達し、見境を無くす一歩手前である。

周囲の雑兵《ぞうひょう》たちが、二人を遠巻きにして震えていた。福島家の陣所である。幔幕《まんまく》の裡にあるが、正則の臣たちは出払っていた。残っているのは、足軽ばかり。主と言葉を交わすことすらないような者たちである。当然、二人の諍いを止めようという者など一人もいない。

見計らってのことだ。

この日、長政たち上杉征伐軍は下野国小山《しもつけのくにおやま》に入った。到着とともに各大名家が方々で陣所の設営を始める。慌ただしいひと時。長政はこの忙しないところを狙った。自軍の支度を家臣たちに任せ、己は単身福島家の陣所へと馬を走らせたのである。静かな場所で語るより、気が急いた時のほうが正則は御しやすい。そう見込んでのことである。

「鳥居元忠《とりいもとただ》殿が守られておる伏見城が、宇喜多中納言殿に率いられた四万の軍勢に囲まれておる」

怒りに震える正則の瞳がひと回り小さくなった。

「守る兵は千八百あまりだそうだ」

「その報せは何処から」

「内府殿から直々に」

いまだ諸大名の耳には入っていない情報である。三成の挙兵も、毛利、宇喜多両大老の行動も、伏見城のことも、進軍中の豊臣恩顧の諸将たちは知らされていない。徳川譜代の将以外に知っているのは、長政だけだ。

「伏見城はひとたまりもあるまい」

鳥居元忠といえば、家康が今川家の人質の頃から側に仕えた忠臣である。家康の信頼篤き勇将だ。それでも、四万もの兵に囲まれ千八百で堪《た》え切れるものではない。

「四万か……」

うめくように正則がつぶやいた。

「まだまだ数は増えような」

会津へとむかう軍勢は、家康の嫡男、秀忠が率いる前軍三万七千あまりと、家康みずからが率いる後軍三万一千。合わせて六万八千あまりである。

だからといって。

大半が家康の兵ではない。従軍するすべての諸将が家康に与して初めて、六万八千の兵で三成たちと相対することができるのだ。

いかに多くの豊臣恩顧の者を家康側に引き込めるか。六万八千からの減少をどれだけ少なくできるかが、長政の務めであった。

その仕事の第一歩と定め、駆けつけたのが正則の陣所である。

崩すなら本丸から。

正則は、上杉征伐に従軍する諸大名のなかで、誰よりも色濃く太閤秀吉の恩を享受したと自他ともに認める男である。そのうえ並み居る諸大名のなかでも、武勇と鼻息の荒さでは右に出る者はいない。この男が家康に与すると宣言してくれれば、去就に迷う者たちが一気に徳川へと傾くはずだ。

「このままでは内府殿は危うい。いかに二百四十二万石の大領を有していようと、日ノ本の侍に東西から挟まれてしもうては、ひとたまりもあるまい」

「御主はどちらの味方じゃ」

「内府殿だ」

断言する。

迷いはなかった。

太閤秀吉が死んだ時から、長政の腹は決まっている。

次の覇者は家康だ。

家康自身はその野望を気取られぬよう、牙と爪を隠しながら地歩を固めているが、長政の目は誤魔化せない。どれだけ声高に己は豊臣朝臣であると叫んでみても、家康の慇懃な笑みの裏に、狡猾《こうかつ》で邪《よこしま》な野心が透けて見えている。

長政は秀吉屈指の謀臣、黒田官兵衛孝高《よしたか》の子だ。

黒田官兵衛という名は、長政の三十二年の歩みのなかで常に足枷《あしかせ》であった。功を上げても、結局は黒田官兵衛の子であるからという断りが付く。己の力のみで評価されたことなど一度としてなかった。幼いころから正則や清正たちとともに武芸の修練に励んだのも、智謀を評される父と異なる道を歩むためである。賤ヶ岳では正則たち七本槍に次ぐ武功を上げ、朝鮮でも七年もの長きにわたり、みずから先頭に立って戦った。いまや長政を、謀の男だと見る者は少ない。矮小《わいしょう》な父に似ず、体躯に恵まれたことも長政には幸いした。官兵衛の息子であることには変わりないが、すでに父の呪縛からは脱していると長政は思っている。

なのに……。

今頃になって身中に宿る父の血が騒いでいる。

家康の野心に気付いた者がもう一人いた。

三成だ。

あの才智に長けた男は、秀吉の死の直後から家康だけを見ていた。幾度も暗殺を試み、奉行たちを担いで糾弾し、この二年間、家康を追い詰めることのみに心血を注いでいる。

豊臣家のために。

冷血で情の無いあの男が、死んだ男のために躍起になっている姿が、哀れでもあり、羨《うらや》ましくもあった。三成のように、なにかに身命を注いで己は生きているのか。

生きていない。

豊前中津十八万石。父とともに得た知行になんの不足もなかった。戦働きに精を出すのも、己の出世のためというよりは智謀の父から離れるためであった。

その時々では必死なのだ。

どの戦場もおろそかにしたことはない。命を惜しむような戦いをしたことはなかった。だからこそ、長政は武辺者だと周囲から見られるようになったのだ。

だが、いつでもどんな時でも、常に長政の頭上には別の己がいた。どれだけ無心で槍を振ろうと、前線を駆け兵たちを叱咤《しった》しようと、心を滾《たぎ》らせる長政とは別の、冷淡な己がふわふわと宙を漂いながら奮闘するみずからを見下ろしているのだ。

そして、無我夢中で戦場を駆けまわる長政を嘲笑《あざわら》う。そんなに必死に頑張ったところで、正則や清正のようになれる訳もなかろうに。御主は所詮、黒田官兵衛の息子。武働きに精を出したところで、高が知れておるわ。と、あざけりながら空の上でけらけらと笑うのだ。

熱き己と冷めた自分。

その狭間《はざま》で長政はつねに揺れていた。黒田長政という男はいったい何者なのかという疑問が、胸中に錆《さ》びた釘《くぎ》のように突き刺さり己を苛《さいな》む。

だから、秀吉死後の三成が眩しかった。

手も足も武人とは思えぬほど細いくせに、日ノ本一の武士である家康に単身牙《きば》を剝く。幾度策を阻まれようと、諦めずに新たな策で喰らい付く。

あの男だけが、家康の胸中の野心に気付いている。

己も同じなのだ。

本心では叫びたかった。

己も家康の本心に気付いているぞと。この老獪《ろうかい》な武人は、豊臣家のことなど毛ほども案じていないと。

三成が豊臣家を守る気ならば。

長政は家康に与することに決めた。

豊臣家には大恩がある。滅ぼそうとする家康に与することは、死んだ秀吉に後ろ足で砂をかけるような行いだ。

父ならば……。

あれほど正視することを拒んでいた父の存在が、岐路に立たされた瞬間、脳裏で大きなものとなった。

黒田官兵衛ならば迷わない。

死んだ秀吉に忠を尽くすような真似はしないだろう。豊臣家の家運が衰えたのならば、もはやそれまで。薄ら笑いを浮かべ、沈む船から平然と飛び降りることだろう。

「内府殿は豊臣家のために上杉を討とうとなされておるのだぞ。秀頼君が関白になられるまでの間、豊臣家の政を任されておるのは、内府殿ではないか。内府殿を糾弾するなどと申して騙《だま》し討ちのように伏見城を大軍で囲み、無断で西の丸に入るなど言語道断。卑劣極まりない手を弄《ろう》し、どれだけ声高に正義を叫んでみても、筋が通らぬ」

家康の野心は隠しておくに限る。家康は豊臣の家臣である。それが建前なのだ。そこを疎《おろそ》かにすると、正則のような男はすぐに敵になる。

「政嗅様《まんかか》も内府殿を頼みにしておられる」

「政嗅様がか……」

秀吉の正妻である於禰は、出家していまは高台院と名乗っている。しかし長政や正則のように、幼い頃から於禰を母同然として育った者たちは、北政所と呼ばれていた頃から、政嗅様と親愛の情を込めて呼んでいた。

「今の大坂に巣食うておるのは、淀の方と三成をはじめとした近江衆ではないか。御主や清正は尾張の頃より殿下や政嗅様の恩を受けておる。儂も御主たち尾張の武辺者たちとともに育った。心は御主たちとともにある」

「松寿丸」

使える物はなんだって使う。それがたとえ、育ての母であったとしても。

「政嗅様は近江衆に乗っ取られた、いまの豊臣家を憂えておられる」

「しかし秀頼君は淀の方の御子ぞ」

「そのようなことは政嗅様もわかっておられる。秀頼君や淀の方のことをどうこうしようなどとは思うておられぬ。政嗅様にとっても秀頼君は太閤殿下の遺された可愛い御子ぞ。政嗅様が憂えておられるのは、御二人の周囲におる者たちのことよ」

「三成……」

吐き捨てた正則の歯が鳴る。

長政はゆっくりと陣羽織の襟を手放した。すでに正則は、長政の元から立ち去る気がない。

「この地を去り清洲《きよす》の城に戻れば、御主がなんと言おうと内府殿は三成に与したと断ずるであろうな」

「儂は三成になどっ……」

豊臣家への忠節から目を逸らさせ、三成へと正則の目をむけてゆく。長政の言葉を待っている猛将に、舌先に載せた謀を聞かせる。

「朝鮮にて死ぬような想いをした我等にとって、三成は不倶戴天の相手であろう。内府殿が討とうとするは、秀頼君でも毛利でもない。あの男よ」

「では内府殿はすでに、反抗の意を持っておられるのか」

「明日、この地にて評定《ひょうじょう》を開かれる。その場で三成の決起と大坂の内情を皆に語り、味方を募る御積りじゃ」

「味方……」

長政はちいさく頷き、正則の尖った耳に唇を寄せる。

「諸大名の態度如何によっては、引き連れてきた軍勢とともに踵《きびす》を返し、西の敵と一戦交えられる御積りじゃ」

長政は己でも不思議に思うくらい、いつもよりも饒舌《じょうぜつ》である。まるで父を見ているようだった。智謀策謀においては勝てぬと早々に見切りをつけ、背をむけた父の姿がいまの己と重なる。荒武者の耳元に策謀の毒を注ぎ込んでいると、父が乗り移ったような心地になるのを抑えきれない。そしてそれが、奇妙なことに嫌ではなかった。己はやはり黒田官兵衛の子なのだという、誇らしい気にすらなってくる。

命じられた務めを終えたのか、長政も見覚えのある、当世具足を着けた福島家の家臣が近づいて来た。正則が険しい顔を若き臣にむけて、視線で動きを制する。若き武者は、主の意図を悟り小さな辞儀をひとつして振り返った。その様を遠巻きに見守っていた男たちが、正則の意を完全に理解して、視線をむけることすら止めた。みずからの臣の素早い対応に満足するようにうなずき、正則が長政に目をやった。

「上杉はどうする」

引き返すことになれば、こちらの到来を待ち受けている会津の上杉勢に背を見せることになる。

「もちろん留守居を置かれることであろう。恐らく徳川家から一人。それと伊達殿や最上《もがみ》殿であろうの」

東北に所領を得る伊達政宗、最上義光《よしあき》らは、上杉勢との戦の支度を進めている。政宗にいたっては上杉領内の白石《しろいし》城をすでに攻め落としていた。

「もしも、明日の評定にて大半が反した場合、内府殿は如何にするつもりじゃ」

長政は正則の肩を叩くようにして力任せにつかんだ。柄にもないことをという自嘲の言葉を心中につぶやきながら、武人の肩を熱く揺さぶる。

「だからこそ、御主の元に参ったのではないか」

暑苦しいことこの上ない。そう思いながらも、腹から気を吐くようにして荒武者好みの声音で想いを口にする。

「よいか。明日、大半が三成に与するとなれば、たちまち内府殿は逆臣となり、敵に囲まれることになる」

その憂いは捨てきれない。すでに三奉行から発せられた家康糾弾の書を、国許から密かに受け取っている者がいないとも限らない。豊臣恩顧という大義名分に則《のっと》るならば、奉行たちの糾弾にはうなずけるところが大いにある。長政も豊臣家こそを第一と考えるならば、三成や奉行たちの言い分に心からうなずくことだろう。

だが。

戦国の世は終わっていない。主無き豊臣家では、日ノ本全土の曲者《くせもの》たちを従えることなど土台無理な話なのだ。

力か恩義か。

長政は迷わず力を取る。それで良いと、育ての母である於禰も言ってくれた。憂いはない。

「明日、御主が誰よりも先に内府殿への同心を表明してくれ。上杉征伐に従っておる者たちのなかで豊臣家との繋がりが誰よりも深い御主が、内府殿に味方すれば、迷うておる者たちはいっせいに御主の後に続くであろう。弱き者どもともなれば、御主の声だけで怯《おび》えて内府殿に靡くはずじゃ。いずれにせよ、明日の評定は御主が頼りなのだ。内府殿もそう申されておる」

「ひとつだけ……」

正則は目を伏せた。

「ひとつだけ聞かせてくれ」

「なんだ」

肩をつかみ、猛将の髭面を覗き込む。

「内府殿に豊臣家を滅ぼす気は本当に無いのだな」

「無い」

長政は嘘を吐いた。

己を殺す気か。

そう問いたくなるような殺気を帯びた視線が、長政に突き刺さっている。ひとつではない。本多正信、本多忠勝、井伊直政、榊原康政。並み居る徳川の猛者《もさ》たちが、下座に胡坐をかく長政を睨みつけている。左方に居並ぶ家臣たちと相対するようにして座るのは、徳川秀忠、結城《ゆうき》秀康《ひでやす》、松平忠吉《まつだいらただよし》ら、家康の子たちであった。

長政は正則の陣所を辞すと、その足で家康の元へとむかった。陣所となっている寺の本堂に通され、三つ葉葵の幔幕が張りめぐらされたなか、徳川家の主だった者たちに囲まれている。

後背に光輪を背負う金色の本尊を背にした上座に、家康が座している。真っ白に染まった髷《まげ》の下にあるふくよかな顔は、日頃は緩んで笑みを絶やさない。三成のような偏屈者にどれだけ無礼な態度を取られようと、笑ってやり過ごす。その温和さと、決すべき時は即座に決する見事な采配から、家康を悪く言う者は少ない。だが、いま長政の前に座る家康は、少なくとも隠忍自重、穏和実直と評される男ではなかった。

「福島はなんと言うておった」

腹の底から邪気をさらって言葉に混ぜて吐き出したかのような、どす黒い響きをたたえた声が上座から降って来る。長政は平伏し、目を伏せたまま全身に力を込めて震えを必死に抑えていた。少しでも気を抜けば、体が激しく震えだす。左右に並ぶ男たちの殺気など、家康から浴びせられる妖気に比べればそよ風程度の心地良さである。

この男がこれほどに本気になるとは……。

他家の者を前にして本当の己を隠さない家康の余裕の無さに、長政は改めて三成という男の底知れぬ才に感嘆する。

「甲斐守殿」

醒めた響きの声が左方から長政をうながす。本多正信である。長政は一度ちいさな咳払いをして、場の者たちを牽制してから上座へと言葉を投げた。

「明日の評定にて、内府殿が上方の情勢を語り終えたらば、誰にも先んじて同心の意を示すと申しておりました」

「真であるな」

高いところから吐かれた黒々とした声は、一度床までこぼれ落ちて、平伏する長政の両腕の間を潜り抜けて鳩尾《みぞおち》あたりでぐいとせり上がった。腹のど真ん中を家康の声が貫き、長政は一瞬息ができなくなる。

「どうなされた」

正信が急かす。

鼻から息を吸い、我を保ちながら、長政はゆっくりと問いに答える。

「間違いござりませぬ」

「あの男の出方次第で明日の評定の流れは決まる。もし福島が動かぬ時は、其方は如何にするつもりぞ」

確約はできない。たしかに正則は、長政を前にして家康との同心を約束した。豊臣家に異心はないという長政の嘘を、正則は信じたのだ。しかし、あの男も愚かではない。心の底で家康の危うさに気付き、すんでのところで豊臣家に傾くやもしれぬ。結果、憎き三成と手を結ぶことになるとしても。

正則が家康に同心するのは七分と、長政は見ている。策謀に十全などということは在り得ない。在り得ないことを承知していながら、家康は長政に問うているのだ。

策が破れたらどうするのかと。

己は黒田官兵衛のたった一人の子だ……。

長政は心に唱え、眼前の家康にも負けぬ程の闇を腹の底に念じる。かっと目を見開き、顔を上げて家康を見た。

「その時は、我が命にて責めを負いましょう」

「腹を召されると申されるか」

「左様」

「ほほっ……。ほほほほほ」

妖物が破顔した。膨《ふく》れた腹を揺らしながら大笑しているが、弓形に歪んだ目の奥の瞳は笑っていなかった。虚ろな闇をたたえたまま、長政を捉えて放さない。

「甲斐守殿がここまで仰せなのだ。疑う余地はあるまいよ正信」

「そのようにござりまするな」

家臣の最奥に座る老人が、邪な笑みとともに頭を下げた。

「がははは」

薄墨色の直垂を揺らし、長政に最も近いところに座る忠勝が笑った。どろりとした邪気の横溢する部屋のなかで、この男が放つ覇気だけが場違いなまでに清廉な風をはらんでいる。

「五月蝿いぞ平八郎《へいはちろう》」

頭を下げたままの正信が横目で忠勝をにらむ。その陰湿な視線に目を合わせることなく、徳川一の武人は下座の長政に轟雷《ごうらい》のごとき声を浴びせた。

「評定もまた戦じゃ長政殿。事前の策が通用せぬことなどいくらでもあるわ。その度に腹を斬っておったら、命がいくつあっても足りぬわい。がはははは」

同朋たちの呆れた視線も、正面に座す家康の子供たちの糾弾するような渋面《じゅうめん》もどこ吹く風。忠勝は豪快な声を吐き続ける。

「正則が反した時は、即座に儂が立ってやるわい。徳川二百四十二万石と正面から戦うつもりかと問えば、刃向う者などおりはせぬわい」

「阿呆」

さすがに上座から叱責の声が浴びせられる。家康の顰《しか》め面に睨まれて、忠勝が肩をすくめて口を閉じた。責めてはいるが、家康の顔に嫌悪はない。かすかに上がった口許は、忠勝の豪放さを愛《め》でているようでもあった。

「脅して従わせるなど、それこそ謀反人の所業ではないか。良いか。今度の戦は徳川の物にあらず。我等は豊臣の臣なるぞ。豊臣の臣として、家中に巣食う君側《くんそく》の奸《かん》を討つための戦なのじゃ。それを間違えてはならぬぞ」

「ははぁっ」

わかりやすいほど大仰に床に両手を突いて、忠勝が額を打つほどに深く頭を下げて黙った。その様をにこやかに見ていた家康の顔にまた厳しさが戻る。

「さて」

だらりと伸びた耳朶《みみたぶ》を指先でもてあそびながら、家康がふたたび下座の長政に目をむける。

父と相対しているような心地になった。

備中高松城を攻めた初陣の時から、長政も多くの戦場に出た。みずからの戦功によって所領も得ている。武人としての長政を、誰もが認めていた。

しかし家康や父、死んだ秀吉たちが身に纏う気配は、長政や正則たちとは違っている。気構えが違うのであろうか。平素、何気無いひと時に、ふと相対しても、気の抜けた安穏とした姿の奥底に抜き放った刃のような死の気配を孕んでいる。ただじっと見合っているだけなのに、少しずつ気圧《けお》されてゆく。敗けるものかと気を込めてみても、体が自然と退いてゆくような心地。それは修練や努力でどうなるものでもないのだろう。父や家康とは、潜り抜けてきた修羅場の質が違うのかもしれない。しかし長政には、それを確かめる術はなかった。戦う前から敗れている。そんな理不尽な気持ちだけが胸中でどろどろと揺蕩っているのだ。

「あの小僧はなかなかやりおるのぉ」

三成のことだ。

胸の奥を小さな棘《とげ》が刺す。憎たらしい痛みを感じながら、脳裏に三成の酷薄な面を思い浮かべた。長政が理不尽な敗北感を抱く家康と、三成は正面から相対している。そしてそれを家康も認めている。三成に対する苛立ちが募ってゆく。

「伏見城の元忠が開城を拒み、じきに攻められるであろうと、報せてきおった」

鳥居元忠は人質の頃からの家康の臣である。古き友同然の間柄であることを長政も知っている。

「鳥居殿は」

言葉を最後まで言い終えきれずに口籠ってしまった長政に、家康はうなずきで応え、耳朶から放した手を今度は丸みを帯びた顎にやった。

「大坂を出て伏見に立ち寄った際に、今生の別れは済ませておる。元忠もその覚悟じゃ。耐えられるだけの兵を置いてゆこうと言うた儂に、奴は首を振ってのぉ。今度の戦は徳川家存亡の戦にござりまする故、一兵でも多く東国に連れて行ってくださりませと申しおったわ」

「内府殿は、はじめから西国で変事が起こることを予期しておられたのですか」

「あるやも知れぬ。そう思うておったまでのことよ。行く末は闇であるが故、幾筋もの道を思い描いておかねばならぬ。そのひとつが、西国での変事。三成と奉行衆の挙兵であっただけのこと」

その憂いはたしかに長政にもあった。しかし、伏見で元忠と今生の別れを済ませ、兵の数を策していた家康ほどの切迫さはなかった。

「が、よもやこれほど迅速に西国諸将を纏め上げるとは思うてもみなんだわ」

言って家康はふたたび笑った。それにつられるようにして、忠勝も笑う。明朗快活な猛将は、先刻のことを忘れたようにあっけらかんと上座に言葉を投げる。

「治部少めは嫌われ者にござりまするからな。誰も味方などせぬと思うておりましたわ。よもや毛利や宇喜多がこれほど早う同心するとは。ぶら下げられた餌がよほど旨《うま》そうだったのでござろう。がはははは。あっ」

笑いを止めて忠勝が下座の長政にぎらつく瞳をむけた。

「そういえば、小早川家の御当主殿も三成に同心して大坂城に入ったと聞くが」

笑みに歪んだままの家康の目が長政にむく。八の字になった白い眉の下にある闇を湛えた瞳に、猜疑の色が浮かんでいる。

小早川秀秋《ひであき》は、秀吉の妻、於禰の兄の子であり、幼い頃から長浜城で於禰に養育されて育った。長政とも古くからの付き合いであり、朝鮮の役では総大将であった秀秋を補佐してともに戦った。しかも小早川家の家老、平岡頼勝《ひらおかよりかつ》は長政の母の妹婿である。

そのような縁もあり、長政は会津へと赴く以前に、於禰の口添えで秀秋と会い、家康へと好を通じるように諭していた。家康自身も秀秋のことは気にかけており、秀吉の怒りを買って彼が筑前名島《なじま》五十二万石をはく奪された時には、旧領に復するよう働いている。その時の恩も秀秋にはあるのだ。

そんな秀秋が三成に同心したのである。

直接の工作に動いた長政に嫌疑の目がむけられるのも当然といえた。

「早急に平岡殿に文を送り、内実を確かめましょう。某の推測でござりまするが、いま大坂は毛利家を筆頭とした内府殿を糾弾せんとする者たちで溢《あふ》れかえっております。秀秋殿が単身、内府殿に与する旨を宣言なされれば危のうござりまする。小早川殿は豊臣一門にござる。糾弾は厳しく、ともすれば伏見城よりも先に討たれても可笑しゅうはなかろうと。それを危ぶみ、ひとまず敵側に回ったのではありますまいか」

「随分、肩を持たれまするな」

言ったのは赤い狩衣を着けた鼻筋の通った美男子である。四十になろうというのに、美貌は衰えてはいない。井伊侍従直政。かつて家康が最も信を置いた小姓である。いまでは本多忠勝、榊原康政、酒井《さかい》忠次《ただつぐ》とならんで徳川四天王と称される剛の者だ。武田家の旧臣たちを雇い入れ、山県《やまがた》家の赤備えを踏襲し、率いる兵を赤一色に統一している。

直政は涼やかな声音でありながら一本芯の通った気骨のある口調で、下座の長政に問いを投げる。

「小早川殿は若い。朝鮮の役の折にも、総大将でありながら功を焦って突撃し、太閤殿下の怒りを買われた。今度も三成の甘言《かんげん》に惑い、深慮もなく大坂城に入られたのではあるまいか。甲斐守殿が信を置くほどの御仁ではないと見受けられまするが如何か」

「いや」

長政は首を左右に振る。

「某は朝鮮にて金吾《きんご》殿とともに戦い申した」

金吾中納言。それが秀秋の官職名だ。金吾は衛門府《えもんふ》の唐名である執《しつ》金吾の略称であり、かつて源頼朝《みなもとのよりとも》が兵衛府《ひょうえふ》の唐名の武衛《ぶえい》と呼ばれたのと同様である。

「金吾殿は決して、浅はかな御仁ではありませぬ。太閤殿下の御威光の元、名将小早川隆景殿の御養子となられ、五十二万石などという大領を得た故、心なき者らは愚か者よ腰弱よと陰で申しておりまするが、決してそのような御方ではありませぬ」

「ならば何故」

右方最奥、徳川家の嫡男の位置に座る秀忠が、口走りながら腰を浮かせ、ちらと上座の父を見た。家康は子に目をやらず、長政の姿を見据えている。己が発言で場が静まったことを恐縮するようにして、若き嫡男は申し訳なさそうに、父に似てふくよかな頰を震わせた。

「ならば何故、大坂城に入られたのだ。筑前五十二万石じゃぞ。率いる兵は、一万五千は下るまい。それだけの兵が敵になるのだぞ。己の調略の甘さに、どう責任を取るつもりじゃ」

「秀忠」

長政をにこやかに見つめたまま、父が子をたしなめる。穏やかな口調であったのだが、家康に名を呼ばれた秀忠はことさら激しく動揺し、首の付け根を固くさせて縮こまり、口を閉ざした。

「明日の評定も金吾殿も、なにもかも甲斐守殿を責めるはお門違いというものじゃ。息子はちと人の心の機微というものがわからぬのだ。許してくだされ」

内府がつるりとした頭頂を見せる。

「面をお上げくだされ。某の説得が甘かった故にござりまする。かならずや金吾殿を同心させてみせまする故、どうか」

「吉川《きつかわ》も」

頭を上げながら、狸の妖物が言った。

毛利家の重臣、吉川広家《ひろいえ》である。彼は元就《もとなり》の子であり三本の矢の一矢である元春《もとはる》の三男であり、兄の死により吉川家の家督を継いだ。彼の父と長政の父である官兵衛は、ともに豊臣家と毛利家の名代として多くの折衝を行い黒田家と吉川家の絆を深め、それは子の代になっても続いている。長政は広家を窓口として、毛利本家にも手を伸ばそうとしているのだが、毛利家の外交僧、安国寺恵瓊が三成と通じているため交渉は難航していた。

「吉川殿は内府殿へ同心する旨を伝えてきてはおるのですが」

「わかっておる」

家康がごろりとした掌を差し出して、長政を止めた。

「上方のことは、ひとまずおいておこうではないか。まずは明日の評定じゃ。頼りにしておりまするぞ甲斐守殿」

静かに頭を下げた。黒光りする床の板目にぽっかりと空いた節穴に自然と目を奪われる。

むこうから誰かが見ていた。

「っ！」

頭を伏せたまま、誰にも気取られぬよう息を呑む。見覚えのある目だ。白目が恐ろしいほどに黄色い。灯火も届かぬ節穴のむこうであるというのに、その瞳がぎらぎらと輝いている。

父だ。

官兵衛が床下から己を覗《のぞ》いている。

九州にいるはずの父がどうして。想いながら瞬きをすると、節穴はただの穴に戻った。

幻……。

「如何なされた」

上座からの声を受け、長政は微笑とともに身を起こす。

「しっかり内府殿に御仕えせよという父の声が聞こえてまいり、少しばかり狼狽《うろた》え申した」

「官兵衛殿が」

目を丸くして家康が顎を首に埋めた。驚いているというより、慮外《りよがい》な名を聞いて肝をつぶしているような風である。

「御父上は九州であったな」

「はい」

「大人しゅうなされておるのであろうな」

「某と共に内府殿へ同心仕る所存にござりまする」

「ならばよい。ならばよい。ほほほ」

遥か西方、九州にいる父はその謀略の才によって、日ノ本一の武士をここまで動揺させる。長政は同じ謀の地平に立ち、改めてその偉大さを痛感していた。

明日の評定、小早川と吉川。己は無事にやり遂げることができるのだろうか。

父上……。

長政は、父の力を借りんと願い、心の奥でみずからの雄々しき体軀に父の矮小な姿を重ねる。脳裏に描いた父の姿は、ひとまわりも大きな長政の器から溢れていた。

むくつけき男たちが、並べられた床几に座し、総大将の到来を待っている。すでに大半の者が大坂での動向が耳に入っているようだった。

今日の評定が平静のものではないという気配が、幔幕内に横溢《おういつ》している。

長政は己の前の列に座っている一際大きな背中に目をやった。黒い陣羽織の背に染め抜かれた沢瀉《おもだか》は、福島家の家紋である。背中越しに見える正則の横顔は、いまにも眼前の敵に斬りかからんとするほどに険しく引き締まっていた。不用意に背中でも叩こうものなら、床几を蹴り飛ばして立ち上がり、そのまま前のめりになりながら幔幕を突き破って走って行きそうである。

そこまで考え、長政はうつむいて口許をほころばせた。

事態は緊迫している。この評定の席にいる大半の者が家康に同心しなければ、長政は一気に窮地に陥ってしまう。この場で皆が家康に反旗を翻せば、敵の大軍に囲まれる格好となるのだ。変事を聞きつけて会津の上杉も動くだろう。そうなれば、いかに徳川旗本八万騎といえど耐えられるものではない。家康は謀反人として討ち取られ、同心した長政も命は無い。

死ぬか生きるかの瀬戸際であるというのに、正則の滑稽《こっけい》な様を見て笑えている己を頼もしく思う。所詮、謀など戦の前の支度である。いざ戦いがはじまれば、決着が付く一瞬までなにが起こるかわからないのだ。人事は尽くした。後は天命を待つのみである。

「御成りにございまする」

若い男の声とともに奥の幔幕が揺れ、黒い甲冑に純白の陣羽織を羽織った家康が現れた。別段厳しい顔付きでもなく、肉の付いた顔を緩やかに震わせながら、用意していた床几に座る。

「ささ、皆様も」

総大将の着座を待っていた大名たちが、家康のひと声でいっせいに座る。

「すでに聞き及びの方もおられることと思うが」

前振りもなく家康がはじめた。黙して聞く男たちの緊張が、目に見えぬ無数の微小な雷となって幔幕内を駈け巡る。ひりついた気配に総身を包まれながら、長政は背骨に気を張って威儀を正し成り行きをうかがう。

「大坂で三成が兵を挙げた。総大将は毛利中納言。すでに大坂城西の丸に入った模様。他に、宇喜多中納言、小早川金吾中納言も大坂城に入り、長束、前田、増田の三奉行により儂を糾弾する書が諸国の大名に送られておるとのこと。すでに国許より書を受け取られたという方もおられるのではないか」

男たちは声を上げない。家康の言葉通り、書を受け取っている者もいるはずである。しかし、評定はまだ始まったばかりである。下手な真似はできない。皆が息を潜めて、家康の言葉の続きを待っている。

「我が家臣、鳥居元忠が守る伏見城に宇喜多、小早川、島津惟新入道らの軍勢が攻め寄せておるという話じゃ。守勢は千八百である。もはや落ちておるやもしれぬ」

すでに火の手は上がっているのだ。

「三成め等は大坂におる奥方たちを人質にせんと、各々方の屋敷に兵を差し向けたそうじゃ」

これには皆がざわついた。いまだ旗色《きしょく》すら鮮明にしていない上杉討伐軍の諸将の妻を人質にするなど、無体極まりない行為である。人質を盾にして、同心を迫るつもりなのだ。正直実直。三成は堅物ではあるが、曲がったことは嫌いな男だと思っていた。人質を取るなどという卑劣な真似をするとは、正直長政は驚いている。みずからの命運を賭けた大戦。それほど切羽詰まっているということか。しかしその一手が、裏目に出ねば良いがと、敵ながら心配する。

「その最中……」

家康が口籠った。

どうやら家康は、大坂の内情を長政や諸将よりも詳しくつかんでいるようである。かなりの人数を大坂に残し、つぶさに報告させているのだろう。鳥居元忠と今生の別れを済ませていることといい、変事が起こることを半ば確信していたのだ。

「細川殿の奥方であられるガラシャ殿が、敵の手に落ちるくらいならばと、屋敷に火をかけられ……」

「つっ、妻は切支丹っ！　自害は禁じられておりまするっ！」

忠興が立ち上がった。忠興の妻のガラシャは、今は亡き明智光秀の娘であり、敬虔な切支丹であった。

「生き延びた者の話では、家臣に胸を突かせての見事な御最期であられたらしい」

「くうぅっ！」

忠興が顔を伏せて固く目を閉じた。二人の仲がはかばかしくないことを、長政は知っている。長政の父も母も、ガラシャと同じ熱心な切支丹であった。棄教するように迫る忠興と、強硬に拒むガラシャの仲は冷え切っていたらしい。

男と女のことは互いにしかわからない。傍目《はため》には冷え切って見えていた二人でも、実際はどうだったのか。いまなお顔を伏せて涙を堪えて肩を震わせている忠興の姿を見ていると、妻を憎んでいたようには思えない。

「三成め等は、其処許《そこもと》たちを敵とは考えてはおらぬ」

先刻から家康は、敵のことを〝三成め等〟と呼んでいた。みずから総大将は西の丸に入った毛利輝元だと断じているくせにである。家康は、本当の敵を三成であると定めているのだ。実際、それが今回の西の敵勢の本性であろう。毛利も宇喜多も担がれただけだ。豊臣家と秀頼を守るという妄執に囚《とら》われた三成に。

乾いた音が静まり返った幔幕内に響いた。家康がみずからの膝を叩いた音である。

目を閉じ、顔を伏せていた忠興までもが上座に目をむけた。

「奴等の敵は儂一人じゃ。この豊臣朝臣源家康。儂こそが豊臣家に仇なす大罪人なのだと、三成めは言うておる。このまま兵を引き、みずからの領国に戻られれば、其処許たちは責めを負うことはありますまい」

事実である。

三奉行は家康のこれまでの行状を責め、徳川を討たんと諸大名に檄を放ったのだ。家康と反目する意志を示せば、それ以上の糾弾はないはずである。

「なにを申されるかっ！」

怒号以外のなにものでもなかった。

多くの者が四方の幔幕を震わすいきなりの大音声に、床几の上でみずからの体を上下させた。

正則である。

先刻から今か今かと待っていたのであろう。勢い込んで立ち上がった所為で、蹴《け》り飛ばした床几が後ろに座っていた加藤嘉明の脛《すね》を強《した》かに打ち、そのまま斜めになって固まっていた。

もちろん正則は嘉明の苦痛など知りもせず、鼻息を荒らげ家康を見下ろす。一方の家康は、眉の毛ひとつ動かさず、悠然と構えて猛将の次の一手を待ち受けている。

「逆臣は内府殿にあらずっ！　豊臣家の裡に巣食い、我等武士の上前を撥ねて甘い蜜を吸うておる者どもこそが、真の逆臣ではないかっ！」

「そうじゃっ！　正則の申す通りじゃっ！」

目を紅く染めた忠興が同意の相槌を打つと、男たちが色めき立つ。

行け正則……。

荒ぶる友の紅潮した横顔を見つめながら、長政は心に念じた。

「たとえ、ここに集う者たちが皆この場で内府殿に敵対しようとも、儂は内府殿とともに三成を討つっ！」

「御主一人だけにはせぬぞ正則っ！　儂も内府殿とともに奸臣三成を討つっ」

妻を亡くした忠興も立ちあがる。

正則の放つ熱が、男たちに伝播《でんぱ》してゆく。遅れてはならぬとばかりに、我も我もと諸将たちが家康への同心を表明し、立ち上がる。正則の咆哮《ほうこう》が、場をひとつにまとめあげた。

己が張った策謀の糸が、皆を搦《から》め取ってゆく実感に、体が震える。戦場を駆け、死を間近に感じながら敵兵を屠《ほふ》ってゆく時の己の生を濃く感じる心地よさとは違う、智謀と弁舌の限りを尽くして描いた絵図が、眼前で結実してゆく心地よさが、身中の奥深くから大波となって押し寄せて来る。

これが、父が見ていた地平か。

みずから前線に立つことなく、陰に潜み舌先で他者を翻弄し、世を動かしてゆく。そんな陰湿な父のやり口が、若い頃は嫌いだった。いまでも本質的なところで馴染めていないことは否めない。それでも、己の努力がこうして目の前で多くの男たちを動かし、ひとつの流れになるところを目の当たりにすると、父がその人生を策謀のみに捧げたことも解るような気がしてくる。

「皆様方の御決断に感謝仕る」

ひとしきり男たちが立ち上がり、高揚が止むのを待ってから、上座の家康が座したまま言った。その目が紅く染まりうっすらと濡れている。昨夜、長政に見せた妖しき気配は微塵も無く、隠忍自重そのものの愚直な三河武士の凄烈《せいれつ》な気を総身に漂わせながら、家康は熱にうかれる男たちと対峙していた。

「上方に集いし者たちは九万を超すという話もある。儂一人ではどうすることもできなんだ。皆様方がいま、力になってくれると申してくれなんだら、儂は抗うこともできず、三成めに」

そこで家康が鼻をすする。人知れず皆に紛《まぎ》れて立ち上がっていた長政は、斜め前方にいる正則の激しく震える肩を見ていた。内府の感極まる姿に同調して泣いている。

「内府殿は豊臣家のため、みずから兵を率い忠を尽くしておられる。内府殿のおられぬ隙を衝いて挙兵に及ぶなど、あの卑怯者の三成らしい姑息な手ではないかっ！　我等は武人ぞ。あのような戦も知らん男に、豊臣家を良いようにされてたまるかっ！」

そうじゃそうじゃと男たちが続く。部屋の隅で真田昌幸《さなだまさゆき》ら数人の将が、熱気に取り残されるようにして黙っているが、長政も家康もことさらそこに触れようとはしない。大半の者が同心しているいま、少数の叛意など無視するに限る。

「内府殿っ！」

珍しい男が大声を張り上げた。正則をはじめとした荒武者たちが、いっせいに口をつぐんで声のしたほうを見る。そこに立っていたのは、評定の席でも戦場でもあまり目立たぬ男であった。山内対馬守一豊《やまうちつしまのかみかずとよ》、遠江国掛川《とおとうみかけがわ》六万八千石の大名である。

普段は愛想笑いを浮かべて場を荒らさぬことだけに心血を注いでいるような男の突然の大声にも、家康は動じることなく穏和な声を投げた。

「如何なされた対馬守殿」

立ち上がる一豊の両手が堅く握られ震えている。鼻の穴を大きく広げ、緊張を満面に湛えている姿は、五十を過ぎた大名とは思えなかった。今日が初陣の若武者のような初々しさで、一豊が堅い声を勇気とともに放つ。

「これより上方に攻め上られる内府殿に、我が掛川の城と、備蓄の兵糧を進上仕りまする」

「なんと、城と兵糧を」

これにはさすがの家康も驚いたようで、口を開いたまま、一豊のほうを見て腰を浮かせた。

無理もない。

城と備蓄の兵糧は大名の生命線なのだ。大名が大名である証ともいえる。領国支配の拠点となる居城に兵糧を備蓄していることで、万一の敵襲に備えていることが、大名の権威の最低条件である。その城と兵糧を家康に差し出すということは、みずからの領地を投げ出すことと同じことだ。

すべてを捧げ家康に従う。

一豊はそう宣言したのだ。

「対馬守殿の御志。この家康、終生忘れはいたしませぬ」

深々と頭を下げた家康の姿を見て、一豊に続けとばかりに、東海道に領地を持つ大名たちがこぞって城を明け渡すことを表明する。中村一栄《なかむらかずひで》の駿河沼津《するがぬまづ》城、中村一忠《かずただ》の駿河駿府《すんぷ》城、有馬《ありま》豊氏《とようじ》の遠江横須賀《よこすか》城、堀尾忠氏の遠江浜松《はままつ》城、池田輝政の三河吉田《よしだ》城、田《た》中吉政《なかよしまさ》の三河岡崎《おかざき》城、水野《みずの》勝成《かつなり》の三河刈谷《かりや》城。そして。

「もちろん某の城も、内府殿に差し上げまするっ！」

分厚い胸板を力強く叩いて、正則が男たちの声を突き破る大音声で言い放つ。

正則は尾張清洲城を家康に差し出した。これによって、家康の領国から尾張までの道中に障害は無くなった。東海道に点在する城を我が物として使い、蓄えられた兵糧で兵の腹を満たしながら行軍できることになる。

長政はひとり思う。

この時、喜んで家康に城を明け渡した者たちは、在りし日の秀吉が、関東に移封する家康への牽制のために置いた子飼いの将たちであった。万一家康が秀吉に背いた時、京大坂に上らんとする徳川の大軍を壁となって阻むのが、城を捧げた者たちの役目だったはずなのである。

各々の思惑までは長政は知りようもない。ただ、正則の宣言によってできた大きな流れに、我先にと皆が飛び込んだことは間違いなかった。家康が豊臣家をどうするのか。三成が憎いという想いに駆られた正則や忠興のような武断派の勢いが、深い疑問から皆の目を逸らさせた。一度転がり出した雪玉は自然と大きくなる。もはや長政が手を出す必要はない。

この場での務めは終わった。

残るは、小早川。そして吉川である。

家康は窮地を脱し、上方の大軍と伍する力を得た。次は三成の腹を食い破る。あの男の器には不釣り合いなほどに膨れ上がった腹に、ふたつほど針を刺してやるつもりだ。

「刺されば良いが」

なおも熱に浮かされ熱く語り合う男たちを尻目に、長政は陰湿な笑みを浮かべた。

伍　宇喜多秀家

三河武士……。

なんと嫌な響きだろうか。

目の前で強硬に抗う小汚い男たちを睨みながら、宇喜多中納言秀家は奥歯を噛み締める。手にした鞭が中程でちいさな悲鳴を上げているが、秀家の耳には届いていない。最後にひときわ甲高《かんだか》い悲鳴をひとつ吐いて、矢竹でできた鞭がふたつに折れた。舌打ちとともに、くの字になった鞭を投げ捨てる。

「昼夜を分かたず、ぱんぱんぱんぱんぱん五月蠅きことよ」

煤《すす》で真っ黒になった油壁の狭間から突き出された銃口が、味方の兵に狙いを定めて煙を吐く。どれだけ矢玉を蓄えているのかと思うほど、伏見城に籠った敵は馬鹿のひとつ覚えのように、出し惜しみすることなく銃弾を放ち続ける。その苛烈な銃撃のせいで、四万を超す味方がすでに十日も攻めあぐねていた。

敵は千八百あまり。

これが野戦であれば、半日もせぬうちに皆殺しだ。

齢二十九にしてすでに中納言の位にあり、五大老にも名を連ねている秀家は、戦のほうもそれなりに場数を踏んでいる。朝鮮での戦では総大将として、加藤清正や島津惟新など並み居る剛の者を率いて、一度は朝鮮全土を侵略せんというところまで攻めたてた。

四万もの大軍を率いて千八百が籠る伏見城を攻めている。これから始まるであろう家康との戦の緒戦となる簡単な戦のはずであった。

だが落ちない。

守将は鳥居元忠という名の三河武士であるという。若い頃から家康に仕える腹心だそうだが、秀家は関心が無いから覚えてもいない。顔を合わせたことがあるかもしれないし、たがいに名乗ったかもしれない。が、そんな者をいちいち覚えていたら、五大老などという務めは果たせない。適当なところで忘れてしまわねば、宇喜多家の政と大老の任の両立など土台無理なのだ。

とにかく元忠という男は知らない。

だが、三河武士であるという一事において、気に喰わない。腹がたつ。秀家にとって三河武士すなわち家康の臣である。家康の息のかかった者は、それだけで嫌悪の対象なのだ。

気に喰わない男が、無様なまでに抵抗している。昼も夜も矢玉を放ち、塀に取り付こうとするこちらの兵を討ち払い、煮えたぎった湯や糞尿《ふんにょう》を塀の上から撒き散らす。そうしてこちらの兵が崩れ落ちると、下卑た笑いを発して城内の兵たちが沸き返る。下賤な田舎者たちの品のないやり口に、虫唾が走る。

「今日こそは門を打ち破って城内に躍り込め。一人残らず撫で斬りにいたせっ！」

毎日のように繰り返している命である。もはや誰も、それが己に下されているものだとは思っていない。本陣に座っていても手持無沙汰《ぶさた》であるから、戦場の見える丘まで出て来て日がな一日、戦況を見守っている。周囲の兵たちは、みずからの主から出された命を果たすために必死で、大将である秀家に気を遣う余裕すらない。だから、先刻の怒声も、己に発せられたとは思っていないのだ。ただ一人従う近習も、顔色をうかがうばかりで気の利いた返事すらできない。

秀家には心を許す家臣がいなかった。

そんなことになったのも家康の所為である。

父の代より宇喜多家の臣であった戸川達安《とがわみちやす》、坂崎直盛《さかざきなおもり》、花房職之《はなぶさもとゆき》、岡貞綱《おかさだつな》らが、秀秋が最も重用していた中村刑部《なかむらぎようぶ》の誅殺《ちゆうさつ》を願い出たのが諍いの発端であった。

中村刑部は宇喜多家の下士であったのだが、老臣、長船紀伊守《おさふねきいのかみ》にその才を見出され、引き上げられた者である。財政のひっ迫していた宇喜多家のために、骨身を削って働いてくれた男だ。長船紀伊守が死ぬと、刑部はその遺志を継ぎ、国事に奔走。しかしそれが、戸川たち旧臣たちの反感を買った。

もちろん秀家は、刑部の誅殺などという無理難題は強硬に突っぱねた。しかし、戸川たちはその決裁が不服だとして、刑部を密かに殺そうとした。それを悟った刑部は国を出奔。

秀家は戸川ら四人を殺すことを決意した。睨み合いは戦にまで発展する勢いとなり、戸川たちは兵を起こして立てこもり、頭を丸めて主との徹底抗戦を表明。

騒ぎを聞きつけた家康は、調停役として大谷刑部と己が家臣、榊原康政を宇喜多家に送ってきた。

秀家と家臣たちの間で右往左往する調停役の両者は、なかなか事を収めることができない。当たり前だ。中村刑部を殺そうとした四人を、秀家は許すつもりがなかった。

そうこうするうちに、三河武士、榊原康政は家康の叱責を受けて調停役を辞し、大谷刑部も去り、今度は家康が直接乗り出して来たのである。

四人の無礼な家臣たちはふたつに分けられ、戸川と坂崎は五奉行の前田玄以が預かり、花房と岡は同じく五奉行の増田長盛が預かることで事は収められた。

が……。

秀家はまったく納得が行っていなかった。四人が去っても刑部は返って来ない。己に刃向った四人は、預かり先で丁重に扱われているらしく首を刎《は》ねられた者はひとりもいないという。これでは、宇喜多家のごたごたに家康が首を突っ込み、家臣たちを根こそぎ奪い取っていっただけの話ではないか。

そういう訳で、秀家は家康のことを嫌っているのだが、四人の家臣たちに言わせると、元は秀家自身の豪奢《ごうしゃ》な暮らしぶりに原因があるとなる。金使いの荒い秀家の所為で、宇喜多家は困窮し、その穴埋めを任された中村刑部が家臣たちの俸禄を減らして負債の補塡《ほてん》に当てようとしたことから両者の確執は決定的になったのだ。長船紀伊守の死後、専横の色合いを強めていた刑部のこの決定によって、四人はやむなく起たざるを得なかったのである。戸川達安たちは、宇喜多家のことを思い、刑部誅殺を主に願いでたのである。

だが、当主である秀家には別の景色が見えていた。己が暮らしの穴埋めをしてくれる刑部こそが忠臣で、耳に痛いことを言ってくる戸川たちが叛臣《はんしん》となる。

結果、宇喜多家に人はいなくなった。

秀家をおもんぱかり、献策をするような者は絶え、主の顔色をうかがう者ばかりが残った。秀家が攻めよと言えば、愚直なまでに攻め、止めろと言われるまで止めない。待てといえばいつまでも待つ。己で考えて動くことがない。勝手に動いて咎《とが》められる恐れのほうが勝っているからだ。

己の命に従順なだけの兵たちにも苛立ちを覚える。

まっすぐ塀に取り付けば、矢玉に晒されるのは当たり前なのに、真っ直ぐ突っ込んでゆく。止めろといえば止まるが、次の命があるまで動かない。

だから、ずっと同じ命だけを繰り返している。今日こそは門を破って、城内に入り、敵を撫で斬りにしろ。これだけしか言っていない。

なのに、無能な兵たちは果たすことが出来ずにいる。十日もの間、延々と塀に取り付き矢玉を受けて死に続けている。

「ここにおられたかっ！」

耳の穴が弾《はじ》けて広がるかと思うほどの大声で、秀家は目がくらむ。声のした方を見ることすら億劫である。なぜなら、いま丘の下のほうからずかずかと聞こえてくる足音の主が声を発した男であり、秀家がもっとも嫌う顔をした者であることが見る前からわかっているからだ。

足音がどんどん近づいてくる。かたわらで止まったと同時に、腰骨から背筋を伝って悪寒が脳天まで駆け抜けた。突撃を繰り返す味方の兵に目をむけたまま、秀家は男の言葉を待つ。どうせこれほど間近にいるくせに、先刻のような無粋な大声を発するのだ。腹に気合を込め、耳が裂けぬことを願いながらじっと待つ。

「探しましたぞ中納言殿っ！」

太い男が目の前に立って吠《ほ》えた。体のなにかひとつが太いというのではない。すべてが太い。背丈はわずかに秀家が勝っているようなのだが、傍目《はため》から見たら、目の前の男のほうが大きいと誰もが答えるはずだ。それほど男は太く、大きかった。

島津惟新入道義弘である。朝鮮では猛烈な戦いぶりから敵に鬼島津と恐れられた薩摩きっての武人だ。七十に三つ四つ足りぬほどの老齢でありながら、いまだ髪も髭も黒々として、顔に縦横に走る皺さえなければ、四十といっても誰も疑わない。

義弘は城の西北の手勢を指揮している。秀家は東方を、東北は小早川秀秋が攻め、西方は輝元の従兄弟にあたる毛利秀元《ひでもと》が担当していた。

「治部少殿の嫌味のおかげで、兵どもの目付きがすっかり変わり申した」

昨日の夕刻、佐和山から三成が攻城の将たちを激励に現れた。激励といえば聞こえは良いのだが、少数が籠る城を十日も落とせぬ秀家たちの尻を叩きに現れたのである。

元々、伏見城を攻めるよう献策したのは、秀家であった。西方の変事を知った家康がどのように動くか。そのまま会津を攻めるか。それとも江戸に留まりこちらの動きをうかがうか。それとも会津征伐に従う大名たちを連れて東海道を上ってくるか。大坂城に集った輝元をはじめとした大名たちの意見は分かれ、結論は出なかった。家康がどう動いたとしても、機先を制しておくに限る。三河武士が籠る上方の家康の拠点である伏見城を落としておけば、背後から刃を突きつけられることなく、上ってくる家康に集中することができるではないか。そう説いた秀家に、反論する者はいなかった。

もちろん秀家が率先して攻城を任されることになった。輝元が秀家を差し向け、小早川秀秋と島津惟新が後に加わって、いまの包囲が完成した。

「毛利殿も小早川殿も、目の色が変わっておりまする。今日じゅうにも城は落ちましょうぞ」

この男は大坂城に現れる以前、鳥居元忠に助勢を申し出たという噂がある。もしもそれが受け入れられていれば、今頃は城のなかで秀家の敵として相見《あいまみ》えていたであろう。元忠が断ったことに腹を立て、家康と反目する道を選んだという。

「治部少殿の話が真で、内府殿に与する諸大名が兵を引き連れ東海道を上っておるというのなら、たしかにこのような城に時を費やしておる暇はありませぬからな」

目の前にいるというのに、老人は一里もむこうの者の耳に届けんとするような大声で語るから、目がちかちかする。

三成が佐和山からわざわざ出向いてきたのは、家康に与する諸大名が上方にむかっているというこの一事を伝えるためであった。義弘が言うように、こんな城にいつまで手こずっているのだという嫌味を付けての激励である。

「小早川殿はしきりに火矢にて城内を炎上させようとなされておられまする。我等も極楽橋から取り付こうといたしましたが、橋を片付けられ、いま新たな攻め手を画策しておる最中にござりまする」

秀秋の手勢が放った矢が、城内の櫓《やぐら》に燃え移り炎上したのは、秀家も見ている。昨日の三成の叱咤を境にたしかに味方の兵は躍起になっていた。

義弘が太い顔をしかめ、秀家の顔色をうかがっている。当の秀家は、老齢の武人のぎらつく瞳と目を合わせるのが煩《わずら》わしく、堀に殺到する自軍の兵をぼんやりと眺めたまま顔色を変えぬことだけに努めていた。こんな無粋《ぶすい》な武人に、顔色からなにかを悟られでもしたら、舌を噛み切りたくなる。

「このまま攻めたててよろしいのですな」
「なにを申されたいのか、ちっともわかりませぬが」
「い、いや……」

本当はわかっている。

このまま我等で城を攻め落としても良いのかと義弘は聞いているのだ。三成の督励によって目の色が変わった愚か者たちが、勢いに乗じて城を落とそうとしている。一方、秀家の手勢は一昨日《おととい》までとなんら変わらぬ不甲斐ない攻めを繰り返すのみ。攻城に加わる将のなかで、秀家は官位も職も最上である。義弘はそんな秀家の顔を小癪にも立てようとして、わざわざ戦の最中に現れたのだ。

そういう小細工が癪にさわる。武人なら武人らしく愚直に攻めて、そのまま攻め落としてしまえばいいものをと思う。

「各方面を預かる将が全力を尽くす。そういう手筈になっておったはずですが」

老人の顔を見るともなく、秀家は冷淡に告げた。

「そ、そうでござったな」

「このようなところで油を売っておられる暇はないのでは」

言って横目で老人の顔を見遣る。力無い愛想笑いをひとつして、鬼島津は踵を返し、そそくさと帰っていった。

次の日の夕刻、城は落ちた。最後まで強硬に抵抗した鳥居元忠は、城内に敵が殺到してもなおみずから槍を取って戦い、敵の侍、雑賀《さいか》重朝《しげとも》の介錯を受け自害。六十二年の生涯を終えた。元忠の首は大坂京橋口《きょうばし》に晒された。家康への忠孝を称えられた元忠の首は、貴人が据えられるという公卿台《くぎょうだい》に載せられていたという。

城内の兵はことごとく討たれ、東西両軍の大戦、その緒戦ともいえる伏見城の攻城戦は圧倒的な西軍の勝利にて幕を閉じたのである。


伏見城を攻め落とした秀家は、その足で大坂城に戻った。

輝元たちのねぎらいの言葉を受け、早々にみずからの屋敷に辞し、戦の疲れを取るために惰眠《だみん》を貪《むさぼ》った。秀家が怠惰《たいだ》な日々を過ごしている間にも、情勢は刻々と変化している。

東海道から京大坂へとむかう南方の交通路ともいえる伊勢《いせ》では、安濃津《あのつ》城の富田《とみた》信《のぶ》高《たか》が三成らの申し出を拒んで、家康に加担を表明した。伏見城を攻め落とした毛利秀元率いる、毛利諸将と長束正家がこれを攻める。千七百ほどの手勢で守る安濃津城はなかなか落ちず、十日ほどが経過し、四国の長曾我部盛親《もりちか》、肥前《ひぜん》の鍋島勝茂《なべしまかつしげ》らが後詰《ごづめ》として攻城軍に加わった。

東海道諸将が家康に城を明け渡した尾張と国境を接した美濃では、家康への加勢を表明する大名が続出するなか、岐阜《ぎふ》城の主であり織田信長の嫡孫にあたる織田秀信《ひでのぶ》が西軍に加担することとなった。

近江国大津城に籠る京極高次《きょうごくたかつぐ》。丹後国田辺《たんごのくにたなべ》城に籠る忠興の父、幽斎《ゆうさい》らは西軍の兵に囲まれながら、家康とそれに従う諸将の大軍の到来を待ち続けている。

所々で抵抗はあるが、上方は西軍優位のまま支配圏を広げていた。

秀家の与り知らぬところで。

差配の多くは三成が取り仕切っている。大坂城西の丸に引きこもっている総大将の輝元は、戦は秀元をはじめとした家臣たちに任せっきりで、どれだけ懇請されようと重い腰を上げようとはせず、戦評定においても、三成や奉行衆に丸投げで、己からなにかを言おうとはしない。席次でいえば輝元の次にあたる秀家も、そんな輝元とおなじような状態であった。

やることがない。

伏見攻めから戻った秀家に、誰もが遠慮している。刻一刻と敵が東海道を上って京大坂に迫って来ているというのに、秀家の周囲には切迫した気配はまったくといっていいほどなかった。同じように大坂で安穏な日々を送っている仲間に、小早川秀秋がいるのだが、あの男も秀家と同じように、己がなにをすれば良いのか解っていないようだ。

行けと言われればどこにでも行く覚悟は出来ている。東海道を上ってくる正則たちを宇喜多勢のみで迎え撃てと言われても、喜んで出かけてゆく。

なのに、なんの沙汰もない。

伏見城での戦ぶりが、惟新入道あたりの口から悪しざまに漏れているのではないのかという邪推すらした。城内を炎上させた秀秋の手勢。鍋島勝茂の兵たちは、鉄門を破って城内に乱入した。惟新入道はみずから兵を率いて治部少輔丸を奪い、敵八百を討った。

しかし秀家は武功らしい武功も上げず、大坂へと戻った。それ以降、次の戦に呼ばれるような気配もない。毛利秀元は大坂に戻ることなく、その足で伊勢安濃津城攻めへとむかい、惟新入道は敵と相対する最前線になるであろう美濃へとむかい、三成とともに大垣城にて敵の到来を待っている。

今は亡き太閤の寵愛を受け、一族衆と同列に遇された秀家は、若くして五大老に名を連ねた。中納言という地位にある者も、同年の者では本当に太閤の一門衆である秀秋くらいのもの。若い頃から、秀家は誰もが敬う存在であった。

故に、誰もが腫《は》れ物のように秀家を扱った。どう接して良いのかわからないのだ。無理もないと秀家も思う。己よりも若輩でありながら、位は飛び抜けて上。そんな目で己を見ていた者たちに囲まれて、秀家は豊臣家の執政として名を連ねていたのだ。大人たちは頭を下げはするが、心底から秀家に懐の裡を晒すようなことは決してなかった。誰も彼もよそよそしい。こちらが気さくに声をかけても苦笑い。一刻も早くこの場を去りたいという底意がみえみえで、秀家のほうが気を使って話を切り上げる始末。そんなことがうんざりするほど重なれば、自然と口が重くなり、尊大にもなる。相手が卑屈に接するのであれば、こちらは仰け反り返るだけ。相手がそう求めているのだから仕方がないではないか。卑屈に接する者にどれだけ腰を低くして接してみても、恐縮と萎縮で身を固くした相手に気を使わねばならぬ事態が到来するだけ。

その辺りが家康を憎く思う一因ともいえた。

あの男はどれだけ相手が卑屈に接して来ようとも、それより下手に出て嫌味がない。相手は萎縮も恐縮もせず、安堵の笑顔を浮かべ、たちまち心を開く。

年の功だ。

秀家も家康と同じ年ごろになれば、卑屈な相手に懐を開かせるだけの器量を備えることであろう。時が足りぬ。力が足りぬ。だから焦る。

周囲の下位の者たちが忙しなく働いているというのに、みずからは安穏として屋敷の縁に寝そべりながら庭を眺めているこの状況に、苛立ちが募るのだが、それでも秀家にはみずから立ち上がってなにかをしようという気概はない。どこぞの戦場に赴こうとみずから輝元あたりに申し出てみても、それがむこうの意にそぐわなかったら、やんわりと断られて終わりである。断られた恥ずかしさと言わなければ良かったという後悔を持ち帰り、釈然とせぬまま縁に寝転がるくらいなら、ここから動かぬほうが良いではないか。

「殿」

縁に通じる広間から声が聞こえた。縁と部屋を仕切る障子戸は開かれている。

「なんじゃ」

倦怠《けんたい》を隠さぬ虚ろな声を、背後に投げた。

「大坂より使者が参ってござりまする」

声の主は近習である。聞き慣れた声ではあるが、名前は知らない。顔はおぼろげだが覚えている。家中の誰もその程度。中村刑部が去り、戸川達安たちが奉行衆に引き取られた頃から、秀家は家臣たちに気を留めることを止めた。しょせんは駒である。駒は動けばそれで良し。使える駒と使えぬ駒の別があるだけだ。

「なんと言うてきておる」

「安芸中納言様直々に西の丸に来られたしとの仰せにござりまする」

輝元が呼んでいる。

あの引きこもりが、自邸に引きこもっている秀家になんの用があるというのか。年寄りの茶飲み話の相手ならば、他に誰かいるだろう。人の顔色をうかがってばかりいる秀秋あたりが適任ではないか。

「行かぬ」

「是非にとの仰せにござります」

近習の声音には毅然《きぜん》とした響きがある。腰から上をねじり、寝転がったまま顔だけを若き家臣にむけた。伏していながら目だけが主の背中を見つめている。清々《すがすが》しい覇気をまとった顔付きに、秀家は一瞬目を見張り、すぐに瞼の力を抜いた。

「面倒じゃ。其方が行け」

「は……」

生真面目な近習が、顔を上げて目を丸くする。鮮やかな青い狩衣が若者の動揺に震えて、陽の光を弾いた。

「今日から其方が宇喜多中納言秀家じゃ。わかったな。其方が西の丸に赴き、安芸中納言殿の御機嫌をうかがってまいるのじゃ」

「そのようなこと」

「戯言《ざれごと》じゃ」

真に受けてどうして良いのかわからずに、口をぱくぱくさせて頰を赤らめる若者に吐き捨てて、勢い良く立ち上がる。

「あぁっ！　もう面倒じゃ面倒っ！　なにもかもが面倒極まりないわっ！」

三成に加勢したのは家康憎しの一念のみ。このまま家康が豊臣家の政を恣《ほしいまま》にすれば、宇喜多の家政にもなにかと口出ししてくるだろう。それが面倒だったから、あの小賢しい小間使いの求めに応じたのだ。

家康が死んでくれるのであれば、己が手で仕留める必要などない。三成が躍起になって、惟新あたりの鼻息の荒い武者どもを焚き付けて坂東《ばんどう》の古狸を三河武士ごと叩き潰してくれれば、秀家にはなんの不足もないのだ。

どうせ三成が頼りとしているのは、秀家ではない。一万七千という、西軍のなかでも毛利家に次ぐ大軍を欲しているだけのことではないか。
「儂は大老なるぞ」
背後の近習に聞かせるために吐いた言葉ではない。無論、答えなど求めていない
し、万一気の利いたことなどを若者が口走れば、叱りつけてやるところだ。実直だけ
が取り柄であるといわんばかりに顔を硬直させた男は、秀家の腹の裡を知ってか知ら
ずか、真一文字に唇を引き結んだまま動かない。
溜息が口から漏れる。そのまま力の無い目で、近習を見下ろす。
「行く」
嬉しそうに若者が笑った。
まるで己が主にでもなったかのように上座から見下す男を、秀家は平伏もせずに眺
めていた。細身ではあるが引き締まっているという風でもない。五十にひとつふたつ
足りぬ男の、ただ痩せているだけの顔の真ん中にある大きな鼻がやけに目につく。
毛利中納言輝元である。
家康が去った大坂城西の丸に三成の懇請によって入った輝元は、西軍の総大将とい
うことになっていた。名目上は、秀家を従える立場である。だが、この男に頭《こうべ》を垂れ

た覚えはない。成り行き上、大将に担ぎ上げただけで、それとて秀家が関知してのことではなかった。三成や奉行連中と大谷刑部あたりが談合の末に、白羽の矢を立てたのだ。五人の大老のなかで、前田利家は死に、景勝は会津にあり、秀家はまだ若い。そうして残ったのが輝元だった。ただそれだけのことである。

「よくぞ参られた」

憮然《ぶぜん》とした様子の秀家に、輝元が言った。口許に張り付いた固い笑みといい、覇気のない口調といい、不機嫌を露わにして隠そうともしない秀家にことさら気を使っている。

「宇喜多殿」

総大将の言葉に応えぬ秀家に、脇に控える釣り目の男がささやく。増田長盛である。奉行などと威張っているが、太閤が生きている頃から、長い物に巻かれていなければ息もできないような男だ。いまも総大将の輝元の威光を盾に、秀家に偉そうな目をむけてくる。

横目で長盛のへの字口を睨む。偏屈な奉行の背後で光る箔押しの唐紙が目に付いていらいらしてくる。なにやら焚きつけているのか、広間に入った時から抹香臭くて仕方ない。もうなにもかもが腹立たしかった。

「其方を呼んだのは他でもないのじゃ」

あまりにも返答がないことに痺《しび》れを切らした輝元が口火を切った。秀家は目を細め、二十も年嵩の総大将に蔑みの念を送る。

神輿《みこし》めが。

脳裏で毒づく。しょせんは三成たちに担ぎ上げられなければ、家康に刃向うことすらできぬ男ではないか。同じ中納言、同じ大老。同格である。年の多寡がなんだというのか。若年で輝元と同等の地位にいる己のほうが、人として勝っている。上座から偉そうに。秀家の胸中で輝元への悪念がとぐろを巻く。

「伊勢長島《ながしま》城に福島正則の弟である正頼《まさより》が籠っておるのは御存知か」

「東海道を上ってきておる者たちに先んじて国許に戻っておるということは聞いておりましたが」

正則同様、正頼も家康に与している。

「美濃太田《おおた》城主、原勝胤《はらかつたね》に攻めさせておったのだが埒《らち》が明かず、伏見を落とした後、鍋島勝茂殿を後詰に遣わしたのだが、なかなかしぶといようでな」

愛想笑いを浮かべながら輝元が言った。謙《へりくだ》るような態度はなんだ。総大将なのだから、もっと偉そうにしたらどうなのだと、秀家は腹の底で吐き捨てる。先刻まで上座から見下す姿が偉そうだと怒っていたのだ。要は、輝元がどのような態度であろうと、気に喰わないのである。

「それで」

溜息まじりに秀家がつぶやくと、長盛が右の眉尻を吊り上げた。総大将への無礼な態度に腹を立てているのだ。秀家はおかしくなって、余計に不遜な物言いになる。

「中納言殿は某になにをせよと申される御積りなのじゃ。回りくどい物言いは御止めになられたほうが良い。後詰に向かわせようと思っておられるのなら、はっきりとそう申されれば良いものを」

「宇喜多殿」

咳払いとともに長盛が言った。

「下郎は黙っていよ」

「なんと……」

眉間に皺を寄せ、偏屈な小間使いは息を呑んだ。

首の後ろが無性に痒《かゆ》くなった。輝元たちに構わず、秀家は右手の指を曲げてぼりぼりと掻く。掻けば掻くほど痒みが増す。それが堪らなく腹だたしい。

「どうなされた宇喜多殿」

あまりにも鬼気迫る形相《ぎょうそう》で首の裏を掻き続ける秀家を心配するように、輝元が細い声を投げた。

答えずに掻く。

いまや痒みよりも痛みのほうが勝っている。それでも止められない。皮が捲《めく》れるのではないかと思うほど、秀家は指を動かし続ける。痛みが首の裏から苛立ち渦巻く頭へと上って行く。

腹が立つ。

なにもかもが気に喰わない。

大きな息をひとつ吐いて掻くのを止めると、強張っていた輝元の肩が落ちた。いきなりの秀家の豹変《ひょうへん》に驚き、身を固くしていたのである。

「だ、大事あるまいか」

大きな鼻の上にある丸い目をしばたたかせながら、輝元が問う。

「某で良いのでござるか」

問いに答えず、問いで返す。何を問われたのかわからずにいた輝元が、しばしの沈黙の後に尖った顎をかすかに上下させた。

「も、もちろんじゃ」

「伏見では大した功も立てられず、島津惟新や金吾に先を越された某などが後詰に向かっても、鍋島殿が持て余しましょうぞ」

「なにを申されるか。宇喜多殿は我が方では儂に次ぐ御方ではないか。其方と一万七千の兵があれば、長島城を落とすなど赤子の手を捻《ひね》るようなもの」

結局、頼りにされているのは己ではなく、一万七千という数と、宇喜多中納言という名のみではないか。

苛立つ。

が……。

もはや抗うことすら疲れた。

「承知仕った」

「そうか行ってくれるか」

輝元の顔がぱっと明るくなる。

「出陣となれば一刻も早う立たねばなりませぬ」

吐き捨てて立ち上がる。

挨拶もそこそこに秀家は大坂城を辞した。

溜息が漏れるのを止められない。

「もう一度申してみよ」

眼下で片膝立ちで控える三成の遣いと名乗る男を馬上から見下し、秀家は疲れを露わにした声を吐いた。

「至急大垣城へ来ていただきたいとの、主からの申し出にござりまする」

三成が籠る大垣城に敵が迫っているという。東海道を上ってきた東軍は、江戸城に入ったまま動かない家康を待たずに、織田秀信の守る岐阜城に攻めかかった。金華山《きんかざん》の頂《いただき》にそびえる岐阜城は、難攻不落。そう信じられていたのだが、池田輝政率いる一万八千、福島正則が率いる一万六千に同時に攻め寄せられ、一日にして陥落してしまったという。岐阜城を落とした敵は、三成の籠る大垣城を目前にした赤坂に陣を布《し》いたらしい。

島津惟新らとともに大垣城に籠る三成は、長島城へと秀家がむかっているということを知り、急遽《きゅうきょ》伝令を遣わしてきたのである。

「長島城はどうする」

馬上から冷然と問う。伝令の男は顔を伏せたまま、毅然とした声で答える。

「じきに関東から上ってきた家康も赤坂にて、敵勢と合流いたし関ヶ原を抜け、近江より京大坂へと進むことになりましょう。いまや大垣以上の要地はござりませぬ。中納言様に、是非とも大垣城に入っていただき加勢していただきたいと主は懇願いたしておりまする」

「儂ではあるまい。一万七千の兵が必要なのであろう」

男は声を発することなく身を固くした。下手なことを言うよりは、黙り込んだほうが得策だと判断してのことであろう。遣いの者を責めたところで三成がどうなるというわけでもない。

長島だろうが大垣だろうが、秀家にとってはどうでも良いのだ。なにせ必要とされているのは、己ではなく秀家が率いる兵なのである。呼ばれるところに行くだけのことだ。

「長島のほうは良いのだな」

「鍋島殿には別の遣いがむかっておりまする」

「そうか。ならば承知した。これより我等は美濃へと向かおう」

期待通りの返答を得た使者は、喜び勇んで己が馬に飛び乗り秀家の元を去った。

「大垣城か」

敵が集っている。じきに家康も現れるという。

家康が率いる敵勢と相見《あいまみ》えれば、腹中でのたうち回る苛立ちは晴れるのだろうか。鎧に覆われた腹に手をやる。左右に撫でてみても、腹痛のように苛立ちが散じるはずもない。第一、秀家はもはや己がなにに苛立っているのかすら、見失っているのだ。撫でたくらいで収まるわけがない。

「これより我等は美濃を目指すっ！」

素直に従うだけが取り柄の者たちに、秀家は気を込めた声で命じた。

「御待ちいたしておりました」

そう言って深々と頭を下げた三成に、秀家は妙な違和を感じた。

これほど容易に頭を下げる男であったか。

気位の高さでは、秀家も一目置く男であった。人に頭を下げるのを厭うことにかけては、秀家に勝るとも劣らなかったはずである。そんな男が、秀家を見るとともに即座に頭を下げたのだ。いや、いくら三成であろうとも、目上の者に対しては頭《こうべ》を垂れる。垂れるのである。体の動きとしては頭を下げるのであるが、心根が目の前の者に対して伏していないのだ。見ていれば解る。しかし、今日の三成は心から秀家に伏している。

「中納言様の一万七千が加勢に来ていただければ、敵も迂闊《うかつ》には攻め込めますまい。まずは……」

「変わったな」

三成の相変わらず醒めた声を制し、秀家はみずからも醒めた声を放つ。下座で伏したままの三成は、顔を上げることもなく、目を上座にむけるでもなく、床の板目を見つめたまま淡々と答えた。

「某はなにも」

「変わったわ。己では解っておらぬのか。其方はそうも易々《やすやす》と人に頭を下げるような男ではなかったではないか。なんじゃ、いまのその姿は。まるで儂の下僕のようではないか」

多少悪しざまに誇張はしたが、本心である。卑屈にさえ思えるほど深く平伏している姿に、腹立ちを覚えていた。

「味方を増やすために頭を下げすぎて心根までも卑屈になったか」

お前はそんなに安い男だったのか。

心の底で秀家はそう問うている。秀吉が生きていた頃から、気に喰わない男だった。秀家に対する蔑《さげす》みが、常に瞳の奥にちらついているのが堪らなく腹だたしかった。しょせん、父の威光を借り、母の尻によって豊臣家の一門同然の扱いを受けているだけではないか。冷淡な顔が無言のうちにそう告げているような気がして、秀家は三成と顔を合わせる度に、吐き気を覚えたものである。

秀家の母である円融院《えんゆういん》は、秀家の父である直家が死んだ後、秀吉の寵愛を受けた。たしかに子である秀家から見ても、若い頃の母は美しかった。あの頃の母の姿を思い出すと、父や秀吉が虜《とりこ》になったのが解る。父が築いた宇喜多家と、母が取り成した秀吉との縁が、いまの秀家を形作っているのは間違いない。

いっぽう、三成は己が腕一本で伸し上がった男だ。誰もが到達できぬ智謀の境地にあり、その才を秀吉に高く買われ五奉行筆頭の地位を得た。佐和山十九万四千石は、みずからの力で勝ち得た物である。秀家の五十七万四千石とは大違いだ。

絶対的な己に対する信頼が、三成を尊大にさせている。決して容易に他者にひれ伏さないのは、己の理に自負があるから。だから三成は、誰になにを言われようと毅然と一人で立っている。

「小そう纏まってしまった御主など見とうなかったわ。儂の知っておる石田治部少三成という」

「変わっておりませぬ」

平伏したまま今度は三成が言葉をさえぎった。板目を見つめたままの石田家の出世頭が、細い眉の間にふっとちいさな皺を刻む。目は床に漂わせたままだというのに、眼光が鋭さを増した。甲冑を着込んだ三成の華奢《きやしや》な体がひと回り膨れたように、秀家には見えた。

言葉をさえぎった無礼をたしなめようと、怒りとともに声を吐こうとしたが思うようにいかない。静かに床に手を突く己よりも細く、太刀すらも満足に振るえぬような男から放たれる無言の圧が、秀家の喉を絞めつけている。

「これまでの某は亡き太閤殿下の御為だけに働いてまいりました。某の下げる頭は、太閤殿下の頭同然。某が安く見られるは、殿下が安くみられると同義。心根までひれ伏すことなどできませぬ。が……」

三成がぐいと体を起こした。凄烈な視線が上座の紅顔を射る。秀家は思わず体ごと三成から目を逸らした。

「しかし今度の戦は某の戦にござりまする。太閤殿下の御為でも豊臣家の為でもありませぬ」

「なにを申すか」

今度は秀家の方が目を伏せながら、下座に吐き捨てた。

「豊臣家に仇なす家康を討つために、毛利中納言殿を総大将として兵を挙げたのではないか。これは御主の戦ではなく豊臣家の為の戦であろう」

言いながら秀家は後ろめたい気持ちになる。秀家にとってこの戦は、私怨以外の何物でもない。このまま家康に豊臣家に居座られては、己の首根っこをつかまれたままとなる。宇喜多家を意のままに差配するために、三成や輝元たちを利用して家康を討つ。それが秀家の本音なのだ。豊臣家のことなど露ほども思っていないのは、三成ではなく秀家自身なのである。

「豊臣家の為の戦であるのは間違いござりませぬ」

胸を張って三成は答える。

「しかし某にとってはもはや豊臣家の為という大義名分すら無用。こは間違いなく某の戦にござる。某と家康の身命を賭した戦いでありまする」

そこまで己を高く見るか。

秀家は三成の不遜に抗する言葉が見つからない。敵は二百四十二万石の大大名。かたや三成は十九万四千石そこそこの小大名である。互角に戦える相手ではない。年も貫禄も経験も家康の方が上ではないか。

しかし三成は、そんな家康と五分に相対しているつもりなのだ。

この戦は己の戦。

そう断言するということは、そういう意味だ。

「某の戦。某の命にござる。我が命に従い大垣城に到来なされた中納言様に対して心より礼を申すは当然にござりまする」

「うぬぼれるなよ三成」

やっとのことで些末《さまつ》な悪態を吐くことができた。だがそれが、虚勢以外の何物でもないことを、秀家自身痛感している。

覚悟が違う。

眼前の男は、秀家の知る三成ではなかった。武人とはもっともかけ離れているところにいたはずの男が、いま目の前で秀家が脳裏に漠然と思い描く武人の姿に重なって見える。

秀家の吐き捨てた悪態の続きを、三成は堂々と待っている。しかし秀家には、続けるだけの言葉がない。

八月の終わりの風が、城の格子戸から吹き込んできた。煙たい匂いが混じる秋の風に、耳障りな虫の声とともに鳶の甲高い鳴き声が混じる。

夜はもうすぐ。

秀家はこの場に堪え切れず逃げ出したくなる。

目の前に座る男が恐ろしかった。

武人……。

秀家にはその響きが堪らなく恐ろしい。

そう。あの男も武人なのだ。徳川家康。三河の荒々しい男どもを率い、豊臣家中の猛者《もさ》どもに絶大な信頼を得る老いぼれ。そうだ。父も秀吉も。みんなみんな。

武人だった。

他者を喰らい、領地を奪い、おびただしい血肉を撒き散らした末に、みずからは呵々大笑《かかたいしょう》してのける。そんな男たちに憧れ、秀家は己も武人であらんと幼い頃からそう思い、育ってきた。四国、九州。朝鮮でも、秀家は存分に戦った。

いや。

味方の兵の尻を叩きまくった。逃げれば殺す。戦わねば斬る。眼前の敵に恐怖する味方を、背後から刃で威《おど》した。

結局、秀家は戦場を心底から楽しむことができなかった。己は武人ではない。心の底ではそう思っていた。だからこそ、三成には相通じるものを感じていた。三成という男は、戦を恐れ、忌避している。だから政の道に没頭している。誰にも心底から頭を下げない所も、己に似ている。性根は嫌いだが、心の底では憎く思ってはいなかった。

それなのに。

三成は変わってしまった。三成自身は、変わっていないと言っているが、秀家から見ればまったく変わり果ててしまっている。

目の奥に熱い物を感じた。なぜ己が涙ぐんでいるのか。理解できずに秀家はいっそう三成から目を逸らす。

「某の読みよりも早う、敵が岐阜城を攻め落としました」

秀家の動揺を置き去りにして、三成は淡々と話を進める。

「ここまで家康に従う者が多くなろうとは思うてもおりませなんだ」

「其方が嫌われておった故のことであろう」

「そは言い訳のしようもありませぬ。ここまで豊臣恩顧の者どもが家康の口車に乗るとは思いもいたしませなんだ。某が憎くとも、豊臣家の為ならば、私情を捨て、家康を討つ。そう思うておりました。某の読みが当たっておれば、家康は東国で討たれておりましたでしょう」

清々しいまでに己の非を認める三成の言葉には、わずかな淀みすらない。本心からの言葉には、新たな皮肉を口走らせることをためらわせる力があった。無言のまま固まってしまった秀家に、三成は朗々と言葉を紡ぐ。

「先日、敵は大垣城に籠る我等を無視し、垂井、関ヶ原に火を放ち申した。敵は赤坂を動かず、我等と睨み合うておりまする。機を見計らい大垣城をそのままにして、近江へとむかうつもりなのでありましょう」

関ヶ原を越えて近江に入ると、敵が真っ先に標的にするのは三成の佐和山城であろう。

「自分の領国が大事であるが故に、そのようなことを申しておるのであろう」

「己が城が大事であるならば、この城など捨て、近江に退いておりまする」

簡潔で揺るぎない答えである。

「いま敦賀の大谷刑部、安濃津を攻めておられる毛利秀元殿に遣いを出しております。早急に関ヶ原に来られたしと」

「この城ではないのか」

「左様」

三成がうなずき、目を背けたままの秀家に答える。

「敵がこの城をやり過ごし近江から京大坂へとむかうつもりであるならば、我等は関ヶ原にてこれを迎え撃つ所存。なんとしても敵に不破《ふわ》の関《せき》を破らせてはなりませぬ」

古来、関ヶ原の地には不破の関という関所があった。不破の関にて東国へと逃亡する者を阻んだのである。不破の関のある地であるから関ヶ原と呼ばれるようになったのだ。

「金吾は」

いつの間にか秀家は三成の熱に当てられ、話に引き込まれている。自然と目が下座の武人に行く。三成は特別、情を昂《たか》ぶらせている風でもなく、いつもと変わらぬ酷薄な目を上座にむけている。なのにこれまでの三成のどれよりも、静かな瞳に大いなる力を秀家は見ていた。

「伏見落城の後、再三出兵の要請をいたしておりまするが、病にて大坂を動けぬと申され、某の頼みを聞き入れてくれませぬ」

「通じておるか家康に」

近江の武人がゆるやかに目を閉じ、首を傾げた。

「金吾殿は太閤殿下の甥御にござりまする。一時、殿下は秀次殿と金吾殿のいずれに関白職を御譲りになられるか迷われたほどの御仁。豊臣家の一門衆としてのみずからの立場は、十分に弁えておられると存じまするが」

三成にしては含みのある返答であった。

「疑っておるのか」

「まずは、勝利した暁《あかつき》には金吾殿を関白職にという申し出にて、御心を探ってみようと思うております」

「裏切っておったら如何にする」

「大坂にて兵を動かされ、背後を衝かれぬよう気を配っておかねばなりますまい」

つるりとした三成の小さな頭のなかには、日ノ本全土で蠢《うごめ》いている諸将がすべて詰まっているのであろう。それらを自軍と敵にわけて動かしている。そうして導き出した、両軍の攻防地こそ関ヶ原であり、不破の関が自軍の防衛線なのだ。

「敵はいつ動く」

秀家は思わず上座から大きく乗り出して問う。いつの間にか三成への恐れは心から綺麗さっぱり消えていた。

「恐らくは」

胸を張り丹田に気を込めた堂々たる姿に、秀家の心が打ち震えている。三成の次の言葉を待ち切れぬという風に、骨や肉、それを包む皮さえもが全力で騒いでいた。これが武者震いというならば、この時秀家ははじめて武者震いを感じていた。

「江戸にいる家康が東海道を上り、赤坂の地に来た時かと」

「秀忠が率いておるという徳川本隊は」

徳川家の三万にものぼる兵は、嫡男の秀忠が率いて東山道を進んでいるという。

「信州上田城《しんしゆううえだ》の真田昌幸殿より、足止めを約する書が参っておりまする」

「敵は大軍ぞ」

「昌幸殿は表裏比興《ひきよう》の御方故、かならずや為し遂げてくださりましょう」

信濃の小国人である昌幸は、甲斐の武田、越後の上杉、上総の北条、そして徳川と、その時々で主を替え、みずからの領国を守って来た。その捉えどころのない国人領主としての振る舞いが、秀吉の目に留まり、表裏比興の者として諸大名に一目置かれる存在となっている。

「秀忠の着陣が遅れようとも、家康が合流すれば敵は動きましょう」

「それまでに我等は、関ヶ原に敵を囲いこむ陣を作らねばなりませぬ。それ故」

三成がずいと膝を滑らせ間合いを詰めた。常に冷静なこの男には珍しい、意を感じさせる動きに秀家もまたぐいと顔を寄せる。

「某はこれより佐和山に戻り、最後の支度をいたしたいと存じまする」

「最後の支度」

「安芸中納言様の御出陣、諸将の関ヶ原での配置等、家康を包み、丸め、押し潰すための策を練り上げとう存じまする」

言って近江の武人は己が両の掌を合わせ、指を絡めて押し潰すような真似をした。

「数日で戻りまする。その間、赤坂の敵を」

「任せておけ。皆が関ヶ原に集うまで、儂が敵をここで引き付けておこう」

いつの間にか震えが収まっていた。

三成の体からにじみ出た覇気が、秀家を包み、秀家を武人に変えたのであろうか。己でも恐ろしいくらいに、常に胸の奥にあった苛立ちが微塵も見当たらない。家康に対する怒りも、三成への嫉妬も、宇喜多家に対する恨みも、なにもかも来たるべき大戦を待つ昂ぶりに飲み込まれてしまっていた。

「やるぞ三成」

馬鹿らしいくらいに目の前の男に乗せられている。世の中を斜に見ることで己の矮小さから目を背け続けてきた秀家には、いまのみずからを冷徹に見極めるだけの余裕も残っていた。だから三成の弁舌と居《い》ずまいに翻弄されているということも理解している。

それでも止まれぬのは武人の血のなせる業なのかもしれない。

己の裡にも宇喜多直家の血が流れている。武人の血が。
三成にむける秀家の笑みに、かつてのあくどさはもはやなかった。

陸　井伊侍従直政

時はわずかにさかのぼる。

東軍はいまだ清洲城にあった。

「もう一遍、言ってみてくださらぬか」

額に青筋を走らせて言った福島正則の面を、井伊侍従直政は向かい合った席から見た。左右に並ぶ諸将のむこう、城の広間の隅に見知った男が座っていた。正則はこの男を睨んでいる。男の名は村越直吉《むらこしなおよし》。徳川家の臣であり、江戸城にいる家康の使者として清洲城を訪れていた。

直政が小山で家康に同心した諸大名の軍勢とともに清洲城に入ってから六日が経っている。小山での評定からはすでに二十五日。いまだ家康は江戸に留まっていた。

〝三成の布いた包囲を逃れる最後の詰めを行う故、しばらく江戸に留まる。その間、正則たちに目を光らせておいてくれ〟

　直政は家康の密命を受け、同朋である本多忠勝とともに軍監という立場で諸大名と行動をともにしている。

「皆様方の御苦労は察するに余りある。故に開戦によって、皆様方の旗色を明らかにしていただきたい。皆様が敵勢に攻めかかられたと知れば、どれだけ敗色が濃かろうと我が主みずから出馬いたしましょう」

　淡々と告げた直吉をにらみつける正則の食い縛った歯がぎりぎりと鈍い音を立てている。この城は正則の物だ。しかし小山の評定の折に、兵糧とともに家康に差し出している。諸将はあくまで対等。そういう意をこめて、広間には左右に分かれ上座を空けて座っている。あの空の上座に座る者がいるとすれば、それは家康しかいない。

　直政の隣にも正則に負けぬ怒気を放つ男が座している。

「あの阿呆めが」

　忠勝が直政のみに聞こえる声でつぶやいた。武功専一、忖度《そんたく》や場を読むことなど無縁の男である。そんな忠勝が、人の耳をはばかりながら、それでも悪態を吐くのにはそれなりの訳があった。

　直吉が今、諸将たちに聞かせた言葉を、直政と忠勝は昨夜のうちに本人から聞いていたのである。お前たちはいつ寝返るか解らないからいまのままでは出陣できない。お前たちだけで敵の城を落とせば、すぐにでも出陣してやろうではないか。そう取られて仕方がない主の言葉に、直政と忠勝は揃って息を呑んだ。

小山から清洲までの道中。決して楽な道程ではなかった。家康の懸念通り、勢いと三成憎しで結託した仮初《かりそめ》の連合軍である。家康は彼等の裏切りを心底から恐れ、東海道を行軍中だった黒田長政をわざわざ江戸に呼び戻し、正則たちの監視を怠るなと密命を下したほどである。事あるごとに諍いを始めようとする男たちの機嫌を取り持ちながら、なんとか清洲城まで辿《たど》り着いたのだ。

尾張国清洲はいま、敵との最前線といえた。美濃国岐阜城の織田秀信は三成と結託して兵とともに城に籠り、その南方の犬山《いぬやま》城の石川貞清《いしかわさだきよ》、竹《たけ》ヶ鼻《はな》城の杉浦五左衛門《すぎうらござえもん》も、敵として直政たちの北上に備えている。

そして岐阜城の西方に位置する大垣城には、石田三成が島津惟新義弘らとともに入り、不破の関を越えて近江へとむかう道程を牽制していた。

つまり清洲城から少しでも兵を動かせば、即開戦ということになる。故に諸大名たちは、家康の到来を今か今かと待っていたのだ。それは清洲に入ってからのことではない。城と兵糧を明け渡した諸将の城を転々としながら東海道を上って来る最中も、直政と忠勝は鼻息の荒い正則などから、家康は江戸城を出たのか。いつ出るのかと執拗に問われていたのである。

それが。

疑わしいから出陣できぬ。さっさとお前たちだけで戦を始めろ、である。

正則たちが怒り狂うのは目に見えていた。故に直政は、忠勝とともに直吉を止めた。諸大名を督励する偽りの言葉で場を濁し、その後に直政と忠勝が皆に出陣をうながす手筈になっていたのだ。口下手な忠勝は共にと言うが、けっきょく直政が皆を説得することになるのは目に見えていたから、昨夜は腹を括っていた。

それがどうだ。蓋《ふた》を開けてみれば、直吉が昨夜の約定《やくじょう》を無視して主の言葉を嘘偽りなく披瀝してしまった。実直一途、直吉がそれだけが取り柄の男であることを、直政はこの時になって思い出した。家康はそれを見越して、直吉を選んだのは間違いない。どれだけ直政と忠勝に止められても、直吉ならば素直に言うはずだ。主はそこまで考えて、使者を選んでいる。

してやられた……。

こうなっては成り行きに従い、身を処すしかない。腹を括る。そうなると、もう直政はぶれない。

「もう一遍、申してみよと言っておるのじゃっ！」

唾を撒き散らしながら正則が怒鳴る。直吉は平然と先刻の言葉を寸分たがわず繰り返した。

「なんじゃ。内府殿は儂等が信じられぬと申しておられるのか」

怨嗟《えんさ》の眼差しが下座から正面に座る直政にむいた。先陣だけが取り柄の猪武者の赤ら顔を静かに見据えながら、直政は理を説く。

「万に一つの間違いがあってもならぬ戦にござりまする故、主はとにかく皆様方にまずは火蓋を切っていただきたいと申しておられるのです。信じられぬわけではありませぬが万に一つの懸念をも潰しておきたい。その一心でござりまする」

「儂等はこうして城を明け渡しておるのじゃぞっ！　それでもまだ疑わしいと申されるか！」

「じゃから、万に一つの懸念であると、侍従殿も申しておられるではないか」

正則の下手から、黒田長政が助け舟を出してくれた。

「そうじゃ。少しは頭を冷やせ正則」

忠勝のむこうから声が聞こえた。池田侍従輝政である。この男は信長の乳母子《めのとご》である池田恒興《つねおき》の息子で、家康の娘婿である。いまや徳川家の一門衆同然の扱いを受けていた。正則や長政、そして現在、九州の地で黒田如水とともに家康に与して戦う加藤清正らと、利家の死後に三成を襲撃しており、武辺者として名を売ってもいる。故に、正則の激昂を前にしても動じていない。東海道での道中でも、輝政に幾度助けられたことか。いきりたつ正則を律するために、輝政は幾度も直政と彼の間に立ってくれていた。

「とにかく我等で敵を攻めようではないか」

「どこを攻める」

ぎらついた目が輝政を射る。

「どこが良かろうかの井伊殿」

同じ侍従である。輝政は姓で直政を呼んだ。髭の海に浮かぶ巨大な唇をへの字に曲げ、眼前の猛将がふたたび直政を睨みつける。

「岐阜城の三法師《さんぼうし》殿を攻めるが良かろうかと」

織田秀信は幼い頃、三法師と呼ばれ、秀吉によって織田家の惣領に担ぎ上げられたことがある。わざと幼名で呼ぶことで、その時のことを皮肉混じりに言外に忍ばせた。正則が鼻で笑って、下座の直吉に罵声を浴びせる。

「岐阜城を攻め落とせば、内府殿は江戸を出られるのだなっ！」

「間違いなく」

淀みのない答えに、正則の口が吊り上がる。

「その言葉、忘れるなよ」

直吉は動じなかった。

床几を倒しながら立ち上がった正則が、なにも知らぬ使者の肩を蹴りつけた。

「約定が違うではないかっ！」

岐阜城へとむかうために木曽《きそ》川を渡河し、その道中で竹ヶ鼻城を落とした後の、陣中である。

岐阜城攻城軍は、木曽川の手前で二手に分かれた。この辺りを領し、地理に明るい正則の言葉に従って、渡河できる二ヵ所にそれぞれむかうことになったのである。比較的渡りやすい上流の河田《こうだ》には池田輝政が率いる一万八千があたり、下流の尾越《おこし》は福島正則が率いる一万六千があたることになった。直政は忠勝とともに、下流の正則勢に従っている。

輝政と正則はともに先陣を買って出た。そのため上流と下流を行く両軍が相謀《はか》って城に攻め入ることになっていたのである。

「輝政はすでに岐阜城にむかっておるじゃとっ！」

ふたたび使者を蹴りつけた。

渡河した上流の味方を、織田秀信が率いる三千二百が待ち受けていたのだと使者は言った。川を渡るとともに仕掛けられた輝政たちは、仕方なく敵と交戦。戦ううちに前進し、打ち払う頃には城間近に迫っていたということである。

おそらく輝政たちには悪気はない。戦は千変万化《せんぺんばんか》、不測の事態が付き物だ。敵に攻められているのに、正則との約束を守らなければならぬからといって矢を放たぬことなどできない。戦い、敵を打ち払うことこそ肝要である。気付けば前進していたという気持ちは、直政にも痛いほどわかる。

「そう無体に御責めになられても、その者にはそれ以上、なにも答えられませぬぞ」

あまりにも傍若無人《ぼうじゃくぶじん》な正則に、直政はたまらず使者の前に立っていた。怒気と殺意を浴びた若者は、涙をぼろぼろ流しながら蹴られた肩を押さえている。震える使者を背に隠し、猪武者と相対する。

「ともかく我等も岐阜城へとむかいましょう。不満があるのなら、このような者を責めず池田殿に直接申されればよろしかろう」

「儂が先陣を切る」

この男にはこれしかないのだ。

賤ヶ岳の七本槍……。

直政からしてみれば滑稽《こっけい》極まりない呼び名であった。秀吉がまだ織田家の将であった頃、家臣団の筆頭であった柴田勝家と雌雄を決する戦での武功である。もう十七年も昔の話ではないか。この時、正則は一番槍の誉《ほま》れを得た。その呪縛をこの男は未だに引き摺っている。呪縛とも思わずに、晴れ晴れしい誉れであると誇っているのだ。この時の一番槍の所為で、一番槍こそ己が武であるという想いに縛られているということに気付いていない。そして一番槍さえ敵に付けられれば、後はただただ愚直なまでに乱暴に戦うというのでは、話にならない。戦は一番槍の後が勝負ではないか。誰が最初に始めたかなど、どうでも良い。敗けてしまえば、一番槍もなにもないのだ。勝つために帰趨を決する一手を放った者こそ、真の武功が得られるはずである。家康は、そのあたりのことは見失わない。一番槍を誇るような愚か者には、それなりの褒《ほう》美《び》しか与えられないだろう。

「そは池田殿と話されればよろしかろう」

震える若者を庇いながら、鼻息とともに背を見せた荒武者を見据え続ける。大股で陣幕から消え去る正則を床几に座したまま見据える忠勝の呆れ顔が、直政をむいてくしゃくしゃに歪んだ。同じ武辺者から見ても、正則の一番槍好みは常軌を逸しているのだ。

「役目御苦労。いまのことは気にするな」

池田の使者に言ってから、直政もまた陣幕の外に出た。


先日の野戦での敗戦によって、敵は金華山上の城に籠った。大垣の三成からの後詰でも待っているのだろう。早朝、岐阜城下の商町口《あきないまちぐち》に至った正則率いる下流渡河勢の元に、輝政が現れた。その報せを受けた下流渡河勢は、正則の陣所に集められ、輝政と面会することになったのである。

もちろん。

猪武者は昨日からの鬱憤を、当たり前のように輝政にぶつけた。

「相謀って川を渡り、岐阜城を攻める。その約定を忘れたわけではあるまいな」

四角く区切られた陣幕内の上座は空席である。左右に並ぶ諸将のなかで、一番奥の左方に正則、右方に輝政が座して対峙していた。直政はもしもの時のために、輝政の隣に座している。直政の隣には忠勝がいた。もし正則が激昂して、輝政に飛び掛かろうとした時は、忠勝がその体軀を生かして正則に飛びつき、直政がすかさず輝政を陣幕の外へといざなう手筈になっている。

「忘れてはおらん。忘れてはおらんが。遣いは出したはずじゃ」

「知らんっ！」

「嘘を吐くな」

子供のような抗弁に、輝政が呆れたように溜息混じりの言葉を吐いた。その態度に、猪武者が鼻息を荒らげる。

「なんじゃ！　約定を違えたのは御主であろう！　そのうえでなお、儂を愚弄いたすか！」

「敵が対岸に待ち受けておったのだ！　戦うしかあるまい！　御主が上流を渡っておっても、儂と同じようにしておったはずじゃ！　御主がもし上流を渡って敵と戦い城にむかったとしても、儂は御主のように怒りはせん。さもありなんと、笑ってやり過ごすわい！」

「偉そうに言うではないか！　よし解った。ここで白黒付けてやろう。御主と儂で一対一の勝負じゃ。槍を持って尋常に勝負じゃ輝政っ！」

この男は、なぜこうまで怒れるのだろうか。たかが一番槍ごときのことで。たしか正則は、直政と同年である。ならば今年四十ではないか。もはや力と勢いだけで押し切るのは、いささか疲れる年である。ああも毎日毎日鼻息を荒らげて、誰彼構わず怒鳴っていて疲れないものなのか。

「一対一の勝負じゃと……。御主、正気か」

「儂と御主、どちらが先陣に相応《ふさわ》しいか、武芸ではっきりさせれば良かろうっ！」

「いいかげんになされよっ」

腰を浮かそうとしていた忠勝の機先を制するように直政が怒鳴りながら立ち上がり、両者の間に割って入った。忠勝の目は殺気立っていた。あのまま、好きにさせていたら己が輝政の代わりに勝負しようなどと愚にも付かぬことを口走ったことだろう。忠勝と直政は家康の名代である。大名間の諍いに首を突っ込めば、二人して叱責を受けることになる。

「邪魔じゃ、すっこんでろっ」

正則は怒りに見境を無くしていた。間に入った直政に食って掛からんと腰を浮かせている。丹田に気を込め、気迫で上から正則の魂を押す。押しながら、声に怒気をからめて問う。

「儂は軍監にござる。これ以上、事を荒立てようとなされるのであれば、見過ごすことはできませぬぞ」

「こは儂と輝政の話ぞ」

「違いましょう」

「なに」

目を血走らせて正則が見上げる。鼻息ばかり荒い愚物《ぐぶつ》など恐れるに足りず。直政は堂々と猪武者を見下しながら、続けた。

「其方たちの先陣争いの背後には、我が主に従うてくれておる方々がおられる。其方と池田殿の諍いならば目もつぶりましょうが、其方たちが争うことで、明日の城攻めに加わる方々の行軍に支障が出るのであらば、某も黙ってはおれぬ。どうしても池田殿と刃を交えると申されるならば、そはすなわち某たち軍監への反抗。我が主への反抗となりまするが如何か」

「ぬぬ」

「某と本多平八郎は、主より皆様方の監督を任されておる。これ以上、福島殿が強硬に我を通されるのであらば、某は池田殿を支持いたしまするが」

徳川は福島を敵とする。そう言外に言いつけた。正則は口籠ったまま動けない。

「ま、まぁ、そう事を荒立てなさるな井伊殿」

背後から笑い混じりの声が聞こえる。肩越しに見ると、輝政も立ち上がっていた。

「今度のことは儂も悪かった。正則がそうまで言うのであれば、明日の城攻めの大手《おおて》は御主が先陣を切れば良い。我等は搦手《からめて》に回ろうではないか」

正面を正則に任せるという輝政なりの最大の譲歩である。このままでは徳川家と福島家が険悪になると思っての大人の申し出だ。目の前の猪武者にも、この程度の思慮を求めたいのだが、口をへの字にして顔を赤らめながら、いまにも立ち上がってきそうな姿では、期待できそうにもない。

「如何かな福島殿。池田殿はこう申しておられるが」

「儂が必ず岐阜城を落とす」

吐き捨てた正則が口を尖らせ、そっぽを向いた。どうやら承服したようである。

明朝、約定通り正則とともに直政は城の大手から攻め上り、輝政は搦手の軍を率いて金華山を登った。かつて岐阜城の主であった輝政がいちはやく本丸に雪崩《なだ》れ込んだが、織田秀信みずから降伏の交渉を正則に申し出たこともあり、たがいに先陣の功をふたたび争った。直政と忠勝は示し合わせ、両者同時に城を落としたと家康に報告するとして、両者を納得させたのである。

岐阜城の陥落を聞くと、犬山城は開城した。直政たちは岐阜中央部を支配下に置くと、近江方面にむけて西上。三成の籠る大垣城と睨み合う赤坂の地に陣を築いた。

「ここが良いな」

眼下に見える城を眺めながら直政が問うと、隣の大男は強い髭を激しく揺らして笑った。

「三成めを見下ろしておるようで気分が良いわい」

忠勝がそう答えてまた豪快に笑う。二人が見下ろしているのは、大垣の城であった。ここは皆が陣を布く赤坂の南に位置する丘である。里の者たちは岡山《おかやま》と呼んでいるらしい。赤坂に留まることを決めると、直政と忠勝はすぐに大垣城が一望できる場所を地の者に言って探させた。そうして皆が口々に言ったのがこの岡山である。

皆が言うだけあって、たしかに大垣城が一望の元に見渡せた。

「南東に一里というところか」

「うむ」

うなずく忠勝がかぶる兜には豪壮な鹿の角の飾りが付いている。隣に立つ直政の兜からは、金色《こんじき》の二本の角が突き出ていた。漆黒の甲冑をまとった忠勝と、深紅の鎧を身に着けた直政は、さながら丘の上に立つ二匹の悪鬼である。そしていま、二人の鬼が見つめる先にある大垣の城には、別種の鬼が籠っていた。

策謀の鬼である。

みずからの奸智の才において、直政たちの主の息の根を止めようとしている男だ。三成の吐いた糸が四方に舞い、諸国の大名たちを搦め取り、ただ一人の標的を仕留めるための盛大な罠《わな》を作り上げた。東の上杉を焚き付け主をおびき出し、みずからは上方で毛利、宇喜多らを誑《たら》しこんで東西から挟み込む。三成の罠の糸はいまもなお、主に絡みついたままだ。

直政と忠勝は主の刃である。三成が張りめぐらした糸を断ち切る太刀だ。

「ここに殿の旗印がひるがえれば、三成も動かずにはいられまい」

喜色満面に忠勝が言う。その目に宿る光には、正則や忠興のような怨嗟の色はない。直政もそうなのだが、三成に対して必要以上の恨みを抱いてはいなかった。むしろ、二十万石そこそこの大名でありながら、二百万石超えの大老と互角に相対する胆力は、天晴《あっぱれ》であると常々思っていたくらいである。鼻息ばかり荒く、戦場でしか使い道のない正則などよりも、幾層倍も好ましい。

ただひとつ、主と同じ天を戴かなかったということで、路が違っただけのこと。

この丘は、主がこの地に到来した時の陣所にする。三成が籠る大垣城を見下ろすことができる高台。それが絶対の条件であった。

「待っておれよ。かならずその穴蔵から引き摺り出してやるからな」

黄色い歯を光らせて、忠勝が不敵に笑う。直政と忠勝は、主の心が手に取るようにわかる。主は大垣城を包囲して、城攻めを行うつもりはない。かならず三成を野戦に誘い出す。野戦にて互いの軍勢をぶつかり合わせ、雌雄を決してこそ戦の勝敗は明確に決する。小牧長久手の戦の際に、秀吉を打ち負かした時も、己自身《み》が武田信玄に三方《かた》ヶ原《はら》で敗れた時も、野戦であった。それ故、勝敗は残酷なまでに明確であった。もし後詰がいたら、もし兵の数で勝っていたらなどという言い訳はできない。だから主は、己自身にも三成にも、言い訳を許さないだろう。

〝勝敗は野戦にて明らかにせん〟

主がこの地で発する第一声が、直政には鮮明に聞こえている。

だからこそ、この岡山の地を選んだのだ。

徳川内大臣家康到来。

その事実をここに集う両軍の者共すべてに見せつけるために、この地ほど適当な場所はない。主の到来により味方は奮い立ち、三成たちは震え慄《おのの》くことだろう。岡山の頂に主の馬印《うまじるし》である金の扇がひるがえる時、この戦は終局にむけて一気に動き出す。

「正則たちはこのまま黙っておるかの」

黒き鎧を着た鬼が、視線を城にむけたまま問う。紅き鎧の鬼もまた大垣城の甍《いらか》を見据え、長年の盟友に答える。

「殿が到着なさるまでは動かぬという約定を違えるほど愚かではなかろう。あの男が欲しておるのはあくまで武功ぞ。戦えれば道理などどうでも良いというほど血に飢えておるわけではない」

「そのあたりは、あの猿の縁者らしいの」

忠勝は秀吉を猿呼ばわりした。徳川の臣は誰もが、己が主は一度たりとも秀吉に負けてはいないと思っている。豊臣の臣となりはしたが、秀吉の風下に立ったつもりはない。

黒き鬼は続ける。

「余人を押し退けてでも己が功を求める浅ましさを隠しもせぬところは、たしかにあの猿譲りじゃの」

「故に、殿が来るまでは下手な真似はすまい」

「猪ではあるが人語は解するか」

「猿の血に連なる猪よ」

言って直政は微笑を浮かべ、隣の友は豪快に笑った。

「秀忠殿のこと聞いておるか」

いか」

「真田の卑怯者に捉まったそうではないか」

徳川本隊三万を引き連れ中山道《なかせんどう》を行く秀忠が、信州上田の真田昌幸の城を攻めたという報せが入ってきた。

「大丈夫かのぉ」

ここではじめて忠勝が目を逸らし、直政を見た。爛々と輝く瞳から放たれる覇気を頬に受けながら、目だけを黒き鬼にむける。徳川随一の猛将は、眉根に皺を刻みながら続けた。

「昌幸めには一度痛い目を見せられておるからの」

徳川家は上田城を攻めて手痛い敗北を喫した経験がある。十五年前のことだ。同盟関係にあった北条家との約定で、当時、徳川家の属将であった真田昌幸の所領を渡すことになった。しかし昌幸は所領を明け渡すことを強硬に拒み、徳川家を離れ、その頃越後《えちご》を領していた上杉景勝に助けを求めたのである。北条家との約定があるため、家康は真田領に鳥居元忠を将とした軍勢を送った。

五千ほどの兵力差がありながら、昌幸は徳川勢を城下に引き込み挟み撃ちにして撃退。これを打ち破った。

この時の勝利によって、昌幸の智謀は天下に知れ渡ることになったのである。徳川家にとって上田城は、因縁の城であった。

「元忠の無念を晴らさんと、御曹司が躍起にならねば良いがな」

元忠の伏見城での死は、すでに秀忠の耳にも届いているだろう。その元忠が敗れた上田城に、三成に与した昌幸とその子、信繁《のぶしげ》が籠っているのだ。指をくわえて素通りできるはずもないとは思う。

だが……。

「殿の到来に間に合わねば如何様なことになるか」

直政にも行く末はわからない。家康という男は、機を見るに敏である。もし徳川本隊が間に合わずとも、三成との雌雄を決する機と見れば、構わず動くはずだ。そうなった時、徳川家は正則たち豊臣恩顧の大名の力に頼るしかなくなる。家康が三万の兵を引き連れてはいるのだが、これはあくまで総大将である家康を守る軍勢だ。みだりに動かすことはできない。戦場で敵と相対するのは、やはり秀忠の率いる本隊でなくてはならぬのである。

「御主の婿はどうじゃ」

直政は友に問う。すると忠勝は太い眉をかいて笑った。

「あれは父や弟が背こうとも、身命を賭して殿に従うと腹を括っておる。裏切るような真似はすまい」

忠勝の娘婿は、昌幸の長子の信之《のぶゆき》である。信之は小山の地で、三成に付くことを表明した父と別れ、単身家康に従った。

白い物が混じる髭を震わせて、忠勝が鼻から荒い息を吐いてからつぶやく。

「いずれが勝っても真田は残る。表裏比興《ひきょう》なる昌幸めの考えそうなことじゃ」

家を割って東西双方に付くという判断をしたのは、昌幸だけではない。多くの家が、親子、兄弟に分かれてこの戦に臨んでいる。敵の総大将である毛利輝元にしても、一族である吉川広家は、密かに家康と通じているのだ。

家康と三成。

いずれが勝つのかは誰にもわからない。直政はかならず家康が勝つと信じているが、確証などどこにもない。迷えば揺れる。揺れれば崩れる。だから、決して迷わない。ただそれだけのことだ。

生き残るために、誰もが必死に行く末を見据え、己が行く道を選んでいる。誰が勝り、誰が劣っているということではない。戦の勝者とそれに与した者が、思うままの行く末を望めるというだけのこと。

「いずれにしても、この地に殿が参られるのを儂等は待つだけじゃ」

己に言い聞かせるように囁《ささや》いた荒武者に、直政はうなずきだけを返した。

東軍諸将が赤坂の地に陣を布いて二十日余りが経過した九月十四日。ついに家康は岡山の地に到来した。頂に金の扇がひるがえると、家康を出迎えるために集まった諸大名と、周辺に散らばる七万を超す兵たちが一斉に雄叫《おたけ》びを上げた。

そのまま軍議と相成った。

「関ヶ原の西方、山中村《やまなか》には大谷刑部、脇坂安治《わきざかやすはる》、朽木元綱《くつきもとつな》、小川祐忠《おがわすけただ》、赤座直保《あかざなおやす》らが陣を布き、不破の関を守っておりまする」

上座の家康を筆頭に、左右に諸将が並び、大垣城から不破の関にかけての絵図が置かれた机を睨んでいる。皆が耳を傾けているのは、黒田長政の冴えた声であった。

「関ヶ原の東方、南宮山《なんぐうさん》には毛利秀元が率いる毛利勢、長曾我部盛親、長束正家らが陣取っておりまする」

「吉川は」

「南宮山におりまする」

床几に突いた扇の先に両の掌を乗せながら問うた家康に、長政が淡々と答えた。家康の調略の手が吉川広家を搦め取っていることは、直政や長政など数名の者しか知らない。

「それと本日」

切り出した長政が、手にした鞭の先を大谷刑部たちが布陣したという山中村の南方にむけた。そこには山が描かれており、松尾山《まつおやま》と記されている。

「織田信長公の昔、この松尾山には砦が築かれておりました。ここに小早川金吾中納言殿が一万五千あまりの兵とともに入ったという報せが届いております」

男たちがいっせいにざわめいた。金吾中納言秀秋の動静には、誰もが関心を示しているのだ。若き故に、なにをするか解らない。

長政によって秀秋にも調略の手が伸びているのだが、それを知らぬ者たちも秀秋という男に不穏な物を感じ取っているようだった。

秀秋は伏見城を攻めてから、一時は病と称して大坂にいたのだが、その後、伊勢と近江を転々とし、近江の高宮《たかみや》に病の療養と称し留まっていた。それが、まるで家康の到来に合わせたかのように、関ヶ原の地に兵とともに入り、大谷刑部を真下に見据える山上に陣を布いたという。

長政との約定に秀秋が従うならば、大谷刑部と他の四将は山を降りる勢いを借りた一万五千の軍勢の奇襲を受けることになるはずだ。不破の関近辺の兵が掃討されれば、東海道を一気に進み近江、佐和山までの道が開ける。

「さて」

手にした扇でもう一方の掌を叩き、家康が背を伸ばした。

「儂は大垣城から三成を引き摺り出したいと思うておるが、皆様方はどう思う」

「野戦にござりまするか」

冷めた目で問う長政に、主が笑みのまま固まった顔を上下させた。

「望む所っ！」

吠えた正則が膝を叩く。猪武者の大声につられるようにして、数名がうなずいた。

「あの小賢しい三成めを城に閉じ込め焼き殺してもつまらぬ。野戦にて完膚《かんぷ》無《な》きまでに叩き潰し、あの枯れ枝のような細い体に縄を打ち、都に引き据え首を刎ねてやりましょうぞ」

この男は本当に、主の望む通りに動いてくれる。そう心につぶやき、直政は正則の赤ら顔を見つめた。大きく膨らんだ鼻の穴から飛び出た鼻毛までもが強《こわ》い。思わず笑い出してしまいそうになるのを、直政は必死に堪えながら、評定の成り行きをうかがう。

「野戦じゃ、野戦じゃっ！」

方々から声が上がる。それを待っていたように、家康は大きくうなずいてから、ゆったりと腰を上げて男たちを睥睨《へいげい》した。

「野戦とあらば、三成めを大垣城から引き摺り出さねばならぬ。敵兵に噂を広める。家康が到来した故、大垣城はやり過ごし、不破の関を越えて近江を攻めるとな」

「上策にござりましょう」

言ったのは藤堂佐渡守高虎であった。伊予八万三千石の大名で、三成と同じ近江の生まれである。秀吉に重用され、豊臣家に対する恩という意味では三成や正則たちにも負けぬ。しかし高虎は、秀吉が死ぬと誰よりも早く家康に近付き、三成の二度の暗殺計画を報せてその命を救うなど、徳川家の臣同然のごとく振る舞っている。

「三成めは我等が赤坂に陣を布くとすぐに、己が城を案じて単身佐和山に戻ったと申しまする。我等が佐和山へ向かうと知れば、必ずや宇喜多や島津とともに城を出ましょうぞ」

満面に笑みを浮かべて言った高虎に、正則や忠興も猛々《たけだけ》しい同意の声を上げる。

「もし……」

熱気を帯びた男たちのなか、一人醒めた顔のまま上座を見つめる長政が、騒がしさのなかでも掻き消えぬ冷えた言葉を家康に放った。その場の気を解さぬ声に、男たちが静まる。

「三成が餌に喰いつかねばどうなされまするか」

にこやかに見下ろす家康に、長政は続ける。

「金吾中納言が松尾山に入り、南宮山には毛利勢が陣取っておる。関ヶ原の東西は、すでに敵に固められておりまする」

いずれにも調略の手を伸ばしておきながら、長政は冷徹な言葉を連ねる。

「我等が不用意に動けば、敵の掌中に飛び込むことになりますぞ」

「敵が餌に食いつかねば、新たな策を考えれば良いだけのこと」

淀《よど》みなく家康が答える。長政の細い眉がぴくりと震えた。あれだけいきり立っていた正則をはじめとした武将たちは、堅く口を閉じて二人のやり取りに耳を傾けている。皆の様子など気にもせず、主は淡々と長政に語る。

「儂が来るまで敵はみずから城を出て戦うことはなかったのだ。我等が動かねば、三成は動かぬ。ならば我等もここを動かず敵を揺さ振り続ければ良い。じきに秀忠も三万の兵とともにやって来よう。敵が痺れを切らすまで待てば良い」

秀忠は上田城攻めを切り上げて、一刻も早く合流せんと中山道を進んでいる最中である。数日中には到着するはずだ。

「いずれにせよ。三成を城より引き摺り出す。今宵はその最初の一手よ」

言って主は豪快に笑った。

家康が佐和山を攻める。

その噂を敵中に広めることを取り決め、評定は終わった。諸大名たちが帰った岡山の本陣で、直政は忠勝とともに主と相対している。主の左方に二人で並び、向かい合うようにして主の四男、松平忠吉が床几に座していた。忠吉の妻は直政の娘であった。つまり直政は忠吉の舅《しゅうと》にあたる。

「長政めが余計なことを言いおって」

親指の爪を噛みながら、家康が虚空を憎々しげに睨み付けつぶやいた。先刻の評定の時のような穏やかさは消え失せ、総身から焦りと怒りが滲み出している。爪を噛み千切っては、みずからの足元に吐き捨てる。黄色い爪が散らばる地面を、家康の右足が小刻みに踏みつけていた。膝を揺らし、爪を噛みながら苛立つ主の姿を知る者は、徳川家中のなかでも直政ら腹心中の腹心だけである。

三方ヶ原や小牧長久手のような、強大な敵と相対している時に見せる、真の苛立ちであった。

「三成めが動かねばどうするじゃと。ふざけおって。動くように仕向けるのが御主の仕事であろうが」

虚空をにらみつぶやき続ける主にかける言葉は直政にはない。忠吉や忠勝も口を噤《つぐ》んだまま、主の独白を聞き続ける。

直政は改めて三成という男を見直す。ここまで主を追い詰めるだけの智謀を、あの男は発揮したのだ。日ノ本全土の大名を揺さ振り、天下に比類無き武士、徳川家康の首元に肉薄しているのである。戦は生き物だ。なにが起きてもおかしくない。長政が言う通り、三成が餌にかからず城に籠り、調略の甲斐なく吉川広家と小早川秀秋が敵に回れば、こちらはたちまち劣勢になる。今宵のうちに敵が示し合わせて毛利、小早川、大谷らが関ヶ原から打って出れば、壊滅ということも起こり得るのだ。

主の焦りは小心からのものでは決してない。どれだけ策を弄していようと、調略の手を張り巡らそうと、決着のその時まで戦に加わるすべての者の命運は誰にも解らないのだ。足軽の命も家康の命も、同じ天秤の上に載っている。いずれに傾くかは終わってみなければわからない。

「動く……。三成は必ず動く……」

念仏のように唱える家康の湿った視線が、直政を射た。

「三成が動いた時は、小早川を牽制するためにも関ヶ原に陣を布くはずじゃ」

まだ答えるには早い。己に声をかけはしたが、主はいまも思惟の海に片足を突っ込んでいる。直政は口を閉じたままうなずきだけで応えた。

「中山道を近江へむかおうとする我等の進軍を止めるためには、北国《ほっこく》街道と中山道の南方にある金吾の籠る松尾山に壁を築くように布陣するはずじゃ」

無言のまま直政は主の言葉を待つ。

「南宮山の毛利は無視して、我等は関ヶ原の中程まで進むぞ」

ここで初めて、口を開く。

「敵の腹中に潜り込みまするか」

主はうなずいた。

「毛利は動かぬ。金吾は我が方にある」

覚悟を決めたように、主は言い切った。

「こは徳川の戦じゃ。直政。忠吉とともになんとしても戦の口火を切るのじゃ。福島などに先陣を切られてはならん」

あの猪武者を出し抜いて、みずからが先陣を切る。

考えた直政の口許が、自然とほころぶ。目の前では忠吉が頰を硬く引き攣らせて目をしばたたかせている。齢《よわい》二十一。これが初陣《ういじん》であった。

「承知仕りました。この直政、なんとしても忠吉殿に先陣を務めていただきまする」

「忠吉」

主が息子を呼んだ。顎を引いて、忠吉が背筋を伸ばす。

「秀忠めが遅参しておる。この大戦、他家の力を借りて戦ったとなれば、徳川の名折れぞ。御主には死んでもらう。そのつもりで戦え。わかったな」

「はい！」

初陣の息子に死ねと命じる主の腹の底にある決死の覚悟に、直政は久方振りに己が身中に熱が宿るのを感じた。この戦は徳川家の命運をかけた戦いなのだ。敗けることは許されぬ。

「さてさて、夕餉《ゆうげ》にござりまするぞ。諸将もまた集うておりまする。同朋相集い、膳を共にいたしましょうぞ」

引き締まった場の気を破るように、忠勝が朗《ほが》らかに言った。

その時、陣幕の外に控えていた主の近習が駆けこんできて、杭瀬《くいせ》川付近にいた中村一栄と有馬豊氏の兵が、敵の挑発に乗り刃を交えているという報せが入った。家康が諸将とともにこれを見物すると言い出し、営舎の屋根に戸板を張らせ、その上で飯を喰うことになった。

「いかんっ！　渡ってはならん！」

小競り合いを繰り広げる両軍の兵を、飯を食べながら見物していた家康が怒鳴った。動揺の原因は脇に控えていた直政にも解っている。中村一栄の兵たちが、敵の挑発に乗って川を渡ったのだ。渡河した味方が、待ち伏せていた敵によって散々に撃たれている。

「直政、忠勝っ」

飯を飛ばしながら家康が叫んだ。

「至急、戦地にむかい兵を退かせよ」

居並ぶ諸将のなかに中村一栄と有馬豊氏の顔もあるのだが、家康は直政と忠勝に撤兵を命じた。箸《はし》を付けていない膳をそのままに、直政は席を立つ。

信の置ける者数名を引き連れ、直政は忠勝とともに戦場にむかった。

「退けぇっ！　退くのじゃ！　内府様の命であるぞ！」

戦場に現れた黒と赤の鬼を見て、頭に血を昇らせていた中村有馬両家の兵たちは、一気に醒めたようであった。奇襲によって乱れながら川を戻って来ようとしている兵たちが、直政たちにむかって駆けて来る。幸い、敵の追手はなかった。

直政は無事に撤兵を終えると、ふたたび主たちの元へと戻った。

「焦っておるのじゃ敵も」

飯を喰い終えていた主は、諸大名たちにそう言って笑う。

「今宵、敵は動く」

皆の前でそう宣言した家康の顔には、先刻までの焦りは微塵もなかった。


霧……。


一寸先すら見えぬ白色の荒野を、直政は娘婿とともに進んでいる。馬の蹄《ひづめ》が朝露に濡れた草を踏む。一睡もしていない。夜通し兵とともに歩んだ。

関ヶ原にいる。

家康の目論見《もくろみ》通り、三成は大垣城を離れた。宇喜多、島津らもそれに続いて西へとむかったという報せを受けた家康は、即座に動いた。諸大名たちに行軍の指示を出し、みずからも関ヶ原へとむかったのである。

家康の読み通り、敵は中山道と北国街道が交わる辺りを基点として、南北に布陣。最北に位置する石田三成と島津義弘が北国街道を挟み込むようにして陣を布いた。義弘の南に小西行長《こにしゆきなが》、宇喜多秀家と続き、大谷刑部が中山道の北に陣する。赤座直保、小川祐忠、朽木元綱、脇坂安治は、小早川秀秋が拠る松尾山の麓《ふもと》に兵を置いた。

石田三成五千八百。島津義弘千六百。小西行長六千。宇喜多秀家一万七千。大谷刑部千五百。赤座直保ら四人の総勢四千二百。小早川秀秋一万五千。

関ヶ原の東方に位置する南宮山には、毛利秀元が拠り、長曾我部盛親と長束正家がそれに従う。

毛利秀元一万六千。長曾我部盛親六千六百。長束正家千五百。安国寺恵瓊千八百。

三成に与するその他の諸将の兵を含め、総勢八万あまりの敵が関ヶ原に集ったのである。

三成たちを追うようにして関ヶ原に入った東軍は、家康の言葉通り、南宮山を素通りして中山道を進み、三成の陣から松尾山へと広がる敵と相対するようにして布陣した。

一番西方であり、敵と最も接近した位置に福島正則が布陣し、その南に京極高知《たかとも》、藤堂高虎が続く。中山道から北へ直政、田中吉政《たなかよしまさ》、松平忠吉、筒井定次《さだつぐ》、加藤嘉明、細川忠興と続き、最北に黒田長政が陣を置いた。彼等の後方に、寺沢広高《てらさわひろたか》、本多忠勝、生駒一正《いこまかずまさ》、金森長近《かなもりながちか》、古田《ふるた》重勝《しげかつ》、織田《おだ》有楽《うらく》が並び、背後に位置する桃配山《ももくばりやま》を本陣と定めた家康を守る。

毛利勢の備えとして、南宮山の麓に池田輝政、浅野幸長、山内一豊、有馬豊氏を配した。

徳川家康三万。福島正則六千。黒田長政五千四百。細川忠興五千百。直政三千六百。忠吉三千。忠勝五百など総勢七万あまり。

敵味方合わせて十五万にものぼる兵が、関ヶ原の地に集ったのであった。

東軍が行軍を終えたのは夜が白々と明ける頃のことである。味方が支度を終える頃合いを、直政は己が陣で静かに見計らっていた。関ヶ原に着き、みずから手勢の布陣を終えた忠吉が直政を訪れた。そして舅が動くのを、いまも固唾《かたず》をのんで見守っている。家康からの密命を果たすために、二人は誰よりも早く戦場を駆けなければならなかった。

陽が昇ってもなお、関ヶ原は一寸先も見渡せぬような有様である。四方の山から流れ込んでくる冷気の所為で霧が立ち込め、みずからの兵すら見極められない。

好機。

直政は決断した。

忠吉と、鉄砲を手にした数名の徒歩《かち》の者を連れて、密かに陣を抜けた。藤堂、京極の陣の背後を息を潜めて回り、福島正則の陣の脇を抜ける。

戦の口火を切るのなら正則の目の前でと、家康に命じられた時から決めていた。直政は霧に紛れ、正則の陣の真ん前に躍り出るつもりだ。

細かい水の粒が頬を濡らす。鞢《ゆがけ》に覆われた指先で拭いながら、肩越しに背後を見た。兜の下の顔をかちかちに固めた忠吉が、馬の手綱のあたりを見つめながら付いて来る。

「某が兵に命じ、鉄砲が放たれたならば、すぐに退きまする。御案じ召さるな。婿殿は思い切り馬を走らせるだけで良いのです」

固い笑みを浮かべ、忠吉がかくりと一度うなずいた。

「止まられぇいっ！」

深紅の鎧を着けた兵の前に、槍を手にした男が立ち塞がっている。茶の鎧の背から笹竹がはみ出ていた。

笹の才蔵《さいぞう》……。

そう呼ばれる猛者が福島家に仕えているということを、直政は耳にしていた。可児《かに》才蔵というその男は、あまりにも多くの敵を仕留めるため、いちいち首を刈るのが面倒だということで、殺した者の口に笹の葉をくわえさせながら戦場を駈け巡るという。それで付いた異名が笹の才蔵なのだそうだ。

猪武者に似合いの家臣ではないか。目の前で両手を目いっぱいに広げて睨んでくる才蔵を馬上から見下しながら、直政はそう思った。

「これより先は福島家の陣にござりまする。今日の先陣は福島家が相務めまする故、何人たりとも御通しすることはできませぬ」

体に響くような重い声で才蔵が言った。その背後に並ぶ手下どもも、才蔵に負けず劣らず猛々しい顔付きである。下手な真似をすれば味方であろうと容赦はせぬ。総身から放たれる殺気が、無言のうちにそう言っている。

だからといって、臆して引き返すような直政ではない。

「いやいや、待たれよ」

己が兵を脇に退けながら、直政は馬を進め才蔵の前に止めた。金色の角を生やした深紅の兜を見た瞬間、才蔵が眉尻を吊り上げる。

「井伊侍従殿と御見受けいたす」

「うむ。そこに、おわすは我が主の四男、忠吉殿じゃ」

「ま、松平様……」

猛者とはいえ才蔵は福島家の臣である。忠吉と相対するような立場ではない。直政の言葉に誘われるように、忠吉が隣に馬を進める。

「松平忠吉じゃ」

強張った声で本人が名乗ると、才蔵が片膝を突いて平伏した。

「いくら松平様と井伊侍従殿といえど、ここより先は」

「そう固くなるな」

機先を制するように直政は言った。顔を上げてにらむ才蔵に邪気の無い声を浴びせる。

「忠吉殿は今度が初陣でな。後学のために戦場の検分をなされたいと申されてな。見よ。我等は軍勢を引き連れておらぬ。福島殿の邪魔をするつもりはない。通していただけぬか」

「しかし」

「頼む」

拒まれても押し切るぞ。笑みのまま声に圧を込める。

「先陣は我が」

「福島殿が務める。それは承知した。邪魔するつもりはないと言ったはずだが」

それでも斬るか。目に威厳をたたえたまま、馬を一歩前に進める。

無言のまま、才蔵が退いた。背後の男たちもそれに続く。

「かたじけない」

吐き捨てると直政は福島隊の前に躍り出た。

所詮は猪武者の子分だ。主のように真っ直ぐで、武骨一辺である。先陣争いなど笑止千万。正則の顔が脳裏に過る。

霧深き関ヶ原に男たちの気配が横溢していた。

直政は馬を止めた。忠吉もそれに続く。

「並べ」

小声で兵たちに命じる。男たちが直政と忠吉の左右に並び、露に濡れた草のなかに腰を落ち着け銃を構えた。

背後に福島勢の気配を感じる。靄のなかで姿は克明には見えない。前方にくぐもる気配は、宇喜多秀家の兵たちであろう。旗頭すら見えないが、敵が集っているのは間違いない。

鞭を手にした右手を挙げる。

火縄の燃える尖った匂いが鼻を刺す。

己が手で戦端を開く。徳川家の命運を決する大戦を、直政と忠吉が始めるのだ。

「放てぇい!」

前後の男どもに聞かせるように腹から吠えた。それと同時に、銃声が朝靄を斬り裂く。

「井伊直政！　松平忠吉！　先陣を相務め候っ！」

正則の歯嚙みする顔が脳裏に浮かび、直政は少しだけ溜飲《りゅういん》を下げた。

戦が始まる。

漆

島左近清興

黒い尾を震わせ愛馬が縦横に舞う。島左近清興は、朱塗りの鞍《くら》の上で目に入った敵めがけ、手あたり次第に槍を振るう。

標的には困らない。藤巴の旗印を背にした者たちが、とっかえひっかえ襲い掛かって来るから休む暇すらなかった。

「ぬはははは っ！」

眼下の足軽の首を槍の穂先で斬り飛ばしてから、高らかに笑った。可笑しくなどない。強がりである。仲間に見せている。将である己が楽しそうに戦い、傷ひとつ負わずに戦場を駈け回ることで、味方の心が奮い立つ。黒田長政恐るるに足らず。左近が敵を屠れば屠るほど、味方の刃が鋭く冴えわたるのだ。

大戦であった。

南方の宇喜多秀家の陣所の辺りから銃声が聞こえたと思った時には、その正面にあった福島勢が動き始めていた。

うっすらと霧が晴れ始めた頃のことである。

宇喜多勢と福島勢が干戈を交えると、小西勢に寺沢広高の軍勢が襲い掛かった。

左近が先備えを務める石田勢に、黒田長政、細川忠興、加藤嘉明がいっせいに攻め寄せてくる。

三成が控える小関村《こぜき》のひときわ小高い丘には夜のうちに二重の柵が作られ、急場造りとはいえ砦《とりで》の体《てい》を成していた。迫りくる黒田勢に、丘の上から銃弾を浴びせ掛ける味方の援護を受けつつ、左近は先備えの者たちとともに敵にむかって馬を走らせた。

黒田勢は細川、加藤に手柄を取られまいと、躍起になって襲い掛かって来る。すでに両軍の前線は敵味方入り混じり、乱戦の様相を呈していた。こうなると騎馬でのかく乱などという常法通りの動きなど意味を成さない。両軍ともに突き崩すだけの陣形すら保てていないのだ。

混戦では個々の武が物を言う。左近の好みの戦であった。

「黒田の弱兵どもはこの程度かっ！　はははははっ！」

高らかに笑いながら、足軽の胴丸のど真ん中を槍で貫く。

気合いとともに槍で貫いたままの敵を片手で持ち上げると、敵味方の別なく、周囲の者たちがいっせいに驚く。心地よい声を耳にしつつ、槍を振る。柄と穂先を血で濡らしながら、敵が槍を滑って地に落ちた。

すでに新たな敵に狙いを定めている。

右方の鼻面を突く。

抜くと同時に馬の首を避けるように槍先をひるがえし、左方で太刀を振り上げる敵の脳天に思い切り柄を振り落とす。顔の穴という穴から血をほとばしらせて、敵が白目を剝いて昏倒《こんとう》した。

「来いっ！　どうした！」

左近が槍を振るう辺りでは、石田勢が完全に押していた。

ここまで、主は良くやったと思う。十九万四千石。大名として決して多いとはいえぬ知行でありながら、毛利、宇喜多、上杉という大大名を味方に引き入れ、家康をこの山に囲まれた地に引き摺り込んだ。西は石田勢から松尾山の小早川勢までが一列となって敵の進行を阻み、背後の南宮山には総大将、毛利輝元の従兄弟、毛利秀元が控えている。

必勝の布陣であった。

背後の毛利勢が迫って来る前に、なんとか壁を破らんと、敵は死に物狂いで襲って来る。

〝この地で仕留める〟

主、石田三成は大垣城を出る際、左近にそう言った。

亡き太閤の遺言を叶えるため。それだけのために主は二年という歳月を費やした。

それも今日、終わる。

主の宿願のため、左近は命を燃やし槍を振るう。

「島左近殿とお見受けいたぁすっ！」

派手な前立てを付けた兜を被る男が、馬上で叫ぶ。黒田家の大将格であろうか。

「知らん」

誰にともなく呟いて、左近は馬腹を蹴る。名乗り合うような行儀の良さは、昨夜大垣城に置いて来た。石田家重臣、島左近清興はこの場にいない。この地にあるのは、武士を捨てんとしていたところを拾われ、その大恩に報いる為だけに槍を振るう、ただの武辺者である。

こちらが名乗るのを待とうとしていた派手な兜の男が、いきなり馬を走らせ近づいてきた左近に驚き、身を固める。左近の愛馬の足で蹴られた敵の足軽が、跳ね飛ばされて男の馬の胸にもたれかかった。足軽を嫌った男の馬が、前足を上げる。落ちまいと太腿《ふともも》で鞍を挟み手綱を握りしめる派手兜の首元に狙いをつける。

「愚か者めが」

言うと同時に槍を横に振るう。

飛んだ首が宙を舞い地に落ちるが、目にも止めなかった。今更、手柄首など求めることになんの意味もない。主を失った馬が、ためらうように左近の愛馬に擦り寄ろうとするのを、足で蹴って退かしながら、馬を進めた。すでに男から心は離れている。

その数瞬の間に、徒歩《かち》を二人仕留めた。

体が軽い。

昨日の小競り合いのおかげで、体の支度は整っていた。杭瀬川を越えて、中村一栄と有馬豊氏の兵を挑発したのは左近である。田畑を焼いて散々にからかってやったら、愚かなまでに敵は頭に血を昇らせて追ってきた。川を渡った敵に銃弾を浴びせたのは宇喜多勢である。久方振りにみずから馬を走らせ敵と戦い、滾《たぎ》った血を全身に巡らせたおかげで、今日は良く体が動く。

四方で鳴り響く銃声のなかで、ひとつだけ異様に耳を射す物があった。火薬が弾けて玉が空を斬り裂き飛ぶ。

己に向かって来ている。

感じると同時に、左近はかっと目を見開いて上体を逸らした。

唸りをあげて飛んできた銃弾が鼻先を掠め、その先で馬を走らせていた敵の顔を横から撃ち抜く。

丹田で起こった震えが背骨を駆け抜け脳天へと至る。武者震いであった。銃弾すら当たらぬほどに冴えわたっている己が、恐ろしいのだ。

「どうした！　黒田のなまくらでは儂の体に傷ひとつ付けることは出来ぬぞっ！」

事実だ。

心底から左近はそう確信している。

〝今日は存分に戦ってくれ。御主に求めるのはそれだけじゃ左近〟

背後で戦の趨勢を見守る主は、そう言って左近を送り出してくれた。その想いに応えることが、左近の使命である。

目の前でまたひとつ、首が飛んだ。

柄を振り、そのまま眼前に穂先を掲げる。すでに刃はぼろぼろであった。それでも斬れるのは、左近の太刀筋が尋常ならざる鋭さであるからだ。普通の使い手ならば、もはや斬ることなど望まず、突きのみで戦う。

が……。

「ちぇぇいっ！」

悲鳴じみた声とともに、眼前に馬を乱入させた敵が槍を突き出してきた。

下から柄を振り上げ、敵の穂先の軌道を変える。叩く訳ではなく下から少しだけ柄に触れることで、左近の首を狙っていた穂先が大きく軌道を逸らして頭上へと流れてゆく。

信じられぬというように大きく目を見開いた敵の露わになった喉仏《のどぼとけ》を、切っ先だけで横に薙《な》ぐ。生暖かい物が顔を濡らすが、拭いもせずに馬を走らせる。

主、渾身《こんしん》の策。渾身の布陣であった。すべてが主の思うままに動けば、勝ちは揺るがない。

が……。

左近の身中で、小さな棘がちくちくと胸を刺している。

懸念。

見て見ぬふりをして槍を振るっていれば良いのだが、どうしても気にかかる。

戦場に数ヵ所、不自然なまでに静かな場があるのだ。

黒田、細川、加藤勢と相対する石田勢、寺沢勢と戦う小西勢の間……。

島津惟新入道義弘の軍勢が動かない。

まだある。

松尾山の小早川勢が、あまりにも静かだった。

前日松尾山に入った金吾中納言秀秋の元を、主、三成は訪れている。こちらの出陣要請をこれまで幾度もはぐらかしてきた秀秋が、突然動きだし、昨日になってなんの前触れもなく大谷刑部が陣を布く山中村の南に位置する松尾山へと入ったという報せが大垣城にもたらされた。もし秀秋が家康に内通していたら、大谷刑部は高所から攻め込まれ、不破の関は秀秋に奪われる。そうなれば大垣城の三成たちは近江への退路を断たれることになってしまう。秀秋を怪しむ宇喜多秀家の勧めもあり、三成は馬を走らせ松尾山へと出向いた。その席で主はこの戦に勝利した暁には、秀秋を関白にすると直接約束し、重ねての同心を求めたのである。

約定通りであれば、秀秋が動くのは主が狼煙《のろし》を上げてからであった。まだ狼煙は上がっていないから、小早川勢が沈黙していてもおかしくはない。

だが、あまりにも静かではないか。山の至る所に見える旗が動いているようにも見えないし、忙《せわ》しく人が行き来している様子でもない。いかに動くのはまだ先のこととはいえ、いつ合図があるのか解らない状況なのだから、支度万端整えているべきであろう。そういう様子が遠くからでもうかがえないのだ。

懸念はもうひとつある。

東だ。

南宮山が静か過ぎる。

もちろん左近からは南宮山が見渡せているわけではない。家康が陣を置く桃配山よりもまだ遠いのだから、気配が届くはずもなかった。

それでも、やはり静か過ぎるのではないかと思う。

まだ戦は始まったばかりだ。島津、小早川、毛利。いずれも機をうかがっているだけなのかも知れない。一進一退、いまだ趨勢は定まっていない。戦局を傾ける一手を打つには早すぎる。

懸念といえばもうひとつ。

輝元が結局、大坂城を動かなかった。三成は再三、総大将みずからの出陣を求めたのだが、大坂の情勢が気になるからといって輝元はそれを拒んだ。あまりにも執拗な要請に、最後は折れたのだが、出陣間際になって増田長盛が家康に通じているやも知れぬからという言い訳とともに、やはり出馬を断わってきた。

敵の総大将である家康は戦場にいる。だがこちらの大将は、大坂に引きこもったまま。総大将不在では、味方の統率に不安が残る。旗頭が戦場にあることで、諸大名もひとつにまとまって迷いなく敵に当たることができるのだ。島津、毛利、小早川らに対する不安も、輝元さえこの場にいてくれれば無かったものをと、左近は心中で悔《く》やむ。そのうえ、もしも輝元が秀頼を連れて来てくれたならば、いま左近たちの敵として戦っている福島正則をはじめとした豊臣恩顧の諸将たちが家康に与することもなかったであろう。しかし豊臣家はあくまで家臣たちの争いであると言って、結局最後まで動かなかった。

思惟に暮れていながらも、その槍の勢いはいささかも衰えない。

数々の懸念は、いま主とともにある。己が抱えるべき物ではない。

島左近はただ槍を振るい、敵を屠るのみ。銃弾の雨が降る戦場を、槍一本で掻い潜って行く。

「快なりっ！」

馬上で叫ぶ。

一度は武士を捨てんとした身だ。

筒井の臣として武士の道を歩みはじめた左近は、秀吉の弟である秀長と出会い、その死後、秀長の子である秀保に従い、朝鮮の地で戦った。人並み優れた武功を上げ、名をそれなりに知らしめたという自負もあった。

が……。

いくら武功を立てようとも、嗣子無きまま主が死んでしまえば、仕えるべき家は滅び、武功は水泡に帰す。

秀保が夭逝《ようせい》した時、己も死せんと思った。武士として死する。もはや戦場にも未練はなかった。これから後、豊臣家の元で定まって行く天下に興味もなかった。

泰平の世に武士など無用。

頭を丸める決心を固めていた。

そんな時である。あの青二才に会ったのは。

〝我に仕えてくれぬか。いや、我の友になってはくれまいか〟

ひと回りも年嵩の左近に、三成はそう言って頭を下げた。三成は、主であった秀長の弟子のような若者であった。秀長の元で政を学び、その死後、秀吉の望みを弟に代わって叶え続けていることも知っている。秀吉以外の者に決して頭を下げぬという噂も聞いていた。

この男は好かぬ。

遠くから見ただけで、直接話しもしたことがなかったが、左近は胸の裡で漠然とそう思っていた。

三成ははじめ、二万石という俸禄を提示した。その頃の知行であった近江水口《みなくち》四万石の半分である。

〝我は其方に友になってもらいたいと申した。臣ではない、友だ。友ならば我と対等であろう〟

愚直なまでに己の理屈を曲げない男である。二万石など馬鹿げていると言っている左近に対し、理すら捨てて三成は頼むのだ。

〝頼む友になってくれ。そして我を支えて欲しい〟

そう言って床に伏す若者に、左近は武士の純心を見た。慕い続けた秀長が、己が弟子である三成を差し向けたような気がした。

〝まだ死ぬには早いだろ左近〟

涅槃《ねはん》の秀長の声が聞こえた。

そして左近は三成の臣となった。

一度は死んだ己に対する三成の厚遇に応えることこそ、左近の武の行く末であった。

「三成殿の行く手をさえぎる者は何人《なんぴと》たりとも生かしておかぬっ！」

咆哮とともに、全力で槍を振るう。唸りを上げて弧を描きながら、柄が敵へと迫る。一人、二人、三人と柄の強烈な一撃を体に受けてもんどり打って倒れてゆく。柄が完全にしなって、先端の穂先が重さで逆に振れる。渾身の振りによって生まれた力のすべてが銀色の刃に加わり、吸い込まれるようにして馬上の敵の横っ腹を貫いた。

このまま長政の元まで辿り着いてやろうか。そんなことを本気で思う。五十になろうとする身が、面白いように軽い。普段の鍛錬なら半刻ほども振れば息が上がり、腕も痺れてくる槍の重さも、今日はまったく感じなかった。

今日死んでも構わない。

想いが老いを凌駕《りょうが》している。己でも驚く。こんなことは生まれてから一度も感じたことは無い。

本当に。

この戦が終われば己は死ぬのであろう。勝っても負けても、深手《ふかで》を負おうと無傷だろうと、息の根が止まる。実感と言ったほうが適当なほど明確な予感があった。

「左近！」

男たちの怒号に紛れて、己を呼ぶ声がした。

聞き流しつつ、眼下に見える横っ面を柄でぶん殴る。乾いた音とともに敵の顔が歪んで消えた。

「左近よっ！」

先刻の声が間近で聞こえた。かたわらに並んだ馬の上にあったのは、見慣れた顔である。

「何をしに来おった。御主の持ち場はどうした」

隣にある蒲生郷舎のしかめ面に言葉を浴びせる。

「隊は任せて殿の元に行っておったのだ」

「ならば早う持ち場に戻れ」

正直、煩わしかった。敵を屠ることのみに集中していたい。それが一番、三成のためになるのだ。持ち場を離れて様子を見に行くなど、左近は考えてもみなかった。

「島津が動かん」

そんなことは前線で戦っていてもわかる。

答える気にもなれない。郷舎を無視しながら馬を走らせ、敵に槍を振るう。年嵩の同朋は、兜の下に渋面を張り付かせたまま、左近を追う。

「殿が再三、遣いを出しておるのだが、一向に埒が明かんらしい」

「それで儂にどうせよと言うのじゃっ！」

あまりにも耳障りで、つい怒鳴ってしまった。

「儂が惟新に加勢を頼みに行けと申すのか。御主が行けば良かろう」

「違う。殿がみずから出向くそうじゃ」

「ならば、それで良かろう」

「本陣が手薄になろう」

「知らんっ！」

愚にも付かぬことを言い募る同朋に対する怒りを、馬上の敵にむかってぶつける。己が槍を弾き飛ばされた敵が、泣き顔のまま首から上を飛ばして鞍から落ちた。走り去る敵の馬をやり過ごし、左近は柄を脇に挟み、郷舎に顔をむける。

「殿には殿の戦いがある！　儂には儂の戦いがある。其方にも其方の戦いがあろう！　儂等が敵を押し退け続けねば、島津も小早川も毛利も動かん！　そうであろう！　戦を動かすのは、獅子奮迅の働きのみぞっ！」

「そ、そのようなことは解っておるわい」

郷舎の気持ちも解らなくはない。前線で槍を振るい続ける左近に、少しでも情勢を知らせておこうと思ったのだ。持ち場を離れ、わざわざ左近を探し、ここまで来てくれたのである。礼のひとつでも言うのが本当だろう。しかし、もはや左近はこの戦いを終えた後まで、主に仕えるつもりはない。柵など無用の長物である。郷舎を気遣う余裕すらない。この戦の後の主のことは、郷舎たちが考えれば良い。己はここで果てる。無数の言葉がめまぐるしく脳裏を駈け巡るのだが、その一切を腹中に留め、ただ一言だけを穏やかに告げる。

「解っておるのなら、さっさと持ち場に戻られよ」

郷舎に背をむけ馬を走らせる。年嵩の同朋は、もう追って来なかった。

敵を求めて戦場を駆けながらも、先刻の話が頭にはある。

島津が動かない。

手勢は千六百あまりと少ないが、国許の当主、義久の反対を押し切り、惟新入道義弘のためにと糾弾を覚悟で集まった決死の者たちである。島津の兵の精強さは、左近も朝鮮での戦で嫌というほど見せつけられている。鬼島津という義弘の異名は、伊達ではなかった。彼等が加勢に加わってくれれば、躍起になって襲い来る黒田、細川、加藤らの勢いも幾何《いくばく》かは弱まるはずだ。

主が焦るのも解る。

もともと義弘は、家康側に加わるためにみずから伏見に赴いたのだ。守将の鳥居元忠がこれを断わったため、進退極まり大坂城に入ったのである。

もし……。

義弘が家康に内通していたならば。

背筋が冷たくなる。

義弘が布陣している場所は、石田勢と小西勢の間だ。味方の腹を食い破るようにして義弘が動けば、石田勢は正面から長政たちの猛攻を受け、腹背を島津勢に襲われ、戦場で孤立することになる。

それだけではない。

島津への加勢を三成が直接頼みに行くつもりだと、郷舎は言った。もし義弘が敵に内通し、これを密かに殺したら。総大将、輝元のいない西軍に、三成の死が知らしめられれば味方は総崩れになるだろう。

援けに行くか。

不意に三成が心配になる。目が背後の本陣へとむく。

左近の気が戦場から逸れた。

刹那。

己が鎧が弾ける音で我に返った。胸と腹の間あたりが熱い。

撃たれた。

気付いた時には腰から下に力が入らなかった。己が体が滑るようにして鞍から落ちようとしている。

「左近様っ！」

側で戦っていた家臣が気付き、馬を寄せて来る。若者はみずからの槍を放り投げ、鞍の上で飛び付くようにして左近の体を抱き留めた。

四方を敵に囲まれている。

「愚か者めが、槍を捨ててどうするか」

腹に力が入らないから、声が思うように出ない。手の指を震わせながら、槍が滑り落ちて行く。

「とにかく本陣へ！」

左近の言葉に答えずに、若者が主の体をみずからの鞍の上へと引き摺って移す。周囲の足軽たちが、手を伸ばして手伝う。若者の馬の周りには騎馬武者たちが集い、左近を守るようにして敵に立ち向かっている。若者の背にもたれかかるようにして座らされた左近は、肩に乗せられた顎を震わす。

「ならん。儂はここで……。や、槍を」

痙攣する腕を虚空に掲げて槍を求めるが、若者は怒りを滲ませた顔を左右に振る。

「本陣にて手当をいたさねば、槍を持つことなど出来ませぬ」

「儂はここで死ぬ」

「殿が御許しになりませぬっ！」

毅然と言い放つ若者が、馬腹を蹴った。前線で敵と戦う仲間たちをそのままに、まだ頬の赤さが取れぬ青年は、目に涙を浮かべながら馬を駆る。

御主、名は……。

問おうとしたが、上手く言葉にならない。虚ろで掠れた声が、うっすらと開いた唇から流れだす。

「左近様は三成に過ぎたる物にござります。殿の許しなく、冥途《めいど》に旅立たれてはなりませぬ」

主のことを良く思わない連中が、皮肉交じりに言う悪口である。左近と佐和山の城を、主には過ぎた物だと言って、ことさらに下に見ようとするための戯言だ。

過ぎたる物だと思ったことは一度もない。しかし、そう言われるならば言われるだけの男であろうと、左近は常々思っていた。

三成に過ぎたる物であるために。

左近は常に己と戦ってきた。

「忝《かたじけな》い」

若き武人に礼を言う。若者は戸惑い、答えに窮し、無言のまま馬を走らせる。

「御主のおかげで、己が何者かを思い出したわ」

言葉を紡ぐと、腹のあたりから力が流れだしてゆく。撃たれた場所から、血が噴き出すのだろう。

「儂は死ぬぬ。死ぬぬのだな」

「はい……」

鼻を啜る若者の肩に顔を乗せ、左近はしばし目を閉じた。


「左近っ！」

頭が揺さぶられるような甲高い声で、目が覚めた。

戸板に寝かされた左近の視界を覆うように、青白い顔が浮かんでいる。白い顔の方々に煤や泥を付けているのがあまりに似合わなくて、左近は思わず笑ってしまった。

「解るか、儂じゃ。三成じゃ。見えておるか左近」

「殿」

声を発した瞬間、先刻までとは違うことに気付いて己が体に手をやった。鎧を脱がされた胴を覆うように布が巻かれている。息が苦しくなるくらいきつく巻かれたそれのおかげで、傷口から力が抜けるのが防がれていた。胸と腹が押さえられているから、声を発しやすい。

「撃たれ申した」

「うむ」

左近の手をつかんでうなずく三成の頭には、黒髪に覆われた兜が載っていた。金色の板が額を覆い、左右から大人の胴ほどの長さがあろうかという二本の金色の角が生えている。愛用の兜なのだが、細い体付きの主がそれを律儀に被っている姿を見ると、首が折れはせぬかと心配になる。

「玉は体に残ったままじゃ。故に傷を閉じておらぬ。本陣に留まり安静にしておれ」

「そうは行きませぬ」

腹に力を込め、両の肘で戸板を突く。そのまま上体を無理矢理起こすが、中程まで来たあたりで胸の下あたりに激痛が走り、動きが止まった。だからといって、もう一度寝るつもりはない。寝てしまえば、二度と起き上れない気がした。だから左近は、肘を戸板に突き立てたまま体を半ば起こした体勢で主を見つめる。

撃たれてもなお戦おうとする左近を前に、三成は目を閉じた。

「御主を死なせる訳にはゆかぬ」

「戦況は」

話を変える。このまま行く行かぬの問答を続けていても不毛なだけだし、傷付いて思うままに動けぬ左近を、三成は決して本陣からは出さないだろう。ならばここは話を変えて、機をうかがうべきだと、左近は頭を切り替えた。

「島津勢はまだ動きませぬか」

固く目を閉じたまま三成がうなずき、答える。

「今度の戦は持ち場を守り、それぞれがその場で奮戦するべきだから、我等に加勢するつもりはないと申してな」

「裏切るつもりでは」

「それはなかろうと思う」

随分、気弱な物言いである。己が頭で描いた策を弄する時、この男は淀みなく自信に満ちた口調でそれを語るのが常だった。曖昧な返答を最も嫌う。そんな三成が、ないと思うなどという気弱なことを言う姿を、左近ははじめて見た。

心に芽吹いた動揺を振り払うように、別の問いを重ねる。

「小早川と毛利は如何か」

「天満山から狼煙を上げるよう、すでに命じておる。じきに狼煙が上がろう」

それを合図に、小早川勢と毛利勢は山を降りる手筈になっている。

「動きまするか」

「動くはずだ」

またも気弱な返答が返ってきた。

主は戦が得手《えて》ではない。秀吉の天下一統の最後の大戦であった小田原北条攻めの折、武蔵国忍城《むさしのくにおし》を大軍で取り囲みながら、ついに攻め落とせず、先に小田原城が落ちるという失態を犯し、戦下手《べた》の烙印《らくいん》を押されている。それ以降、主は前線での働きを秀吉からも期待されず、常に後方での差配を任されるようになった。

家康を取り囲む網を作り上げるまでは、冴えわたっていた頭が、銃声の元では靄がかかってしまっている。

「動くと申されよ」

笑みを浮かべ主に語る。

「戦はなにが起こるか解らぬもの。殿の思い描かれた絵図通りに事が運ぶことはありませぬ。だからこそ、言い切られませ。毛利と小早川は動く。島津は裏切らぬ。言い切ることで、言葉は力を持ちまする。言霊《ことだま》となって、戦場の気を動かしまする」

根拠などない。理をなによりも重んじる三成にとっては、得心の行かぬ話であろう。言霊などという不可思議な物など、主は頭から信じていない。

それでも左近は続ける。

「さぁ殿、動くと申されませ」

「動く」

童が親の言うままに真似るように、三成が愚直に繰り返す。左近は笑みのままうなずいた。

「毛利も小早川も狼煙を見れば、すぐに山を降りましょう。さすれば我が方は勝ちまする。今日の夕刻には殿の御前に家康の首が届けられましょう」

その時まで己はこの世に留まっているだろうか。気弱なのは主よりも己ではないかと、左近はみずからを心中で律する。

布が巻かれた腹に手を添えた。胸と腹の間の痛みの根の辺りに、堅い物が宿っているのを感じる。おそらくそれが銃弾なのであろう。傷口を開いて掻き出そうにも、深い場所にあるようである。腸《はらわた》まで傷ついていたならば、もはや助からない。

やはり。

こんなところでじっとしている訳には行かない。

腰に力を込めて、手で戸板を突く。ぐっと体を起こす。痛みが幾分和らいでいる。癒えてはいない。むしろ少しずつ、左近の肉体は死にむかっているのだろう。

「じっとしておれ」

「このような所におられるような時ではありませぬぞ。早う皆の前に姿を御見せになられよ」

大将が本陣にいる。それだけで兵は奮い立つ。

「さぁ早う」

体を起こしながら、右手を戸板から外して三成の体を押す。急な動きに腹が痛むが、己は死ぬのだと思い定めてしまえば、耐えられぬこともない。

戸板の上に座るようにして落ち着いた左近の目に、蒼天《そうてん》へと立ち上るひと筋の煙が見えた。天満山の方角である。松尾山の小早川と南宮山の毛利への、出撃の合図だ。

「殿」

目線で狼煙を示す。三成が釣られるように顔を後ろに回した。

「これで形勢は一気に我が方へと傾きまするぞ」

「そうだな」

弱気が渦巻く心に蓋をするようにして、三成が毅然と言い放つ。先刻の左近の忠告を健気なまでに守る主を、心底から勝たせてやりたいと思う。この不器用な男は、決して己の利のために腰を上げたのではない。死んだ秀吉のため、遺された秀頼のため、豊臣家のため。三成は家康という巨大な敵に立ち向かっているのだ。恐らくこの男は、戦に勝って家康を討ち果たしたとしてもみずからが天下を取るとは露ほども思っていない。もし、輝元あたりが欲を出して、家康の後釜になろうとすれば、ふたたび諸将を糾合して毛利討伐の兵を挙げることだろう。そしてみずからはあくまで一奉行として、豊臣家の政に邁進《まいしん》する。

それが三成の望みだ。

私欲に塗れた家康と、彼に従う大名たちには決してわからないだろう。高潔な志に人は命を懸けることができるのだ。

三成が戦に勝った行く末に、左近はいない。それでも構わない。この主の糧《かて》となれるのなら、喜んで命を差し出せる。

戸板から尻を浮かせた。腹の痛みがますますひどくなる。耐えられるのだが、どうしても顔が歪んでしまう。左近の苦痛を案じ、主が手を差し伸べようとする。

「早う本陣へ」

右手で振り払い、左近はゆらりと立ち上がった。だいぶん血を失っている。立ち上がった拍子に気が遠くなって、戸板に頭から倒れそうになった。

右足を一歩踏み出してなんとか堪える。

「止めろ左近」

「情けは無用」

咳き込みながら、背後に立つ主を肩越しに睨んだ。咳とともに喉から上がってきた血で口中が生臭い。唇の端から垂れる赤い物を拭いもせず、左近は三成を睨み続ける。

「最後に望みがござります」

「最後などと……。なにを申すか」

「槍を頂戴したい」

「左近……」

三成が背後の兵に命じる。すると男は、みずからが持っていた手槍を主に差し出した。三成から槍を受け取り、左近は一礼して石突《いしづき》で土を突いた。

「ともに本陣へ」

言いながら槍を杖代わりにして歩き出す。いつ倒れてもおかしくはないほどの、頼りない足取りの左近の後を、顔を苦悩に歪めた主が付いて来る。

本陣裏に傷ついた男たちが転がっている。懸命に手当てをする僧たちが、うめき声のなかを駆けまわっていた。寝ていろと言ってきた坊主を、左近は殺気をこめた瞳でひと睨みして制する。坂の上に立てられた大一大万大吉《だいいちだいまんだいきち》の旗を見上げながら、一歩一歩確かめるようにして上って行く。

一人が皆のために働き、皆が一人のために働けば、天下は大吉である。そんな願いが込められた旗だ。左近はこの旗が好きだった。三成という男を良く表している。なにより民のため、秀吉のため。無私。それこそが三成の大吉であった。

私欲が無いから、家臣にしようと思う男にみずからの俸禄の半分などという途方もない条件を出す。

「友……。か」

目頭が熱くなる。

「もうわかった左近」

三成が追い抜き、目の前に立ち塞がった。

「本陣に戻る故、御主は休め」

答えず、主の脇を通り抜けて進む。

「左近っ」

肩をつかもうとする主の気配を察して、杖にしていた槍で撥ねのける。そのまま立ち止って、三成を殺意の視線で刺す。これまで一度として主にむけたことのない殺気である。眼前にある頼りない細い髭が、毛先まで凍り付く。口中の血の匂いが鼻から抜ける。口から鼻へと通る道に、湿った物が溢れているようだった。勢い良く鼻をすすり、ひとつ咳払いをして、首から上に溜まった血を口中にまとめ、三成をにらみつけたまま枯葉の海に吐き捨てる。

「儂は死ぬ」

もはや主従の言葉遣いではなかった。

友……。

そう言ってくれた三成に甘え、左近は友として語る。

「最期は戦場で死にたい」

「左近……」

「御主を勝たせるための戦場だ。これほどの死場は他にはない」

顎で丘の上の旗を示す。

「大一大万大吉。こは現世の人のための旗ぞ」

涙が零れるのを必死に堪えながら、三成が聞いている。

左近は蒼天を見上げた。

「厭離穢土欣求浄土《おんりえどごんぐじょうど》」

家康の旗である。穢《けが》れた現世を厭《いと》い離れ、浄土を求めるという意味の旗だ。

「こは黄泉《よみ》の旗じゃ。生き恥を晒すくらいならば、名を惜しみ浄土を求めよ。そのような題目など糞喰らえじゃ」

東から西へと流れて行く群雲から目を逸らし、左近は主に微笑む。

「儂は現世の安寧を一心に願う其方の臣として死ねることを誇りに思う」

震える主の背に手を添える。

「さぁ、行こう三成」

「左近」

陣羽織の上からでもなお温もりを感じる背を、頂にむかって押す。そんな左近の腕の上に己が腕を回すようにして、三成が友の背中を押した。

「年嵩の御主に背を押してもらうほど、儂は耄碌《もうろく》しておらぬぞ」

強がるように笑って見せる主に、左近も笑みをむける。

「ではお願いいたしまするかな」

主の背から手を放し、槍をつかむ。

「行くぞ」

「応」

三成に背を押されながら、頂を目指す。

「き、金吾」

いくつかの柵を越えて頂に着いた主がはじめに放ったのは、そのひと言だった。松尾山を見る左近には、三成の苦悩の一語が痛いほど理解できた。

小早川勢に動きがない。丸に違い鎌の小早川家の紋が染め抜かれた旗が、松尾山のいたるところにひるがえっているのだが、それらはただ風に揺られるばかりで、みずから動いている気配はなかった。

狼煙は上がったのである。今頃は小早川の一万五千が一気に山を降りて大谷勢と戦う藤堂高虎、京極高知の軍勢の腹背を襲っているはずなのだ。

「殿、あれを」

左近は松尾山から目を逸らし、前線の背後にある桃配山の方角を指さした。

先刻まで山上に群れを成していた三つ葉葵の旗が消えている。徳川家康の本陣が、前進を始めていた。前線に近いところまで本陣を進めようとしている。

「南宮山も……」

左近がなにを言わんとしているのか、主には理解できている。家康が本陣を前線へと動かそうとしているのは、背後から襲われる心配がないと判断したからであろう。つまり、南宮山の毛利勢は動かないという情報を得たとしか考えられない。その証拠に、桃配山より東方に位置する南宮山のあたりに、戦の気配はなかった。黒煙のひとつも見当たらない。これだけ関ヶ原で銃声が撃ち鳴らされ、血煙が上がっているというのに、南宮山がある東方は静寂に包まれていた。

三成が策した包囲の網が有効に働いていない。

左近は前線に目をやる。

小早川と毛利が沈黙を保っているなか、宇喜多秀家と大谷刑部は良く戦っていた。戦が始まってすでに一刻あまりが経過しているはずなのだが、両軍ともに敵を懸命に押し留めている。

肝心の石田勢は……。

黒田勢と乱戦状態にあったところまでは左近も知ってはいたが、いまや敵は細川、加藤も加わり三つ巴の様相で左近のいる本陣めがけて襲い掛かって来ている。黒田勢が退けば、細川が掛かり、細川が退けば、加藤が掛かる。加藤が退くと、休息を取った黒田がふたたび襲い掛かるといった様子で、味方は息を吐く暇もない。

「大筒じゃ。大筒を撃ち込めっ！」

三成が吠える。

大坂城より運び出した大筒を、本陣に設えていた。支度は万端整っている。三成の命を待っていたといわんばかりに、轟音を上げて巨大な鉄の玉が蒼天に大きな弧を描く。

砂埃と悲鳴が敵勢から上がった。大砲が命中した辺りの敵が混乱し、逃げ惑っている。

二度三度と大砲が轟音を上げた。その度に戦場に大穴が開くのだが、大砲はあくまで攻城の際の破壊に特化した武器であり、野戦ではわずかな混乱を生むのみで、大局に影響を与えるような効果はない。大砲が炸裂することで一時は混乱を来す敵兵も、もともと敵味方入り乱れる混戦の只中にあるため、すぐに我を取り戻し戦い始める。

愚かしいまでの消耗戦であった。

このまま不毛な戦いが続けば、兵数の少ない方が音を上げるのは間違いない。三家合同で襲ってくる敵に分がある。

形勢を逆転させるだけの働きが必要なのだが……。

果たして己にそんなことができるだろうか。左近はみずからに問う。

すでに腹中の痛みは薄れるどころか、まったく感じなくなっていた。足腰を保っていられていることに左近自身が驚いている。鼻から息をしているのだが、胸のあたりまで吸っているかどうかも怪しい。感覚が無いから本当に己が息をしているかすら解らなくなっている。

すでに死んでいるのだろうか己は。

手に汗を握りしめながら兵たちの懸命な戦いを見守る三成を視界に収める。

「殿」

主が顔をこちらにむけた。

「今生の別れにござる」

「左近」

「行きまする」

槍を手にうなずいた。

すでに主は腹を決めているようだった。先刻のような弱気なことは口走らず、無言のままうなずいた。

「儂も直《じき》に行く」

そう言って笑った主をにらむ。

「家康を討ち、秀頼様が関白になられ、豊臣家の安寧を盤石のものにしてからでなければ許しませぬぞ。某が冥府《めいふ》の門前にて待ち受けておりまする」

「わかっておる」

石突で乾いた地を打って、腹に気を込める。

「我が身命を賭し、敵の勢いを削ぎまする。我等が押せば、日和見《ひよりみ》を決め込んでおる小早川と毛利も動きましょう。いましばらくの辛抱にござる」

「頼んだぞ左近」

うなずき、三成に背をむけ、左近は槍を片手に丘を降りた。

「儂の馬で行け！」

背後で三成が叫んだ。己が馬とは撃たれた時にはぐれている。左近は振り返り頭を下げた。

「忝い」

すぐに栗毛の馬が運ばれてくる。左近は鞍に飛び乗った。痛みは無い。鞍に腰を落ち着けると、腰から下が痺れた。鐙《あぶみ》にかけた足には、すでに力が入らない。それでもなんとか太腿を締めて、馬をうながす。すると左近の心を悟ったように、三成の愛馬はゆっくりと丘を降り始めた。

「島左近清興！　これより敵勢に突撃を仕掛ける！　命のいらぬ者は付いて参れ！」

左近の叫びを受け、本陣を守る男たちのなかから我こそはという者たちが名乗りを上げる。数十名が左近の馬に従い走り出した。そのなかには見慣れた者もいる。左近が前線を離れた際に、主を案じて退いた島隊の者たちであった。

丘に張り巡らされた柵を掻い潜りながら、駆け降りてゆく。敵はすでに本陣近くまで攻め寄せている。黒田も細川も加藤も入り混じるようにして、死に物狂いで迫って来る。その鬼気迫る形相は、三成憎しの一心に凝り固まる長政、忠興、嘉明の心根が乗り移っているかのようであった。

「浅ましきことよ」

餓鬼の様相を呈する敵に吐き捨てる。

彼等にあるのは私怨のみではないか。豊臣家から受けた恩などとうの昔に忘れてしまい、三成が憎いという一心で家康に与している。そのような浅薄な者たちに、主を討たせる訳には行かない。

「行くぞ！」

槍を振り上げ背後に従う決死の兵たちに叫ぶ。なんの策がある訳ではない。敵中に駆けこんでしまえば、後は一心不乱に戦うのみだ。己は皆の旗頭でしかない。奮戦する馬上の己を見上げ、皆が奮い立つ。将と呼ぶことすら烏滸《おこ》がましいと己でも思う。しかしすでに冥府に踏み込んでいる左近にやれることは、この程度のことしかない。ただ愚直に槍を振るう。主が愚直なまでに智謀の才を揮《ふる》うように。

槍を突き出し、敵の群れに飛び込む。

闇雲に眼前の兵に刃を浴びせるだけの獣と化した敵を、左近の振り出す槍が薙ぎ払って行く。

「我こそは島左近清興なり！」

天にむかって吠え、左近は敵中に消えた。

この地で死したと伝わるが、どこで果てたのか、誰に討たれたのか。

誰も知らない。

撥

小早川金吾中納言秀秋

陽が中天近くに迫ろうとしている。

すっかり霧が晴れ、男たちが大声を上げながら争っている姿が一望の下に見渡せる。松尾山の山頂付近の切り開かれた平地の突端に立ち、小早川金吾中納言秀秋は眼下の戦場を眺めていた。

麓に近い場所では大谷刑部が藤堂高虎、京極高知らと戦っている。これに赤座直保ら四人の大名たちが加勢しているのだが、最前の兵をわずかに動かしてみたり、弓や鉄砲を射かけるだけで、本気で攻めかかろうとはしていない。

旗色をうかがっているのだ。

十万を超す兵がこの地に集っている。眼下で実際に戦っている者だけでも、五、六万はいるだろう。これほどの大戦を秀秋は見たことがなかった。総大将として朝鮮に渡った時も、清正が籠る蔚山《ウルサン》城を救援に行った折にわずかに戦ったくらいで、ここまで大がかりな戦は経験したことがない。

間違いなくこの戦の勝敗が、これより先の武士の世を決めることになるはずだ。赤座たちが旗色をうかがうのも当たり前だと思う。

そんなことを呑気に考えている秀秋自身が、すでに二刻あまりもの間、旗色をうかがっている。人のことをとやかく言えるような立場ではない。戦場に立ち、申し訳程度でも刃を交えている赤座たちの方が確実に戦に加担している。

一万五千の兵を松尾山に留めたまま、秀秋はなにひとつ家臣たちに命じていない。

昨夜、一方の将である三成が松尾山を訪ねてきた。三成たちが勝てば、秀頼が十分に政を行える年になるまで、関白にするという。筑前一国と筑後の一部五十二万二千石に加え、新たに畿内にて加増をするとも言って来た。

わかりやすい餌だ。

秀秋が若いと思い、高をくっている。目先の欲徳だけで動く青二才。天下の趨勢などわかりもしない。位と所領という餌をちらつかせれば、若き秀秋はつられて飛びつくと思っているのだ。

三成の申し出には本心が透けて見える。

豊臣恩顧という言葉を三成はしきりに口にした。豊臣家に恩があるのなら、それに報いるのはいましかないとも言った。

秀秋ほど豊臣家に大恩がある者はこの戦場にいない。

秀吉の妻、於禰の兄の子として秀秋は生まれた。つまり天下人の甥として秀秋は生を受けたのである。幼い頃に秀吉の元に養子に出され、叔母である於禰を母と想い、幼少を過ごし大人になった。

秀吉の初めの子が生まれると秀秋は小早川家に養子に出された。

厄介払いである。

秀吉は、関白職を秀秋と従兄弟の秀次《ひでつぐ》のいずれかに譲る気であったという。初めの子が死に、秀次は関白となった。一方、秀秋は豊臣の家を出されたのだが、それが秀秋を生かすことになったのだから、運命とは解らぬものである。

秀次に関白職を譲って太閤となった秀吉に、新たな子が生まれた。

秀頼……。

後にそう呼ばれることになるこの赤子に、秀吉は己が築き上げたすべてを譲りたくなった。子の無い秀秋には、そのあたりの心情は良くわからないのだが、とにかくあの老いた猿は、そう思ったのである。

そして秀次に謀反の罪をかぶせて殺した。秀次を殺した秀吉は、その首の前で一族郎党の首を刎ねたのである。そのなかには、まだ秀次と祝言すら挙げていなかった最上義光の娘も含まれていたというのだから救いがない。

もしも己が関白であったらと思うと、秀秋はぞっとする。

秀秋が養子となった小早川家は、毛利家の一門衆でありながら秀吉にその才を高く買われみずから大名となった小早川隆景が当主であった。秀吉は毛利本家に送り込みたかったらしいのだが、毛利本家を秀吉に乗っ取られることを危惧した隆景が、みずから名乗り出て秀秋を引き取ったという。

大人たちの汚い綱引きの結果、秀秋は義父の隠居とともに小早川家の惣領となった。筑前名島五十二万石というのだから、大身である。百万石超えとはいかないが、その禄高は上から数えたほうが早い。

この戦場に集う諸将のなかで、秀秋の率いる一万五千という兵数は、徳川家康の三万、宇喜多秀家の一万七千に次いで多かった。

金吾中納言。

朝廷から与えられた地位も五大老に並ぶ。

秀吉という叔父がいなければ、秀秋の才覚で得られることのできぬ物ばかりだ。豊臣家のおかげで、いまの己があるということは重々承知している。

三成が豊臣恩顧の者はともに戦えと声高に叫ぶのなら、秀秋は誰よりも真っ先に手を上げなければいけない。上げた手を勢い良く振り下ろし、松尾山を降りて大谷刑部を助けよと兵たちに命じなければならない。

だが秀秋は、戦がはじまってからただの一度も言葉を発していない。

腑に落ちないのだ。

豊臣家への恩を訴えるのなら、三成はどうして関白などという餌をちらつかせたのか。どうして欲で秀秋を釣ろうとしたのか。本当にみずからに義があると信じているのなら、情と理だけを説けば良いのだ。お前も秀吉の縁者であるならば己に与して戦うのが道理であろう、それが情けであろうと熱く語れば良かったのだ。

秀秋と相対した三成の目の奥には明らかな猜疑の色があった。

伏見城を攻めて後、なにかと理由を付けて大坂と近江を転々としていた秀秋が、いきなり大谷刑部の陣所のそばに布陣したことに疑いを抱いたのである。家康に内通しているのではないかと疑ったためにみずから松尾山に出向き、関白という餌で秀秋を縛ろうとしたのだ。

たしかに秀秋は、家康と通じている。

そういう意味では三成の推測は正しい。だが、通じているからといって、今日の決断は別物ではないか。最後の最後、秀秋が采配を振るまで、小早川の一万五千がいずれに刃をむけるかはわからないのだ。

だからこそ。

三成には一人の男として秀秋と相対してほしかった。しょせんは道理のわからぬ子供だと決めつけて、欲をちらつかせてほしくはなかった。

「もう待てませぬぞ中納言殿っ」

無粋な胴間声が背後で轟く。細い眉を歪めながら、秀秋は戦場から目を背けた。

「御控えなされよ大久保殿。殿の御前にござりまするぞ」

腹心の平岡頼勝が、いきり立つ四角い顔の前に立ちはだかっている。

平岡はもともと叔父である秀吉の臣であったが、小早川家に養子に出される時に、同じ豊臣家臣であった稲葉正成らとともに秀秋に与えられた。義父である隆景の隠居とともに秀秋が小早川家の惣領になってからは、若い主のために表立った仕事を取り仕切ってくれている。

「待てませぬ。もう待てませぬ」

角張った顎を激しく上下させながら、男が平岡を押し退けようとしている。

秀秋は男の名を思い出そうと努めた。平岡が言った大久保という姓は覚えている。

名はなんだったか。

「我が殿との約定を果たしてもらう為に、某はここにおる！　このまま中納言殿が動かぬのであれば、すぐにでも山を降り、某も槍を持って戦わねばならぬっ！」

この男の主である黒田長政は、遥か北方にて三成を攻めたてている。先刻から細川忠興、加藤嘉明らとともに執拗に攻めてはいるが、丘陵に柵を張りめぐらした三成の本陣を攻め落とせずにいた。

大久保何某《なにがし》は、主君の苦戦を目《ま》の当たりにして焦っているのだ。

黒田長政と平岡は縁続きであるという。平岡の妻と長政が義理の従兄弟なのだそうだ。その縁で、秀秋は秀吉の死後、家康と三成が険悪な関係になってから、長政と幾度か会っている。といっても、昔から長政とは知らない間柄でもない。ともに近江坂本城で於禰を母同然として育った仲だ。とはいえ年が十四も離れているから、竹馬の友とは言い難い。

長政は父の跡を継いで黒田家の惣領となり、秀秋は流れ流れて小早川家の当主となった。互いに責任のある大人として相対し、大人の話をしたつもりだ。

「御決断をっ！　中納言殿っ！」

まるで猪武者である。

「あ……」

男の顔を見て、秀秋は声をあげた。二刻あまりもの間の長い沈黙のすえの主の声である。それがあまりにも素《す》っ頓狂《とんきょう》なものであったため、鼻息を荒らげていた男とそれを必死に止めていた平岡が、秀秋を見つめたまま固まった。彼等の周りにいる稲葉を筆頭とした小早川の重臣たちも、啞然《あぜん》とした様子で主の次の言葉を待っている。

「いや、なんでもない」

それだけを言って、秀秋は咳払いをひとつした。

目の前の男の名前を思い出しただけである。

大久保猪之助《いのすけ》。猪武者という語が脳裏に浮かんだ刹那、唐突にその名が男の顔と重なり思わず声を上げただけのこと。他意はない。

「な、なんじゃそれは」

猪之助の額にどす黒い筋が走る。それまでも朱かった顔が、赤銅色に染まってゆく。

「儂は子供の遣いで参っておるのではないのだぞっ！」

ついに堪忍袋の緒が切れたのか、猪之助が腹の底から怒鳴った。抑える平岡の両の踵が、じりと地を削る。猪は秀秋との間合いを詰めようと躍起になっていた。平岡の肩のあたりから首を突き出しながら、口を尖らせ唾を飛ばす。

「戦が始まってすでに二刻あまり。かねてよりの約定を果たすべき時はいましかござりませぬっ！　治部少からの出撃の狼煙をやり過ごされたのじゃ。もはや、我が方に味方するしか中納言殿に残された道はござりませぬぞっ！」

決めつけるな……。

戦場に完全に背を向け、秀秋は猪之助に正対しつつ心につぶやく。

突き進めば道が開けると信じて疑わぬ猪に、己が道を委ねるつもりはない。己が進むべき道は己が決める。何人たりとも、秀秋の進路を捻じ曲げることはできない。

〝みずからが信じた道を行け〟

亡き義父の遺言であった。

義父は隠居した備後《びんご》の地で没した。そのため、筑前にいた秀秋は臨終に立ち会っていない。備後に移る直後、二人きりの時に聞いた言葉を、秀秋は父の遺言として胸に刻んでいる。

亡父は秀吉にその才を高く評され、五大老に名を連ねるほどの信頼を得ていた。義父の死後、新たに加えられたのが上杉景勝である。

偉大過ぎる義父の跡を継いだ時、秀秋は十四という若さであった。義父は禍根を残さぬよう、みずからの家臣たちとともに備後に隠居し、秀秋と平岡たちに小早川家を譲った。もはや小早川家は、秀秋の物である。誰がなんと言おうと、己の思うままにすれば良い。そんな意図とともに、隆景は若き秀秋に、みずからの信じた道を行けという言葉を遺した。

たったひとつ……。

秀秋の心の一番深い場所に、義父の言葉だけが頑強な心柱として深く根を張っている。口下手で前に出ることを厭う秀秋は、なにかと誤解されることが多い。於禰を母として育った福島正則や加藤清正のように、我が我がと前に出て楽しそうに槍を振るような気性ではないから、己が武士として満足に務まるとは思っていない。

誰になんと言われようと、愚物だと思われようと、短慮で欲深き若者だと陰口を叩かれようと構わない。己の行く道は己が決める。それだけは決して譲ることは無い。

「早う、敵は大谷刑部であると申され、兵に下山を御命じになられませっ！」

「御主に指図される謂《いわ》れはない。下がっておれ」

今にも破裂しそうなほどに紅潮した猪武者の顔に、言葉の冷や水を浴びせ掛ける。剛直な猪之助の殺気を前にして冷然と言ってのけた主を、平岡が口をあんぐりと開けて見ていた。

「中納言殿の申される通りじゃ。少し頭を冷やされたら如何かな大久保殿」

「お、奥平《おくだいら》殿」

稲葉正成の隣に控えていた細面の老齢の武人が顔の皺を笑みの形に歪めながらささやく。すると、壮年の猪は恐縮の声とともに平岡から離れた。

この男の名は何故だか一度聞いただけで覚えた。奥平貞治《さだはる》という徳川家から来た男である。この男も猪之助同様、秀秋を味方にするために家康から遣わされてきている。心情としては猪之助と同じところにいるはずだ。一刻も早く、秀秋を大谷刑部へけしかけたくて堪らぬはずである。

「見るところ、戦は依然として一進一退、いずれにもまだ勝ちの目があるというところでござりましょう」

床几に腰を落ち着け、虚空をぼんやりと見つめながら、貞治が悠然と続ける。

「赤座ら麓の四将、それに石田勢の南方の島津。南宮山の毛利勢など。いまなお日和見を決め込んでおられる方々もおられまする。何方《どちら》に御家の命運を預けるか。たしかにいま決めるには、時期尚早にござりましょうなぁ。だが……」

白い眉の下のわずかに濁った貞治の瞳だけがじわりと動いて、秀秋を捉えた。

「小早川殿が如何に思われ、どのように采配を振るわれたかは、拙者と大久保殿が克明に見定めておりまする」

「脅しておるのか」

「まさか。拙者はただ事実のみを語っておりまする」

目だけで己を捉える翁へ、秀秋は一歩踏み出し間合いを詰める。

「我の言動を内府殿に伝える故、下手なことはするな。そう申しておるではないか。そうやって我を脅し、山を降りるよう促しておるではないか。口振りは穏やかだが、やっておることは、そこの黒田家の遣いと同じ」

「ぶ、無礼な」

黒田家の遣いとぞんざいに吐き捨てられた猪之助が、相変わらずの鼻息の荒さで身を乗り出す。猪武者が本気で詰め寄りはしないことを悟った平岡が、手をかざすだけで猪之助を制した。

秀秋は猪を無視して翁と対峙する。背後では戦が続いている。こうしている間にも、刻一刻と状勢は変化しているのだ。徳川と黒田の遣いは、なんとしても秀秋を自軍に引き入れて山を降りさせたいのだ。

腹は定まっている。

猪と翁に指図されずとも、時が来れば動く。しかしそれを平岡、稲葉以外の腹心たちにも伝えていない。だから、誰もが秀秋の本心が解らずに焦るのだ。別に良い。焦る者は焦れば良いのだ。それでなにかが変わる訳ではない。それよりも無闇に余人に己の腹の底を見せることを秀秋は危ぶむ。己の行動が戦を左右するという自覚が、秀秋にはあるからだ。

「さぁ奥平殿」

白く濁った瞳の奥に煌めく不敵な光を、秀秋は正面から見据えながら、なおも間合いを詰める。

「内府殿に我のことをどう御伝えになる御積りか」

「そは小早川殿の為され様次第」

「我が三成に味方するとしたらなんとする」

「き、金吾殿！　我が主との約定を違える御積りか！」

浅薄な猪武者が悲鳴じみた声で言った。あまりにも耳障りで思わず顔をしかめてしまった秀秋は、老人から目を逸らして猪之助に嫌悪の視線をむける。

「其方と語らい合っておるつもりはない。我に襲い掛かる気がないのなら、大人しゅう座っておれ」

そう言って、先刻まで猪が座していた空の床几を指さす。

「殿」

奥平と向かい合うようにして座りながら、これまで黙したまま成り行きをうかがっていた稲葉正成が、重く澄み渡る声を秀秋に投げた。正成を見ず、答えもせずに、続きを待つ。

「いささか御言葉が過ぎまするぞ」

亡き叔父に与えられた家臣たちは、なにかにつけて秀秋を子供扱いする。まるで己が父や兄にでもなったかのように、上から物を言う。素直に笑ってうなずいてやりたいのだが、どうしても心が騒いで思うようにできない。

正成の諫言を聞き流しつつ、笑みを崩さぬ老人の真ん前に立つ。

「三成に付くと決すれば、其方等と我は敵同士じゃ。景気づけに其方等の首を刎ねても良いのだぞ」

「金吾殿！」

「座っておれと言ったのが聞こえなんだか」

腹立ちをそのまま言葉にして、立ったままの猪之助に浴びせ掛ける。ささやくようにして面前でなにかを言った平岡の顔をちらと見た猪之助は、顔を朱に染めたまま己が席へと戻ってどかりと腰を下ろした。床几に落ち着きはしたが、怒りが収まるはずもなく、血走らせた目を秀秋から逸らさない。

威勢ばかりの猪武者などなにひとつ怖くはなかった。秀次に比べれば、怒りを露わにしてくれるだけ解り易くて有難い。

兄同然に育った秀次は、誰よりも恐ろしい存在だった。普段は虫も殺さぬような男であったのだが、なにか秀秋が気に障るようなことをすると穏やかに怒った。そんなことをしては駄目だぞ秀俊《ひでとし》、その口の利き方はなんだ秀俊。と、かつての秀秋の名を呼び、穏和な口調でたしなめる。こちらが素直に詫びれば、たやすく許してくれるのだが、二度目はなかった。同じ過ちを犯すと、秀次は容赦なく秀秋に罰を与えた。於禰たちが見えない場所。つまりは脇腹や太腿などの衣に覆われた場所を。

刺す。

小さな血の点が残るほどで、じっと見なければ解らないほどの深さで刺すのだ。

何度も何度も。

秀秋が泣いて許しを請うても、秀次の気が済むまで終わらない。兄は面の皮をこれでもかというほど緩ませて、笑みのまま淡々と秀秋の体を刺し続けるのだ。力ずくで抵抗しようと思えばできるのだが、普段の穏和な兄とはかけ離れた悪意を目の当たりにして、幼い秀秋は恐ろしくて動けず、秀次のなすがままになっていた。

猪之助のように怒っていると全身で誇示してもらい、殴られたほうが増しだ。

兄が秀吉に謀反の罪を着せられて殺された時、洛中ではあらぬ噂が飛び交った。秀次が夜な夜な洛中を彷徨《さまよ》い人を斬っていただとか、狩りを禁じられた叡山《えいざん》の森で獣を狩ったなどというのである。それらの噂を信じた者たちが、秀次を殺生関白と呼んで悪しざまにののしっているということを秀秋は耳にした。

どこまでが真実で、どこからが嘘なのか判然としない噂の数々ではあったが、幼い日、己の体を恍惚の笑みを浮かべて刺していた兄の顔を思い出すと、秀秋にはなにもかもが偽りであるとは思えなかった。

それでも。

秀秋はいまでも秀次を慕っている。恐ろしい一面を持つ兄ではあったが、それを補って余りある情愛を注いでくれた。兄が関白になってくれたから、秀秋は養子に出され死なずに済んだ。秀次が身代わりとなってくれたから、いま秀秋はこうして生きている。

兄を殺したのは誰だ。

たしかに命じたのは秀吉である。我が子可愛さに、己で選んで後継となした秀次を、秀吉は裏切った。秀秋にとって秀吉は叔父である。だが、秀秋は於禰の兄の子だ。秀吉との血縁は無い。

己が身にあの汚らわしい猿の血が入っていないことに、どれほど安堵したことか。

獣だから、猿だからこそ、どれだけ嘘で取り繕おうとも解るような愚挙を行うことができるのだ。どれだけ謀反の罪だなんだと騒いで、みずからを正当化しようと、秀次のことが邪魔になったという本音を隠すことはできない。

猿は私欲のために兄を殺した。

許さない。

絶対に。

しかし、下手人はあの猿だけではないのだ。

兄に謀反人という罪を被せ、主命に唯々《いい》諾々《だくだく》と従った者がいる。猿に命じられるまま兄に腹を斬らせ、その妻子の首を刎ねた者を、秀秋は絶対に許さない。

石田治部少輔三成。

いま長政や忠興に、散々に攻め込まれている男こそ、兄を殺した張本人なのだ。もし、秀秋が関白であったとしても、三成は同じことをしたはずである。昨日、己に関白の座を約束したその口は、運命が少しでもずれていれば、己に切腹を命じたかもしれない口なのだ。あの何事にも動じぬ鉄面皮《てつめんぴ》が、己に切腹を命じるのを脳裏に思い描いて、秀秋は身震いする。

「我が三成に加担すると申し、其方等の首を刎ねてしまえば、このような問答など誰も知りはせぬのだぞ」

ありえぬことを口にする。腹中で吐き気が渦巻くが、秀秋は翁を見たまま続けた。

「身命を賭す覚悟はすでに出来ておるようだな御老人」

「無論」

奥平貞治は笑みを崩さず、淀みない声で答えた。それから鼻からゆっくりと息を吸って、天を仰いだ。

「小早川殿が三成に与するならば、致し方ありませぬ。この首は小早川殿に差し上げましょう」

「奥平殿！　そのようなことに相成るならば、某が命に代えても御手前を守って山を降りましょうぞ」

猪武者めが……。

吐き捨ててやりたいのをぐっとこらえて、秀秋は貞治の覚悟の言葉を待つ。老齢の使者は笑みを絶やさず、晴れ渡った空にむかって掠れた声を放った。

「内府殿は勝ちまするぞ」

「南宮山の毛利勢は麓に布陣しておる吉川広家殿が止めておりまする。毛利家が手出しをせねば、所領は安堵するとの約定を、吉川殿は命懸けで守りましょう。すでに毛利は三成に反しておりまする」

「大した自信だな」

「だからなんだと言うのだ。毛利が動かずとも、いまだ押し引きは続いておるではないか。三成どもは一歩も引いておらぬ。我等が加勢すれば、形勢も変わろう」

「それでも内府殿は勝つ」

翁の声に揺るぎはない。強がりなどではないのだ。心底から家康の勝ちを信じている。いや、確信している。

「野戦に引き摺られた時点で、三成めの敗けは決まったも同然」

「言い切るではないか」

「いまだ内府殿の本隊は一兵たりと損じてはおりませぬ」

徳川家の三万もの兵が無傷なのは事実だ。たしかに貞治の言う通り、いまはまだ三成たちは強硬に敵の攻めを凌いではいるが、敵の背後からの家康の圧に押されはじめれば、あちこちでほころびが生まれるだろう。背後から毛利が攻めて来ないとなれば、家康は迷わず眼前の三成たちに注力できる。貞治の言うとおり、徳川の三万が勝負の趨勢を決する鍵になる。

「内府殿が動かれ、我らが優勢になってから旗色を定められても遅うござりまするぞ」

天にむいていた顔を、秀秋にむけて貞治が余裕の笑みを見せる。

この男は己の心中を見透かしているのか……。

「勝ち馬に乗るような者を、内府殿はなによりも嫌いまする。どれだけ事前に約定があろうと、戦の趨勢が定まった後に加勢しても無益にござりまするぞ。この戦にて何方に付くかで、この後の御家の命運は決まりましょう。奥平家も猪之助殿の主である黒田家も徳川家に賭けた。そしてその決断は間違いではなかったと、この貞治、確信しておりまする」

「奥平は徳川の臣ではないか」

「臣であるからといって、かならず主に従うというわけでもありますまい。徳川の臣であっても、奥平家は奥平家にござる。家が危うき時は寄るべき船を変えるは道理」

そんなことは老いぼれに諭されずともわかっている。

機だ。

秀秋は機を待っているのである。

家康に与することは、上杉征伐の兵が大坂を出る以前から決めていた。長政との対面の折に立ち会ってくれた於禰からも、重々言い含められているのだ。

秀次が兄であるように、秀秋にとって於禰は本当の母以上の存在だった。仏門に帰依して高台院と名乗っているいまでも、秀秋にとっては於禰なのである。

於禰はいまの豊臣家のことを嫌っていた。秀頼は淀殿の子だ。二人して大坂城に居座り、三成をはじめとした近江衆を引き連れて、我が物顔で豊臣家を牛耳っている。秀頼を守るという大義名分を引っ提げて家康が伏見から大坂城へと入った時、己が住まいであった西の丸を喜んで差し出したのも、淀殿たちの横暴な振る舞いにうんざりしていたからだ。

〝藤吉郎殿のいない豊臣家など潰してしまえば良い〟

寂しそうに言った於禰の顔が、忘れられなかった。秀秋は、母を悲しい目に遭わせるような者たちの肩を持つつもりはない。

三成は許さない。

兄を死に追いやり、母を泣かせるあの男とともに天を戴くつもりはなかった。あの白面の薄情者が、どれだけ豊臣家の恩を説こうとも、いっこうに響かない。秀秋にとって豊臣家の恩は、於禰の愛であり、秀次の情なのだ。

伏見を攻めたのは、大坂で敵に囲まれる愚を犯さぬためだ。一万五千とはいえ、毛利、宇喜多などを敵に回して戦えばひとたまりもない。敵の只中で潰されぬために、味方のふりをしていたまでのこと。伏見城を攻めたことは、遣いを送ってすでに家康に謝っている。

己は徳川に与する者だ。

秀秋はそう思い、疑いもしない。なのに何故、家康も長政も使者などを送ってくるのか。小早川の陣に留まらせ、秀秋を見張るのか。

疑っているのだ。

若き故、欲に靡くやもしれぬ。三成と同じ疑いのまなざしを秀秋にむけているのだ。好きにすれば良い。言わせたい奴には言わせておけば良いし、疑うならば疑えば良いのだ。己が進むべき道は己で決める。誰になにを言われても曲げない。

秀秋は家康に付く。

迷っているわけではない。機を待っているだけのこと。老獪な貞治は、言葉を弄して余裕のあるふりをしているが、喋りはじめてからというもの、延々と秀秋を諭し続けているではないか。猪之助と同じように焦っている。秀秋に家康への加勢を表明させて、一刻も早く山を降りさせたくてたまらないのだ。

それで良い。

秀秋の狙いはそこにあるのだから。

「まぁ、待て」

余裕を見せるための笑みを満面に張り付かせたままの貞治に言ってから、秀秋は振り返ってふたたび戦場へと目を向けた。かなり長い間話していたつもりだが、戦局に動きはない。押しては退き、退いては押しを繰り返し、いずれも打開策を見出せずにいる。

「拙者の話を聞いておられたはず。勝ち馬に乗るような者を……」

「さっきから黙って聞いておったが、ごちゃごちゃ五月蠅いわい」

新たな声が秀秋の耳に届く。振り返らずとも誰かはわかるから、山肌を舐《な》めて昇って来る硝煙の匂いを嗅ぎながら戦を見守る。

声の主である松野《まつの》主馬《しゆめ》重元《しげもと》は、平岡や稲葉と同じく、秀吉から与えられた家臣だ。今度の戦では先陣の役を与えている。秀秋が旗色を鮮明にすれば、誰よりも早く山を降りることになっていた。

「先刻から他家の者が大きな面をして殿の御前で御託を並べておるが、何様のつもりじゃ」

ここにいたるまで散々耐えてきたのであろう。主馬は語り始めると止まらぬといった様子で、怒声を放つ。

「殿は亡き太閤殿下の甥御であらせられるのじゃぞ。大坂に攻め上らんとしておる徳川に従うなど言語道断。我等は伏見城を攻め落としておる。毛利殿へ加担いたすことはすでに明白。この場にて家康に付くは、裏切りである。この期に及んで掌を返すような真似をして、秀頼君へどのような顔をいたせば良いというのか。その辺りのことを殿は重々承知しておられるっ！　其方たちが執拗に内応を勧めるが故、陣に留め置いておるだけのこと。勘違いするなよ」

「なにを申すかっ！　知った風なことを言うなっ！」

主馬の怒号に負けぬほどの勢いで返したのは、やはり猪武者であった。猪之助の声が、先刻までよりわずかに高いところから聞こえて来るのは、またのぼせ上がって立ち上がったからだろう。

黒煙のなかで蠢く両軍の兵を見下ろす秀秋の口から溜息が漏れる。

「我が殿と金吾殿の間にはすでに密約が交わされておるのだ。そのようなことすら聞かされておらぬ者は、黙っておれっ！」

「密約とは片腹痛しっ！　我が殿は執拗に言い寄ってくる御主の主を切れなんだだけ

のこと。御主の主は、そこの平岡の内儀の縁者であろう。それを殿はおもんぱかられたのだ」

「それでは奥平殿は如何にする。奥平殿は内府殿直々に遣わされておるのだぞ！」

「それこそ笑止千万。五大老筆頭、内大臣の家康殿の申し出をにべもなく断ることなどできまい」

「方便であると言うのか」

「当たり前であろうっ！」

主馬は決して秀秋に真意を問おうとはしない。恐れているのだ。口では威勢の良いことを言ってはいるが、心の裡では主が本当に三成に与するつもりなのか疑っている。だからこそ、己の心中の迷いを振り払うように強い言葉を振り撒いているのだ。声高に叫ぶことで、同朋たちにも言い聞かせている。

主は決して裏切らない。

悲痛な叫びは、主馬の願いなのである。

済まないと思う。秀秋は裏切る。主馬の想いに即して考えれば、これから秀秋が彼に下すことになる命は、裏切り以外の何物でもない。主馬は亡き秀吉を誰よりも慕っていた。豊臣家への恩を第一に考える男だ。だからこそ、平岡と稲葉の画策については秘していた。家康に与することを知れば、なにをするかわからない。逆上して二人に刃をむけることも十分に考えられた。そのあたりのことは、平岡たちも承知しているから、秀秋が命じるまでもなく二人は主馬を遠ざけていた。

「重元」

皆に背をむけたまま右手を挙げ、秀秋は主馬を呼ぶ。鎧が擂れる音がする。どうやら主馬は床几から腰を上げ、膝立ちになったようだった。

「ははっ！」

威勢の良い声がした。右手を挙げた格好のまま、主馬を見ずに命じる。

「少し黙っておれ」

「そ、それは……」

「黙っておれと申したのだ」

言った秀秋の目は、眼下の金扇に注がれている。

家康の馬印だ。

止まった。

桃配山を出て、じりじりと西に進んでいた徳川三万騎が、前線で戦う味方の背後まで迫ったところで動きを止めた。

御主達の背は己が守る。

家康の言葉が聞こえてくるような気がした。

「っ!」

秀秋は息を吞む。

〝毛利は動かぬぞ。次は御主じゃ金吾〟

福々《ふくぶく》しい老人の声が耳の奥で聞こえた。金扇の元で、家康はいま松尾山を見ている。頂に近い平地の突端に立つ己を見据え、坂東の翁が笑っている姿がありありと脳裏に浮かぶ。

違い鎌が染め抜かれた深紅の陣羽織に覆われた肩が震える。右手を振り上げたくなるのを、秀秋はじっとこらえた。家康に与すると叫んで、すぐにでも坂を駆け降りたくて堪らない。そうしなければ、あの老狸の怒りを受けてこの場で殺されてしまう。そんな馬鹿げた衝動を、本気で信じてしまいそうになっている。秀秋を狼狽させるなにかが、間違いなく戦場から迫って来ていた。

機だ……。

まだ満ちぬ。

秀秋は、己の奥歯がたてる鈍い音が頭骨を震わせるのを感じながら、拳で額を叩く。ここぞという時はそう長くはない。機だと悟った時には、迷いなく家臣に命じなければならぬ。覚悟はすでにできている。後は、見切るだけだ。

揺るぎない勝因。

それこそが秀秋の求める機であった。己が松尾山を降りることで戦局が大きく変わる。その一瞬を待っているのだ。

戦が始まると同時に松尾山を駆け降りて大谷刑部に襲い掛かっても良かったのである。もともと、ここに敵が集ったのも秀秋が松尾山に陣を布いたからなのだ。今日の戦の契機をつくったのは、秀秋自身なのである。家康が赤坂に入ったのと、秀秋が松尾山に陣を布いたのが同日であることは、偶然ではないのだ。

秀秋はこの地で、続々と集まってくる両軍の兵をずっと見守っていたのである。いつでも始められたのだ。三成たちが現れる前に大谷勢を滅ぼしてしまい、そのまま東にむかい行軍中の三成に奇襲をかけるという手もあったのだ。

万全な態勢を整えていない家康たちを待っただけのこと。抜け駆けを避けたのだ。

すべては揺るぎなき勝因のため。

この戦は秀秋が動いたことで決したという事実を、家康に与するすべての大名に知らしめる一手でなければ意味がないのだ。

家康が本陣を前線間近に定めた。これによって家康に与する者たちの士気は上がる。背後に徳川三万騎が控えているという心強さは、疲れた兵にふたたび戦う力を与えるだろう。じきに戦局は変わる。徳川勢が押し始める。果たして三成たちは耐えられるか。もはや毛利の参戦は考えられない。小早川勢の加勢も心許ない。後詰の無い消耗戦のなかで、徳川三万という後詰を得た敵を阻むことができるとは秀秋には思えなかった。

やるか。

ここが機ではないかと思う。しかしぎりぎりのところで秀秋は言葉を呑んで耐えている。

命じるのは簡単だ。

山を降り、大谷勢を襲え。

それだけで良い。すでに平岡も稲葉も心得ている。秀秋の命令一下、小早川勢は一気に松尾山を降りて大谷勢に襲い掛かるだろう。赤座ら四将など眼中にはない。全て合わせても四千あまり。一万五千が下ってくれれば、ひとたまりもない。

主馬のように、秀秋の命を裏切りだと言って拒む者も出て来るだろう。捨て置く。主に従えぬ者は、戦の邪魔になるだけだ。この場で変心した訳ではない。これまでの主の行いに心を砕いていれば、この地に陣所を張るころには秀秋の真意は解っていたはずだ。もちろん主馬も悟っているのだ。悟ったうえで、逆らっている。

「殿」

何事にも動じない稲葉が、平坦な声で秀秋を呼んだ。心地よい気配が背後から迫ってきて、隣に並ぶ。

「もうすぐだ」

隣に立つ稲葉に告げる。随一の腹心は、無言のままうなずいた。秀秋の心の裡は、稲葉には知れている。わざわざ語って聞かせる必要などない。

「手筈は万端整っておりまする。殿はひと言、行けと申されるだけで宜しゅうございます」

「わかっておる」

稲葉に言葉を投げたその時、山の中腹辺りで銃声が鳴った。ひとつやふたつではない。鉄砲隊が号令の下にいっせいに引き金を引いた。

銃声が聞こえてきた方へと目をやる。三つ葉葵の旗が木々の間に見えた。

「徳川の鉄砲隊にござります」

稲葉は静かに言って、秀秋をかばうように前に出た。平岡たちが堪え切れずに床几を立って、主を囲む。

「何事じゃっ！」

重臣が叫ぶ。

「なっ、何故、徳川の鉄砲隊が我等を撃つのじゃ！」

家臣のなかから声が飛ぶ。怯える男たちの真ん中で、秀秋は背筋に震えを覚えていた。

家康が焦っている。

己が本陣を動かしてもなお、いっこうに好転せぬ戦局が、野戦上手と言われた翁をうろたえさせている。

〝動け金吾っ！〟

怒りを露わにして叫んでいる家康の顔が浮かぶ。

ここだ……。

「黙れ」

周囲で騒ぐ家臣たちに告げる。

二度目の銃撃が鳴った。そのなかの数発が、秀秋の周りに群れる家臣たちの間近に届く。

「黙らぬかっ！」

うろたえる家臣たちを叱咤する。怒りを露わにした主の声を受け、皆が黙った。

男たちを掻き分けるようにして、稲葉が目の前に膝立ちになって頭を垂れる。その姿を見た家臣たちが、稲葉に倣《なら》うようにして周囲に控えた。貞治と猪之助も、小早川の臣とともに腰を落としている。

「我等はこれより山を降りる！」

「ははっ」

稲葉が立ち、平岡が続く。二人が速足で陣幕を抜けると、皆が後を追うように本陣から姿を消す。貞治と猪之助は、家臣たちよりも早く平岡に従って秀秋の元を去った。

「殿」

主馬が一人残っている。

「早く持ち場に就け」

「敵は」

主の前に仁王立ちとなって、主馬が問う。秀秋は端然と答える。

「大谷刑部」

「豊臣家を裏切る御積りか」

「違う。内府殿は豊臣家に巣食う奸臣、三成を成敗するために戦うておられるのだ」

建前である。

家康が豊臣家をどうするかなど、秀秋には正直どうでも良い。いまの豊臣家は秀秋の知るものではないのだから。しかし、目の前の男には伝わらない。豊臣家の軸が淀殿であろうが構わぬ。豊臣家が安泰ならばそれで良い。そう思っている主馬に、いくら秀秋の想いを語って聞かせたとてなにが変わるということでもない。

「某は得心が行きませぬ」

「そうか」

主馬を見据えたまま進む。秀秋よりも頭ひとつ大きい家臣は、行く手に立ちはだかり続ける。

構わず秀秋は歩む。主馬の胸の前に立ち、見上げる。

「退け」

「退きませぬ」

押し問答を続ける暇などなかった。主馬の背後に控える近習たちが、不穏な気を感じて肩をいからせている。主馬が少しでも妙な動きをしようものなら、手にしている槍で突くつもりだ。

秀秋は無言のまま足を右方にむけて、主馬をかわす。軌道を変えた主の行く手を塞ぐほどの執拗さを見せはしない。

主馬の脇を抜ける。

「従わぬのであればそれでも構わぬ。これまでの奉公、大儀であった」

無言のままうつむく主馬を残し、秀秋は近習たちとともに陣幕を潜った。


坂を降りる。

一万五千の兵とともに。

陣所で稲葉が言った通り、支度は万端整っていた。山を駆け降りる兵たちに、迷いはない。己がどこにむかって刃を振り下ろすのか、すでに心得ているようだった。

四半刻もせぬうちに山を下り終え、大谷刑部へと襲い掛かる。

「行けぇ！　怯むなよ！　敵はこれまでの戦いで疲れておる！　山を駆け降りた勢いのまま押すのじゃ！」

采配を振り上げ、秀秋は馬上で叫ぶ。みずから槍を持って戦うような力はない。旗本たちが守るようにして幾重にも取り囲んでいるから、大将である秀秋の声が皆に届くことはない。だが、それでも黙って見ていることはできなかった。これまで耐えに耐え続けた鬱屈が、荒ぶる言葉となって口からほとばしるのを抑えられない。松尾山を降りた小早川勢の加勢によって戦が決した。このことが、徳川方大名に明確な事実として受け入れられなければ、ここまで待った意味がないのである。それには一刻も早く大谷勢を打ち払い、宇喜多軍の横っ腹に襲い掛かり、敵を崩壊させるしかない。

「行け！　行け！」

叫んだところでどうなるものでもないのは解っている。山を降り、敵とぶつかってからというもの、兵の足が完全に止まっているのを感じていた。大谷勢は二千に満たない。しかも戦が始まってから延々と藤堂、京極両軍の攻撃を受け続けている。兵の疲弊は極まっているはずだ。

なのに崩せない。

一万五千でかかっているというのに、こちらの前進が完全に止まっている。

「なにをしておるかっ！」

采配を投げ捨て、腰の太刀を引き抜きながら秀秋は吠えた。

己が正則や清正のような強者であればと、今日ほど思ったことはない。我が身が彼等のように屈強であったなら、太刀を振り上げ旗本たちを引き連れて、みずから敵陣へと斬り込んで戦局を変えてやるのにと思う。願いはすれど、体が動かない。脆弱《ぜいじゃく》な秀秋が太刀を振り上げ馬を走らせても、周囲の旗本たちに止められるのは目に見えていた。

非力な己を恨む。

そして。

大谷刑部を思う。

あの男は大病に冒されている。歩く事すらままならない体だ。大谷勢の後方で朱塗りの輿に座した刑部の姿を、秀秋は松尾山から見た。太刀を持つこともできぬ刑部が、二千に満たぬ兵をもって、一万五千の突撃に耐えている。

いったい刑部と己のなにが違うというのか。兵自体の精強さに差があるのか。たしかに秀秋は兵の調練をみずから行ったことなどない。だが刑部は、どちらかといえば三成と同じ政に長けた男である。率先して兵を鍛えるようには思えない。

「なにをしておる！　なにも考えるな！　押し潰せ！　ただただ前に進み押し潰すだけじゃ！」

苛立ちが頭を痺れさせせる。

進めとしか命じられない己の愚かさに、腹が立つ。命じてもいないのだ。伝令を前線に遣わせて、秀秋の言葉が全軍に行き渡る訳でもない。旗本たちに守られながら、ただただ苛立ちをがなり立てているだけだ。

ぐいと馬が揺れた。

「殿っ！　手綱をしかと御持ち下され！」

旗本たちから声が上がった。秀秋を囲む騎馬武者たちが、前方からの圧を受けてぐいぐいと退いている。

「崩されておりまする！」

誰かが叫んだ。

「新手か」

秀秋の問いに答える者はいなかった。さもありなん。この混戦のなか、刑部の加勢をする者などいない。押し返してきたのは、単純に二千に満たない大谷勢である。

「何故……」

秀秋は手綱を握りしめ、震える。何故、そんなに勇猛に戦えるのか。秀秋の決断によって、形勢は傾いた。もはや敗北は必至である。一刻も早くこの場を離れた方が、損害も少なく済むはずだ。

刑部は退かない。それどころか、一万五千を押している。

「止めろ」

目の奥が熱い。恐れが体を震わせ涙が零れそうになる。

笑みを浮かべた刑部が迫って来るようだった。

己を殺しに。

「来るな！」

喉の奥から秀秋は叫ぶ。

その時。

戦場で異変が起こった。

「御加勢にござりまする！」

突如、赤座直保、朽木元綱、小川祐忠、脇坂安治の四人が、小早川勢に追従するようにいっせいに大谷勢に刃をむけた。山の斜面へと押し戻されようとしていた旗本たちの足が止まり、秀秋もまた馬を止めた。圧から逃れ、肩で大きく息をする。

新手の出現によって、大谷勢は小早川勢への攻勢を止めた。

太刀を振り上げ、切っ先で天を突く。秀秋は腹にめいっぱい気を溜めて、全軍に届けとばかりに吠えた。

「大谷刑部を討つのは我等ぞ！　決して遅れを取るな！　全軍、突撃！」

秀秋は馬腹を蹴って走り出す。主を守らんと旗本たちも馬を走らせる。一万五千の中心で起こった異変は、瞬く間に全軍へと伝播し、小早川勢は大谷刑部とその兵たちを呑み込んだ。

秀秋はなにかに突き動かされるようにして、宇喜多勢へと矛先を向ける。

豊臣家と秀頼のことは、露ほども頭になかった。

玖　島津惟新入道義弘

山の斜面が崩れ落ちる。

松尾山を駆け降りてくる小早川家の軍勢を眺めながら、島津惟新入道義弘は地滑りを脳裏に思い描いていた。

山肌を削るようにして降りて来た軍勢が大谷勢を呑み込んでゆく。麓付近で日和見を決め込んでいた赤座直保らが、金吾中納言の裏切りに同調して、大谷勢に刃をむけたのがあまりにも滑稽で、思わず鼻で笑ってしまった。

「どげんしやったとな？」

義弘が座す床几のかたわらに仁王のように控える甥が問うてきた。腕を組んで口をへの字に曲げる甥の目は、義弘同様に大谷勢へとむけられている。甥の豊久《とよひさ》は、小早川の裏切りにも動揺の色を見せず、泰然と戦を眺め続けていた。その胆力は、鬼島津の異名を取る義弘も一目置くほどである。

「終わっど」

義弘は短く答える。すると、豊久は先刻の伯父を真似るように大谷勢へと襲い掛かる裏切り者たちをにらみながら鼻で笑った。

「勝てば良かとか」

悪しざまに吐き捨てる。新たな裏切り者たちに攻めかかられ、大谷勢がみるみるうちに崩れてゆく。このまま行けば、大谷勢のすぐそばで戦っている宇喜多勢も危うい。

戦は一度崩れ始めると際限がない。櫛《くし》の歯が落ちてゆくよりも早く、崩壊は全軍に伝播してゆく。それほど、人の心というものは曖昧《あいまい》で弱いのだ。勝てるという幻想にしがみついていられる間はなんとか耐えきれていた心が、味方の敗北という現実を目の当たりにした瞬間、立ち直れぬほどの打撃を受けてぽきりと折れる。そうなってしまうと、もはや立ち直ることは容易ではない。目に見える勝機以外に、負け犬を奮い立たせるだけの希望はなかった。そしていま、崩れ去ろうとしている味方が、それだけの力を持つ希望を見出せるはずもない。

敗けた。

「あの小僧は解っとって、今んなって裏切ったとじゃ」

山の上で二刻以上もの長い間静観を決め込んでいた小早川勢が、今頃になって裏切ったのは、こちらの心を折るためなのは間違いない。戦うだけ戦い、なんとか敵の猛攻を堪えていた味方にとって、小早川や毛利の加勢だけが支えだったのだ。それをこれ以上ない状況で裏切られたのである。意図せずに今まで待ったとは考えられない。秀秋か、それとも重臣たちか、いずれにせよ頭の回る者が指図したに違いない。

「大谷刑部も無念じゃろう」

豊久が余所人《よそびと》のようにつぶやく。義弘たちも危うい状況にあるのだ。すぐに宇喜多勢も崩れ始める。そうなれば、島津勢のすぐ北で黒田、細川らと戦っている三成もたない。味方は総崩れ。逃げ惑う兵たちは規律というものから解き放たれ、蜘蛛《くも》の子を散らすように戦場を駆けまわる。これまで沈黙を保っている島津の陣所も、我が身だけを憂う逃走者の蹂躙《じゆうりん》を受けることになるだろう。己から狙いを逸らすためには、まとまった軍勢というのは格好の隠れ蓑《みの》である。南の小西、北の石田。崩れ去った両軍の兵士が、島津の陣所に躍り込んでくるのは目に見えていた。

それでも義弘は床几に腰を据えたまま、微動だにしない。豊久も義弘を急《せ》かそうとはしない。二人を取り巻く家臣たちもまた、敗色が濃くなる戦場の只中にあって、誰一人怖気《おじけ》づいていなかった。

皆の心の中心にはその想いが屹立《きつりつ》しているのだ。鬼島津が采配を握っていることで、千五百の薩摩者は誰にも敗けぬという自負の元でひとつにまとまっていられる。いかに味方が狼狽《うろた》え逃げ惑おうと、どれだけ敵が勝ちに乗じて調子に乗ろうと、島津は迷わない。揺るがない。崩れない。

義弘がいる。

「ほんなこて最初から最後まで腹ん立つ戦じゃった」

怒りを吐き出すようにして豊久がつぶやき、義弘は思わず笑ってしまった。

甥の言う通り、今回ほど終始腹を立てていた戦も珍しい。

もともと義弘は、会津征伐におもむく家康直々に伏見城の守りを任されたのだ。秀吉の死後、島津家に擦り寄ってくる家康を、義弘は迎え入れた。家康は義弘の兄であり島津の惣領である義久を都の徳川屋敷に呼び、みずからも島津の屋敷を訪れ、親睦を求めた。今から考えれば、あの時から家康は今日のことが頭にあったのかもしれない。とにかく家康は島津家と好《よしみ》を通じたくて仕方がない様子だった。その縁もあって、三成が挙兵するとすぐに、義弘はみずからが揃えられるだけのわずかな手勢とともに伏見に赴いたのである。

だが断わられた。

守将の鳥居元忠は、伏見の守りは徳川家の臣のみで行うと義弘に告げ、その労をねぎらい退去を願い出た。それでもと押してはみたが、頑固な三河武士は頑として受け入れなかったのである。

拒むと言うなら敵だ。

義弘は大坂城にむかい、毛利と手を組んで伏見攻めに加わった。

この時からすでに、義弘は苛立っていたのだが、三成が籠る大垣城に加勢に入った後に、なおも腹の立つことが起こる。

豊久を見殺しにされそうになった。

西上してきた福島ら徳川加勢の諸大名が岐阜城を落とし、大垣城へと迫って来ているという報せを受けた三成とともに、迎撃のために出陣した時のことである。豊久たちを敵の備えとして墨俣《すのまた》に残し、義弘は沢渡《さわたり》に陣を張った三成と小西行長の元へ軍議のために呼ばれた。その時、味方が合渡《ごうど》で敗れたという報せが入った。敗れたのならば退くと言って我先に三成は逃げようとした。だが墨俣には、豊久たちがまだ残っている。甥たちの撤兵が済むまでは留まってもらいたいと願う義弘であったが、三成は聞く耳を持たず大垣城へと逃げ帰ってしまった。幸い豊久たちは敵中に取り残されながらも、なんとか逃げ帰ってきたのだが、豊久たちの三成に対する怒りは尋常ならざるものであった。

腸《はらわた》が煮えくり返るほどの怒りを抱え、義弘は大垣に戻る。三成を殺してやろうかと何度思ったことか。

「伯父御の策ば聞き入れとったなら、こげなこつにはならんかったとじゃ」

豊久の悪態は、昨夜のことを指している。

家康が赤坂に入ったことを知った三成は、諸将を集めて軍議を開いた。その席上、義弘は家康の本陣に夜襲をかけるべしと献策したのであるが、三成は聞き入れようとしなかった。その目には明らかに小勢である島津を軽んじている軽蔑の色が滲んでいたのを、いまでも義弘は忘れない。

三成と島津にはひとかたならぬ縁がある。

九州全土を統一する目前まで版図を広げた島津に敗れた豊後の大友が、秀吉に泣きつきはじまった九州征伐は、豊臣勢の勝利に終わった。みずからの手で切り取ってきた所領の多くを召し上げられるなか、豊臣家と島津家の間に立って骨を砕いてくれたのが三成であった。義弘はこの戦がはじまるまで、三成に悪しき想いを抱いたことはなかったのである。どれだけ福島正則や加藤清正たちが三成を嫌っても、義弘は同調しなかった。齢六十六。正則たちと二十以上も年が離れている。子供の喧嘩に首を突つ込むようなものだという想いもあった。それでも義弘自身、朝鮮に赴いた一人である。上から差配するだけで槍を振るおうとしない三成に、正則たちが殺意を抱くのは解る。しかし三成は己の役目をまっとうしただけ。憎まれることすらも承知で、秀吉から下される命を忠実にこなせるのが、三成という男の覚悟である。それは、武人が戦場で死する覚悟と同様の物だと義弘は思っていた。

そう思っていたからこそ、伏見城で加勢を拒まれた後、三成に加勢するのも悪くはないと思ったのだ。

それがどうだ。

あの男は結局、みずからの喉元に刃が迫るとすぐに本性を現した。我が身可愛さで味方を見捨てて逃げ出し、兵の多寡で諸将に優劣をつけた。

その結果が、小早川の裏切りである。救いようがない。

「因果応報じゃ」

義弘は己が膝をひとつ叩き、腰に力を入れた。そのままぐいと立ち上がると、豊久が右手を差し出して来る。それを厳しい目で制してから、腰に両手を当てて背を伸ばした。骨の間から乾いた音がいくつも鳴って、背の筋を引き締める。

大谷勢はすでに崩れ、軍勢の体を成していない。北上してくる小早川勢に横腹を食い破られようとしている宇喜多の兵たちは、正面から襲い掛かる福島正則の刃を受けて真っ二つに割られようとしている。

「もう駄目じゃ伯父御」

言った豊久は、南を見る義弘とは真逆の北方を顎でさした。いざなわれるようにして、顎のむかう先へと目をむけると、石田の本陣があるあたりまで、黒田と細川の旗が入り込んでいる。

「おうおう、周りは敵だらけじゃど伯父御。なはははははは」

「そうやな。がはははは」

胸を張って高らかに笑う甥につられて義弘も笑う。方々で混乱を来す味方に囲まれながら笑う二人を見て、家臣たちもいっせいに笑いだした。この戦場でいま笑っているのは、間違いなく自分たちだけだと義弘は思い、それでまた可笑しくなって笑う。

「さてっ！」

ひとしきり笑った後、豊久が手を叩いた。いたるところで聞こえている銃声などよりも高く響いたその音に、男たちが口を閉じる。それを確かめてから、甥は堂々たる体軀を誇示するように義弘にむかって胸を張った。甥は頭ひとつ分、伯父よりも大きい。体付きもひと回り違う。年は三十。生きてきた歳月は、義弘の半分にも至らない。男盛り。羨ましくなるほど、総身に覇気が満ち満ちている。

「どうすっかな伯父御」

退く。

それしか策はない。

普通ならば。

だが鬼島津の下に集う男たちの道は、決してひとつではない。

「こんまま逃げっとも癪ん障っど。そいやったら家康の首ば取りもんそ」

言った豊久の顔は冗談を口走った者のそれではなかった。本気なのである。千五百の兵のみで、前線の敵を打ち払いながら、三万の徳川勢に乗り込んで、家康の首を獲ろうというのだ。甥の言葉を聞いた家臣たちの顔に、喜色が滲む。彼等もまた、豊久と同じく徳川勢に突撃を敢行することになんの躊躇《ためら》いもない。

「どんだけ敗けちょっても、大将の首ぃ取りゃ勝ちじゃっど。のぉ伯父御」

言って笑う豊久に、家臣たちもうなずきで応える。

国許の兄から命じられて集った者たちではない。義弘を慕い、動かぬと言った兄の命に背いてみずからの想いのままに薩摩を脱して上方に集った千五百の強者である。これまでのどっちつかずな戦いに忸怩《じくじ》たる想いを抱いている者ばかりだ。

「家康じゃ、三成じゃ。徳川じゃ、石田じゃ。いいや毛利が総大将で、三成なんぞは小間使いに過ぎん。松尾山の小早川は腹が読めん。南宮山の毛利はどうじゃ」

逃げ惑う味方と勝ちを確信して攻めたてる敵を見据え、義弘は一人つぶやく。その声を、豊久たち島津の男たちが黙って聞いている。

「ごちゃごちゃごちゃごちゃごちゃ五月蠅かことばかり言うてから、ほんなこつ腹ん立つことばかりじゃ」

脇に控える若者に目配せをする。側仕えの青年は、己が命とばかりに大事に抱えていた義弘の槍を両手で差し出した。右手を突き出し、柄を掴み、石突で地を叩く。心地よい手応えが鉄の芯が入った柄から掌に伝わる。

「ほんなこつ面倒臭か奴ばかりじゃ。面倒臭かことばかり言うてから、結局は体面ばかり気にしとる。敵も味方も同じじゃ。屁理屈こねて敵じゃ味方じゃと騒いどるが、一人じゃなんもできん奴ばかりじゃなかかっ！」

槍を振って切っ先を戦場にむける。

「薩摩ん侍がどげなもんか、見せてやっどっ！」

義弘の咆哮を待ちわびていた男たちが、一斉に吠えた。薩摩の男たちの腹からの声が、木々を震わす。樹木の間を駆け抜け、敵から逃げてきた宇喜多勢が姿を現した。

奮い立つ島津の侍たちを押し退けるようにして、得物も持たぬ男たちが今にも泣き出さんばかりに顔を歪めながら駆け抜けてゆく。

「放っとけ」

皆に命じる。

「じきに敵も来っど伯父御」

すでに豊久も槍を手にしている。

「どこんむかって走りもんそ」

「逃げっど」

「は」

豊久が呆《ほう》けた声を上げて、義弘にむかって首を傾げてみせる。その顔があまりにも滑稽過ぎて、義弘は大声で笑いながら盛り上がった甥の肩を力一杯叩いた。

「真っ直ぐ家康にむかって逃げっとじゃ」

「そいは逃げるち言うとじゃろうか」

「おい達は逃げっとじゃ。家康ん首ば土産《みやげ》にもらってからな」

得心が行かぬという風に豊久が目をしばたたかせている。

たしかに家康の首は狙う。義弘は本気でそう思っている。だが、逃げるというのもまた本心だ。よしんば家康の首が取れたとしよう。戦うつもりで突撃するのであれば、家康の首を取った後もこの地に留まって戦い続けることになる。千五百という兵数にそんな力は無い。家康の首を取れたとしても、その後は逃げるのだ。退くということを伝えておかねば、豊久を筆頭とした薩摩の血の気の多い男たちは死ぬまで敵と対峙し続けるだろう。

「良いか、おいどん達は逃げっとじゃ。そん途中で家康ん首ば取っとじゃ」

「そりゃ良か」

甥が腹を抱えて笑った。

「あぁもう、面倒臭かな！」

己の面前を駆け抜けようとした宇喜多の兵を豊久が突きとばし、義弘を急かす。

「行くんなら、そろそろ動かにゃ敵が来っど」

「よっしゃ！」

槍を天に掲げる。

「行っど！」

馬が運ばれてくる。助けも借りず、鐙に足をかけて一人で飛び乗った。すでに豊久も己の馬の上で槍を小脇に挟んでいる。

「伯父御っ！」

「応っ！」

馬腹を蹴る。栗毛の愛馬が嘶《いなな》きとともに、前足を高々と上げてから大きく前に踏み出した。

「走っどっ！　付いて来いっ！」

逃げ惑う味方とは逆方向に向かって、義弘は馬を駆る。千六百の薩摩の男たちが、その背を追う。

陣を離れるとすぐに、宇喜多勢を追いたてる福島正則の兵たちを右方に見た。

来るか……。

左手の槍の穂先をかすかに上げる。襲い掛かってくるならば容赦はしない。丹田に気を満たし、福島勢の動きを注視しながら、馬を走らせる。しかし敵は、敗走する宇喜多勢を追うことに必死で、義弘たちなど眼中にない。正則が備えを命じたような気配すらなかった。まさか義弘が、家康を討とうとしているなど、露ほども思っていないのである。

すでに石田勢も軍勢の体を成していない。本陣のあった場所に見えるのは黒田や細川の旗ばかりである。

三成が討たれたという報せはない。もし討たれていたならば、敵が喧伝《けんでん》して回っている。それが聞こえないということは、いまだ三成は無事であるということだ。

逃げた。

義弘には確信に近い予感がある。誰よりも己が命を優先させる男だった。人は窮地に立たされた時ほど本当の自分が出る。この戦がはじまるまでは、そんなことは思いもしなかったが、三成は結局そういう男だ。

己はどうか。

義弘はみずからに問うて、馬上で笑う。

間違いなく義弘はいま、窮地に立たされている。宇喜多秀家や三成のように、散り散りに兵を逃げさせ、その混乱に乗じて上方方面に逃げるのが常道であろう。千六百で三万の大軍に突撃を敢行するなど蛮行以外のなにものでもない。

心底、己という男は愚かなのだと義弘は思う。心の奥底まで探ってみても、戦しか残らない。槍を振るうことでしか、みずからを誇示出来ぬ愚か者。しょせん鬼島津は戦場でしか生きられないのだ。

だからこれほど進退窮まった状況でも素直に退くことができない。六十六にもなって、敵に背中を見せるということが根本のところでわからないのだ。

「ぬはははっ！」

笑いながら手綱から手を放し、両手で槍を回す。その目が捉えているのは、徳川三万を守るようにして立ちはだかる赤備えである。井伊直政が率いる兵だ。四千に四、五百満たないというところか。

赤き兵たちの前に五百ほどの漆黒の一団がいる。本多忠勝の率いる軍勢だ。黒き鎧に身を包み、鹿の角の兜を被った大男の姿を目に止めながら走る。

銃声が轟く。

味方の鉄砲衆が、黒と赤の敵にむかっていっせいに銃弾を放った。ばたばたと敵が倒れていくが、忠勝は無傷であった。

痛いほど解る。

当たらぬと心底から思っている者には当たらないものだ。義弘自身も、何度も矢玉の雨を潜り抜けてきたが、一度も己の体に当たると思ったことがない。もちろん幾度か手傷を負ったことはあるが、命にかかわるような傷を受けたことはなかった。

当たらぬ。

死なぬ。

義弘は本気で思っているし、忠勝もそう思っているはずだ。

「突っ切っど豊久っ」

背後に従う甥に叫ぶ。

徳川随一の猛将である忠勝に付き合っている余裕などない。義弘の目的は家康の首ただひとつ。余計な損耗は避けなければ、辿り着くことができぬ獲物だ。

「忠勝は、おいが引き受けっど」

義弘の馬の脇を、雄叫びを上げて豊久が駆け抜けて行く。それに従うように、数人の騎馬武者が義弘より先行する。

「豊久っ」

甥は義弘の声を聞いても止まらない。

忠勝の面前で、豊久が右方に馬首をむけた。黒き猛将が豊久とそれに続く騎馬武者たちを追うように軌道を変えた。

「突っ込むどっ」

後に残った者たちに義弘は叫ぶ。忠勝を豊久に任せ、義弘は一直線に駆ける。

ぶつかった。

忠勝の兵だ。

槍を振るい、道を開く。義弘がこじ開けた隙間に、味方が銃弾を浴びせ掛ける。銃撃を受けて怯んだところに、命を惜しまぬ男たちが雪崩れ込む。

薩摩の兵は恐れを知らぬ。風土がそうさせるのか、それとも育てられるうちにそうなるのか。薩摩で育った義弘には理屈などわからない。ただ、他国の者と刃を交えた時、己や薩摩の者たちに比べ、敵があまりにも軟弱なのは間違いなかった。まだまだこれからと義弘が思っていても、相手はすぐに諦める。

九州を統一しようとしていた時も、秀吉と戦った時も、異国での戦であっても、義弘は本気になって戦ったことがない。秀吉に敗れたのは、単純に数の多寡でしかない。秀吉の兵と薩摩の兵が同数であったならば、間違いなく勝っていたという自負がある。

己だけではない。薩摩の男たちが精強なのだ。そして、いまこの場に集っている者たちは、そのなかでも選りすぐりの強情者である。主命に逆らうことも厭わぬ猛者揃いなのだ。坂東では名が轟く本多忠勝の兵であろうと、恐れはしない。命など薩摩を離れた時に捨てている。

義弘が想いのままに槍を振るい馬を走らせると、薩摩の男たちが嬉々として道を切り開いて行く。後に残るのは、無残な敵兵の骸《むくろ》だけ。

槍を右に左に振るいながら、黒き壁を突き破った。深紅の壁がすぐに立ちはだかる。

「弱かくせに出しゃばると怪我すっどっ！」

武田の騎馬武者たちを引き入れ、山県昌景が率いていた赤備えの騎馬隊を踏襲しているという井伊の赤備えも、忠勝の名声と同じくらいに天下に轟いている。

だからなんだというのか。

名が轟いていればそれだけで強いのか。ならば己は鬼島津である。名の勝負では負けない。

そんなものは糞の足しにもならぬ。

大事なのは。

「退かんかぁっ！」

怒号とともに、紅き壁に穂先をぶつけた。面白いように敵が弾け飛ぶ。義弘の気迫をその身に受けた栗毛の愛馬は、躊躇いもせず敵にむかってぶつかってゆく。その激烈な突進力が、義弘の槍に加わることで人外の威力を得る。

人馬一体となって敵の壁を削り取って行く。

疲れない。己でも不思議なくらいに息が軽やかだった。どれだけ槍を振るっても、腕が痺れることはない。視界も良好。普段よりも目が冴えているくらいだ。血飛沫《ちしぶき》を上げて倒れて行く目の前の敵が、哀願するように馬上を見遣るその睫毛《まつげ》に光る涙までがはっきりと見て取れる。指先にまで血が通っている。普段も通ってはいるのだろうが、質が違う。いま義弘の体を駈け巡っているのは、瑞々《みずみず》しい息吹を運ぶ熱き命の流れである。胸が打つたびに、老いた体を覚醒させてゆく。槍を振るい、敵を冥途に送れば送るほど、義弘は現世に明瞭な像を結ぶ。老いさらばえて曖昧になっていた現世と己との境目が、死地において明確に分かたれている。

「儂ぁ島津惟新入道義弘じゃぁぁぁっ！」

誰にともなく叫んだ。

輝く双眸は真っ直ぐに正面だけを見据えている。

敗けぬ。

退かぬ。

死なぬ。

枯れ枝のように軽い槍を振り続ける。

敵の首が乱れ飛ぶ。

「痴《し》れ者めがっ」

金色の角を生やした紅き鬼が、叫びながら立ちはだかる。井伊侍従直政の顔をした鬼だ。

「退かんか餓鬼めが」

吐き捨て槍を振り上げる。

鬼との間合いが縮まってゆく。

「ぬぉぉぉっ！」

直政の顔に恐怖が張り付いている。この男も一廉《ひとかど》の武人だ。彼我《ひが》の力量を刹那の間に見極めたのである。敵わぬ。思っても退けぬのが、大将である。

「許せ」

直政には聞こえぬ声でささやいてから、迫りくる槍をみずからの刺突で弾く。強《したた》かに柄を弾かれた直政の胴が無防備になる。そこへ、義弘の槍が吸い込まれてゆく。

「ぬっ！」

間一髪というところで、直政の馬が横に押された。新たに視界に飛び込んで来た名も知らぬ男の鎧を、義弘の槍が貫いた。

直政が男たちに四方を囲まれ、去って行く。

「惟新っ！　惟新っ！」

遠ざかって行く直政の叫びを耳にしながらも、義弘は行く先だけしか捉えていない。去って行った将に気を向けている暇はなかった。紅き男たちを振り払い、栗毛を駆る。

紅い壁を抜けた。

一気に開けた視界のむこうに、兵たちが悠然と並び義弘を待ち構えている。

家康を守る本隊だ。

三万を超えようという男たちが、義弘だけを見ている。ひりつく視線を総身に受けながら、背骨から駆け上がって来る震えを抑えられない。

「いま行くど家康！」

遥か後方に見える金扇にむかって叫んだ。井伊隊を抜けた薩摩の男たちが、続々と義弘の周囲に集まってくる。壁を抜けたとはいえ、敵が止まっているわけではない。ふたたび義弘たちを取り囲まんと、紅き敵がうごめきながら家康の軍勢のほうへと集まって来る。井伊隊の両端と、家康の軍勢が丸まるようにして義弘たちを囲もうとしていた。

向かうべき道はただひとつ。

義弘は金扇にむかって馬を走らせた。男たちが従う。出立した時よりも明らかに数が減っている。

済まぬ。

己に命を捧げ死んでいった者たちに、心で詫びる。決して口にはしない。冥途の者にはそれで伝わると信じている。声を聞くのは生者のみだ。気弱な主の言葉など聞きたいと思うような者は、薩摩の男にはいない。

激突。

さすがに三万の壁は固い。

槍で敵を斬り伏せるが、道を開くほどの隙間はできなかった。倒れた者を補完するように、後から後から敵が溢れてくる。

厭離穢土欣求浄土の旗がはためいていた。

目の前の敵は現世を厭い浄土を求める決死の兵だ。薩摩の男たちに相通じるものがある。

「退かんかぁっ！」

焦りが口から怒号となって零れ出す。

分厚い壁が、両手を広げて笑う家康の姿に見える。鎧すら着けずに不敵な笑みを浮かべる狸の開かれた胸を、義弘は刃零れだらけの穂先で幾度も斬りつける。

無駄じゃや惟新……。

「五月蠅か」

額に汗がにじむ。

先刻まであんなに軽かった槍が重い。

「伯父御っ」

取り囲む敵のなかから甥の声が聞こえた。とっさに声のした方を見る。

豊久が誰かと戦っていた。騎乗の敵と槍を交えながら、伯父の元へと辿り着いたのである。

「本多忠勝っ！」

甥の相手の名を義弘は叫んだ。

忠勝の振るう槍が、豊久の首筋に迫る。名槍、蜻蛉切《とんぼきり》。刃先に止まった蜻蛉が己の重さでふたつに切れるほどの鋭さであるというところから付けられた名だ。

豊久の顔に疲れが滲んでいる。かたや徳川随一の武人は笑っていた。心の底から嬉しそうに笑みを浮かべている。

「豊久っ」

眼前の壁にむけていた槍先を、忠勝へと振るう。正確に軌道を読んで。甥の首先に届かんとしていた刃を弾く。

「死ねやぁ！」

危機を脱した豊久が、穂先を振り上げた。そしてそのまま腰のひねりとともに、眼前の忠勝にむかって振り下ろす。

漆黒の武人は、手にした名槍蜻蛉切をわずかに頭上に掲げた。

甥の渾身の一撃が、軽々と受け止められる。

「ははっ！」

義弘は高笑いを天に放つ。強がり以外の何物でもない。すでにこちらは疲れきっている。豊久も顔じゅう汗塗れだ。なのに、忠勝は笑みすら浮かべている。

「終わりじゃ惟新！」

豊久の槍を受け止めながら、忠勝が叫んだ。

男たちが戦う声が聞こえてくる。いつの間にか敵に四方を囲まれて、身動きができなくなっていた。それでも義弘は、眼前の猛将だけに集中する。

忠勝にむかって穂先を突き出す。豊久の槍を受け止めたままの忠勝の横っ面に、義弘の放った切っ先が迫る。

敵は豊久を見ていた。

槍先が頬に触れる。

「なっ！」

忠勝の顔が揺れたと義弘が思った刹那、穂先が虚空を貫いた。わずかに顔を逸らして避けた忠勝が、己の槍から左手を外して義弘の柄をつかんだ。

「残念っ」

忠勝が笑う。

なんたる膂力《りょりょく》……。

「化《ば》け物《もん》が」

つぶやく義弘の額から汗が一筋流れ落ちる。

豊久の槍を右手一本で受けながら、義弘の槍をもつかんだまま、忠勝は笑っているのだ。二人はいずれも二本の腕で槍をつかんでいる。それを片手でさばくなど考えられなかった。だが、実際に目の前で止められているのだ。事実は事実。受け止めなければならない。

義弘が逡巡《しゅんじゅん》している間に甥が動いた。

槍を押す愚行から思考を転じ、穂先を翻して地面すれすれに切っ先をむけ、そこからせり上げる。

馬の首をかすめるようにして、忠勝の首を狙う。

敵の馬を狙うのは卑劣な行いである。戦場には正道も邪道もない。勝ちが全てである。だが武人同士の戦いは、戦であって戦ではないと義弘は思っている。その想いは、豊久も、敵である忠勝も同様であった。だから馬は狙わない。

楽しくない。

それだけだ。

それだけの理由で、三人は敵の体のみを狙い続ける。

「がっはぁっ」

豪快な笑い声をひとつ吐いた忠勝が、避け切れぬと覚悟して、義弘の槍を手放した。両腕で蜻蛉切を握り直すと、せり上がってくる豊久の槍への最短の軌道を選んで差し出した。甲高い音とともに、甥の槍が止まる。どういう手の裡をしているのか、忠勝はまったく力を込める素振りを見せずに、甥の渾身の一撃を受け止めている。

並の武人であれば、これだけで慄き、死を覚悟する。歴然とした力量の差を見せつけられてもなお、正面から向かって行くだけの胆力を持った者などそうはいない。

が……。

義弘と豊久はそうはいない者であった。彼我の力量の差が歴然としていようと、知った事ではない。

二対一という時点ですでに相手との差は認めているのだ。馬を狙うことは卑怯であると厭うくせに、数に頼ることはやむなしと受け入れている。そんな矛盾がどうした。互いが納得すれば勝負は成立するのだ。忠勝が笑っているのだから、それで良い。後は存分に命のやり取りを楽しむだけだ。

凡人には解らぬ境地で、義弘は生死と戯れる。

忠勝の槍が躰《からだ》を掠めるたびに、ひりひりと命を感じる。

六十六。

すでに四肢は死に片足を突っ込んでいる。心が躍ることもない。瑞々しい時は遠ざかり、思い出すのは昔のことばかり。

そんな己が、いまこのひと時は生きている。目の前で笑う武人の黒き鎧はぎらぎらと輝き、顔を覆う髭の毛先の一本一本まで克明に見て取れる。必死に槍を繰り出す甥の汗の滴が宙をゆるやかに舞う。

なにもかもが眩しい。

生きている。

義弘は生きているのだ。

「楽しいのぉ爺さまよっ！」

まるで義弘の心を見透かしたかのように、忠勝が吠えた。

「ぬははは！　楽しいわいっ！」

答えたのは豊久である。

当の義弘は、忠勝が笑って言葉を放った刹那の隙を見逃さずに、穂先で蜻蛉切の柄を弾いていた。柄をつかむ左右の手の間を下から弾いている。並の男ならば、そのまま槍ごと両腕を頭上に掲げる格好になるはずだった。

が、忠勝は並の男ではない。

弾いたはずの蜻蛉切は、忠勝の胸の辺りに止まったままで、義弘の槍はそこから一寸たりとも上がらなかった。

「くく……」

食いしばった歯から声が漏れる。

「大丈夫か爺さま。息が乱れておるぞ」

「五月蠅かっ！」

怒号とともに、腹の底に気を込めた。そしてそのまま槍を持ち上げる。

「おっ」

びくともしなかった蜻蛉切がじりじりと震えながら少しずつ上がって行く。

「やるではないか爺さま」

余裕を見せて笑っている忠勝に、義弘は怒りを露わにする。視野が狭くなり、猛将の笑顔だけしか見えない。

そのことを義弘は、この後死ぬまで後悔することになる。

不意に槍が軽くなった。

蜻蛉切が消えている。

どこだ。

必死に目で追う。

「と、豊……」

甥の腹を蜻蛉切が突き抜けている。

「伯父御！」

豊久が血を吐きながら叫んだ。そしてそのまま己が馬を捨て、忠勝の馬の鞍に飛び乗った。

「ぐうぅっ」

己が体をより深く槍に貫かせた豊久は、忠勝に抱き付いた。

「なんばしよっとかっ！」

「逃げてくれ伯父御！」

天を見上げて叫ぶ甥の口から血飛沫が飛ぶ。

「退け」

左手を槍から放し、抱き付く豊久の顔をつかみ、忠勝が引き剥がそうとする。その顔が、甥の血でびっしょりと濡れていた。

「伯父御を生かすために、おい達はおっとじゃ。こげなとこで死なんでくれ伯父御っ！」

「豊久」

「頼む伯父御っ！　逃げてくれ！」

「良い加減にしろよ小僧」

豊久の体が離れた。右手に槍を握った忠勝が、その切っ先を甥の喉仏に付ける。

「止めんか！」

義弘は叫びながら忠勝もろとも甥を貫こうとした。その時、周囲を固めていた忠勝の兵たちが崩れた。大きな力で押された三人が、兵たちの群れに翻弄されるようにして引き離される。

混乱の元は、薩摩の男たちであった。

義弘を救わんと、決死の覚悟で包囲を崩したのである。

「義弘様っ」

いきなりの混乱で鞍から崩れ落ちそうになった義弘を抱き留めるようにして、若者が叫んだ。山田《やまだ》有栄《ありなが》という名の臣である。まだ二十そこそこでありながら、見どころがあると思っている男だ。

「有栄！」

喉元の穂先を避けた甥が、ふたたび忠勝を抱きしめようとしながら若者の名を叫んだ。義弘の体を支える有栄がうなずく。

「伯父御を連れて逃げろ！」

「承知っ」

すでに甥が助からぬことを、有栄は瞬時に悟ったようだった。

「伯父御！」

鼻から下を深紅に染め、豊久が叫ぶ。有栄の腕に支えられながら、義弘は甥へと手を伸ばす。

「伯父御が生きとれば、家康ん首はいつでも取れる！　早うっ！」

「豊久」

「有栄！」

「承知っ」

叫んだ有栄が、義弘の愛馬の手綱を思い切り引いた。

「豊久様の気持ちば無駄にする気でごわすか！　そげなことはこん有栄が許しもはん」

拳が義弘の頬を打つ。視界が激しく揺れ、甥の姿が消えた。

「しっかり腹ば据えてくいやんせ！」

手綱を絞り有栄が悲痛な声を浴びせる。

甥を死なせてまで、どうして己は生きるのか。

「伯父御ぉぉぉぉっ！」

忠勝を抱えたまま豊久が馬上から消えた。ひしめき合う男たちの海に没したまま、二人は上がって来ない。

「早うせんと、これ以上囲まれたら抜け出せんごとなりもす」

「済まん」

見えない甥に詫び、義弘は馬首を返す。

「逃げっど」

「応っ」

意を決した主の姿を見守っていた薩摩の男たちが、義弘の見据えた先に刃をむけて駆けだした。

馬腹を蹴る。

甥への未練を断ち切るように、義弘は行く手を塞ぐ紅き敵に槍を振り下ろす。もはや穂先は使い物にはならない。刃零れなどという生易しい欠け方ではなかった。薄い鉄の板と化した穂先に、斬る力などない。

だが。

「退かんか阿呆っ！」

義弘の眼前で騎馬武者が真一文字に首を斬り裂かれて兵の海に没する。

斬るのではない。

削る。

薄い鉄の板であろうと、柔らかい肉に触れれば削ることはできる。真っ直ぐに通った刃筋であれば、首を両断するだけの威力が出せるのだ。刃がなければ使えぬなどというのは、腕の無い者の言い訳でしかない。

火薬が爆ぜる音とは違う部類の破裂音が、義弘の振るう穂先から鳴る。敵の体に触れる瞬間のみに、すべての力を集約させることで、威力を極限まで高めるのだ。全身に力を入れたままでは、そんな芸当はできない。あくまで脱力が常態であることを心がける。そして、軽やかに振って、狙った敵の体に当たる刹那のみ、全身を回転させて溜まった力を掌に伝え、手の裡を絞めて穂先に伝えるのだ。そうすることで、ぼろぼろの穂先を受けた敵の体が、弾けるようにして裂ける。胴丸などで、義弘の槍を防ぐことなど出来はしない。忠勝の槍が触れただけの蜻蛉が切れるのならば、義弘の槍が触れた物は爆ぜる。

桜島が火を噴くように、義弘の槍が敵を屠る度にけたたましい破裂音を鳴らす。

年老いて疲れているからこそ、武は極限まで高まっている。

若い頃には見えなかった境地だ。老いも疲れも感じなかった頃は、どんな時でも力任せに槍を振るえていたから、脱力することに考えが及ばなかった。力を抜くことで、槍が鋭さを増すなど思いもしない。適所のみに注力することで、威力が増すことも解らなかった。薙ぎ倒し、押し潰す。それが義弘の戦であった。

しかし。

かつての戦い方をしていたならば、とっくの昔に馬から滑り落ち、敵の手にかかっていたことだろう。忠勝と槍を交える前に、終わっていたはずだ。力と力がぶつかり合えば、より大きな力が勝つ。数もまた力である。二十倍もの差がある者に正面からぶつかれば、いかな義弘であっても砕けてしまう。

老いたからこそ、疲れを感じる体であるからこそ、脱力を常とし必要な場所にのみ力を注ぎながら、満足に戦えるのだ。結果、体力を温存させることができ、甥の決死の覚悟を受け止めることもできた。

「もうすぐで包囲を抜けまする」

「解っとる!」

有栄の注進に乱暴に答えながら、義弘は老いた体で道を切り開き続ける。

目の前の騎馬武者の槍を下から擦り上げ、振り下ろす軌道の途中で深紅の兜の頂を強かに打つ。白目を剝いて馬から崩れ落ちた敵の行く手など気にとめず、振り下ろした穂先の先にあった徒歩《かち》の顔面を貫く。

串刺しにしたまま槍を振り上げる。この時も当然、無理矢理上げるのではなく、全身を使って持ち上げる刹那にのみ力を槍に運ぶ。

「ぬはっ」

腹からせり上がって来た呼気とともに、貫かれた徒歩が高々と上がる。穂先に付いた血を払うのと同じ要領で槍先だけを斜めに振って、足軽の骸を敵の群れに叩きつける。死んで重くなった味方を抱き留めるような暇もなく、四、五人の男たちが無様に倒れた。その上を馬で駆ける。

敵の壁が割れた。包囲を抜ける。

松尾山からなだらかに続く稜線と、南宮山の斜面が途切れた辺りに、木々を縫うようにして道が走っていた。烏頭《うとう》坂へと続いている道だ。坂を越え、牧田路を右に折れて牧田川を渡ると伊勢へと通じる。

まずは伊勢へと向かう。

「あそこじゃ」

槍先で谷間に見える道を示しながら、義弘は先頭を進む。包囲を抜けた所為で、目の前を塞ぐ敵はいなくなった。後はただひたすらに駆けるのみだ。

背後で銃声が轟く。

ぼろぼろの槍を小脇に抱えたまま、義弘は激しく上下する馬上から背後を見た。

最後尾にいる鉄砲を持った男たちが、座り込んで銃を構えている。銃口がむかう先に、義弘を逃がすまいと追って来る井伊の赤備えが迫っていた。

「惟新！　逃がしはせぬぞ！」

赤備えを率い、先頭を駆ける直政が腹から声を吐いた。

その時だ。

一歩も動かぬ覚悟の鉄砲衆が放った銃弾が、直政を貫いた。深紅の陣羽織から白煙が立ち上る。あまりの衝撃に、さすがの猛将もたまらず馬から崩れ落ちた。どうやら生きているようだが、深手を負ったことは間違いない。

赤備えの追及が鈍る。

深紅の敵が足を止めると同時に、その間から漆黒の一団が現れ、直政を仕留めた鉄砲衆を呑み込んだ。

仲間の犠牲を悲しんでいる暇はない。そんなことで足を鈍らせるくらいなら、豊久の願いなど聞かずに家康にむかって馬を走らせていた。死ぬ気ならとっくに死んでいる。

生きろ。

そう願い死んでいった豊久の想いに報いるのだ。忠勝の兵に呑まれた鉄砲衆も、同じ想いを抱いてあの場に留まったのである。

捨て奸《がまり》。

将の退却を助けるためにその場に留まり、死ぬまで戦う薩摩の戦い方である。大いなるひとつのために、数多《あまた》の小さき者たちが命を捧げる戦法だ。大一大万大吉という大いなるひとつと、大いなる万の者という将と民を同じ場所に置いて考える三成の考え方とは根本から違う。薩摩の武士にとって、己が命は島津のためにある。この場では、義弘が全軍の命であった。だからこそ、豊久もみずから望んで忠勝の槍を止めるための犠牲となったのだ。

ならば義弘はなにをすべきか。生きるのだ。それこそが義弘の務めなのである。多くの犠牲を払っても、かならず薩摩に辿り着く。

薩摩に戻ってもうひと戦……。

義弘は諦めてはいない。

「もう良い加減観念したらどうじゃ爺さまよっ！」

天を震わすほどの大音声が、鳥頭坂に入った義弘の耳朶《じだ》を打つ。

振り返る。

忠勝だ。

蜻蛉切を手挟んだ大男が、笑いながら坂を駈け登って来る。

甥の仇……。

余裕に満ちた血塗れの顔を見下ろしていると、どうしようもない殺意が体の芯を熱くさせた。すぐさま馬首をひるがえして、あの傲慢《ごうまん》な笑みを貫いてやろうかという邪な誘惑に負けそうになる。

「義弘様」

主の不穏な気配を機敏に悟った有栄が、斜め後方に従いながら言った。肩越しに忠勝をにらむ主を、馬を走らせながら見上げている。

「解っとる」

義弘の言葉にうなずいた有栄が、背後に目配せをした。

最後尾を駆けていた者たちが、またもやその場に座り込んだ。いつでも放てるように、玉の仕込みは済ませている。一列に並んだ鉄砲衆が、迫りくる忠勝にむけて一斉に発砲した。

轟雷が木々に轟く。忠勝の巨軀が黒煙に包まれた。

「ぬははっ！」

笑い声とともに煙のなかから三河武士随一の猛将が姿を現した。

だが。

死を決した島津の男たちは、その程度のことに怯みはしない。忠勝とその手勢が壁を抜けることなど予測して、二列目の捨て奸がすでに仕掛けられている。

銃撃。

一度ではなかった。

二列目の後方に、三列目が設えられている。二列目が撃った後に三列目。三列目が撃ち終わると、次弾を詰め終わった二列目が放つ。銃弾の波状攻撃にさすがの猛将も、不用意に馬を進めることが出来なくなる。その間にも、義弘は坂を登り、頂をめざす。

義弘が進んできた道程に、同朋が幾重もの壁を作っている。己を生かすため、命の壁が敵を阻む。

「許せ」

思わず口から零れ出る。

有栄を見た。

若き臣は行く末をにらみつけながら、淡々と馬を走らせている。

己のために死にゆく男たちへの想いを振り払うように、義弘もまた行く末に顔をむけた。そしてもう二度と振り返らなかった。

薩摩に戻ってもうひと戦。

「覚えとれ家康」

甥の仇は必ず取る。

「くそがぁっ！」

義弘は手にした槍を天にめがけて放った。

伊勢路へと辿り着いた義弘は、大和路から和泉国堺《いずみのくにさかい》に入った。商人、今井道与《いまいどうよ》の助けを借りて船で逃れ、摂津国住吉《せっつのくにすみよし》で大坂城から逃げてきた妻と合流を果たし、無事に薩摩に辿り着いた。

千六百の手勢のなかで、堺の街に入ったのはわずか八十人あまりであったという。

薩摩に戻った義弘は、兄に蟄居を命じられた。あくまで今回の反抗は、義弘の独断であり、己は関知していないという態度を取り続けた兄、義久の尽力によって、島津家は家康に許される。

甥の仇を取るという願いを叶えることができなかった義弘は、二度と戦に出ることはなかった。

終章　徳川内大臣家康

「某に佐和山城攻めを御命じくだされ」

そこに座しているのが当然というように泰然と床几に座る小僧の顔をにこやかに見つめながら、家康は内心穏やかではなかった。

三成に与した者共が逃げ去った関ヶ原の地で、天満山の西南に位置する藤川《ふじ》に家康は腰を据えた。藤川でもひときわ高い丘を陣所として首級を検分した後、大名たちの来訪を受けたのである。

続々と集った諸大名たちを一所に集め、皆に慰労の言葉を述べるとすぐに、小早川秀秋が佐和山城を攻める許しを求めてきたのであった。

内心では腸が煮えくり返っている。

本心を素直に行動として表せるのであれば、すぐにでも床几を蹴倒して、冷然と上座を見据えるこまっしゃくれた餓鬼の面にみずからの足の裏を押し付けてやりたかった。御主の小細工の所為で、どれだけ肝を冷やしたことか。御主がもっと早く山を降りておれば、皆の犠牲もわずかで済んだのだ。怒鳴りつけながら何度も何度も顔を蹴り、そのまま床に押し付け殺してやりたい。

「それはそれは、心強きお言葉よ」

心中の怒りを噫《おくび》にも出さず、家康は笑ってみせる。この場に集う時も、秀秋は誰よりも遅かった。いちいち動きが緩慢で腹が立つ。

「お疲れではありましょうが、小早川殿がそう申されるのであれば、いますぐにでも近江にむかっていただきたいのだが」

へりくだるようにして言った家康の言葉に、小早川秀秋が微笑を浮かべてうなずいた。

なにを笑っている……。

家康の肥えた腹の奥底に暗い物が凝《こ》り溜まってゆく。黒光りする鎧に覆われた腹を、優しく擦《さす》る。ぐずる赤子をなだめるように擦っていなければ、身悶《みもだ》えするほどの怒りで我を忘れそうになるのだ。笑みを浮かべている己のことを、褒めてやりたいほどである。

「某にも佐和山攻めを御命じいただきたいっ」

五月蠅い声を上げながら立ち上がったのは、赤座直保である。その言葉につられるようにして、我も我もと三人の男が立ち上がった。脇坂安治、朽木元綱、小川祐忠である。

腹を擦っていた手で膝を叩く。喜びの意を示すように、よりいっそう破顔してみせた。

「あれだけの激しき戦の後であるにもかかわらず、なおも佐和山を攻めんと仰せになられる皆様方の御志。この家康、なんと言って礼をすれば良いのか」

口籠って感極まる。

もちろん演技だ。

秀秋に遅れるようにして佐和山攻めを願い出た四人は、大谷勢に小早川の一万五千が襲い掛かったのを見て裏切った者たちである。要は誠意を見せつけたいのだ。はじめから自分たちは徳川に与せんとしていたのである。己たちに異心はない。それを態度で示さんとする一心で、佐和山攻めを志願したのだ。

佐和山は主無き城である。

三成はすでに戦場を脱した。戦場を逃れた大名たちの捜索は、戦勝の鬨《とき》の声を上げた後、すぐに始められている。

恐らく三成は、伊吹山《いぶきやま》の麓を通り佐和山城を目指すだろう。しかし、あの男が城に戻ったとして、なにができるというのか。もはや三成に家康に抗するだけの力はない。

誰が攻めても落とせる城なのだ。

「内府殿への忠節を示すには、一刻も早う佐和山を落とすしかあるまいて。のぉ、がははははは」

下卑た皮肉を言って笑う福島正則が、小山からともに戦ってきた長政たちを見遣った。お前たちは勝ち馬に乗った裏切り者だと、猛々しい笑い声で知らしめる。長政や忠興等も、正則の無礼をたしなめもせず笑っていた。赤座たちは良いとしても、秀秋は秀吉の縁者なのである。他家に養子に出たとはいえ、高台院の兄の子なのだ。大恩ある高台院の甥を、豊臣恩顧の急先鋒ともいえる正則があざけり笑っている。そしてそれを誰も止めようとしない。

家康も心の裡では同じ想いだ。

誰もが薄氷の上を歩む心地で今日を迎えたのである。

三成の策によって生み出された罠の網は、幾重にも家康たちを囲みこんだ。会津征伐の折には、上杉と上方の三成によって東西に敵を抱え、小山での評定の後に上方に登ると決した後は、関ヶ原の地にて三成は万全の陣形を整えた。

ひとつでも間違いが起きていれば、家康はこの場にいなかったのだ。それほど三成という男の手腕は見事であった。

もしも吉川広家が毛利勢を止められなかったなら。

もしも秀秋が敵に与していたら。

もしも輝元と秀頼が大坂城を出て、関ヶ原に赴いていたら。

考えるだけでぞっとする。

だからこそ、秀秋の行為が許せなかった。会津征伐の折から、徳川に与すると言っていたではないか。どれだけ弁明されようと、今日のあの動きは看過できない。己のおかげで勝ったのだと知らしめたい。そんな小僧の小癪な思惑のせいで、肝《きも》を冷やしたのは家康だけではないのだ。みずから調略の任を買って出た長政はもちろん、徳川に与した大名たちがいらぬ奮闘を強いられたのは、まぎれもない秀秋の焦《じ》らしのためである。

だからといって。

怒りを露わにすることはできなかった。小早川勢が山を降りたことで勝敗が決したのは間違いない。秀秋が大谷勢に襲い掛かったことで四将が裏切り、次々と敵勢が崩れていった。崩壊の連鎖は最北の石田勢にも伝わり、三成が逃亡し、家康は勝利を収めた。秀秋の功は誰の目にも明らかだ。

それでも誰ひとり釈然としていない。秀秋の裏切りのせいで自分たちが勝てたことを、素直に認めることが出来ずにいる。そんな皆の心境を、先刻の正則の皮肉交じりの言葉が如実に顕わしていた。

「内府殿」

秀秋が涼し気な顔で己を呼ぶのを、家康は笑みのまま受け止める。悪びれもせず、豊臣の縁者は嫌悪の眼差しを一身に浴びながら静かに立ち上がった。

「佐和山攻めを御許しいただけるのであらば、いますぐ出立いたしたいのだが」

「某もっ」

赤座が吠えると、他の三人がいっせいにうなずく。それを見て、正則がこれみよがしに鼻で笑う。秀秋は髭面の縁者に目もくれず、上座の家康の返答を待つ。

すでに立ち上がっているのだから、否も応もなかろうにと心中に思いながら、家康は眉尻を下げて不安を面の皮に宿す。

「激しき戦であったのだ。今宵はゆっくりと兵を休ませ、明日の朝すぐに御発ちになられても、構わぬのですぞ」

そんなことは毛ほども思っていない。一刻も早く目の前から消えろと心底から願っている。

「いや」

秀秋が明朗な声で、家康の言葉を受ける。

「三成が佐和山に戻らぬうちに攻めたい」

「あの青瓢簞の戦下手が戻ったくらいで敗けるようでは、今日出ようが明日出ようが結果は変わらぬて」

顔を伏せ、誰に言うでもなく正則がつぶやいた。

と……。

それまで上座の家康を見ていた秀秋が、大きな瞳に嫌悪の光を宿らせて、正則を見下ろした。

「聞き捨てならんぞ福島殿」

「あ」

伏せた顔をひくつかせ、正則が短い声を吐く。折れそうなほどに細い秀秋のひと回りもふた回りも大きい体を丸めながら、正則は小鼻に皺を刻みながら口許を吊り上げている。

若き小早川家の当主は、丸まった武人の背中から溢れ出る怒気に動じることなく、冷然と答える。

「三成が其方のような猪武者ならば、内府殿もこれほど苦労されずに済んだものを。奴を侮れば痛い目を見る。佐和山を攻めるならば三成が戻る前でなければならぬ」

「なんじゃと」

振り返る勢いに身を任せ、正則が腰を上げた。そうして真正面から秀秋と対峙する。立ち上がると二人の体格の差は歴然であった。秀秋の小さな頭は、正則の分厚い胸板の下あたりにある。猪武者とあざけられた正則が怒りのままに拳を振るえば、間違いなく秀秋の細い首は折れてしまう。

「誰が猪武者だ」

「武者を付けただけ有難いと思え」

「このっ」

右の拳を胸元まで掲げて、正則が肩を震わせる。

「控えぬか正則。内府殿の御前であるぞ」

長政が二人をたしなめるが、どちらもにらみ合いを止めようとしない。今にも殴りかからんとしている正則を正面に見据えながら、秀秋は恐れを微塵も感じていないようだった。

「誰のおかげで御主はいまこうして調子に乗っておられると思っておるのだ」

そこまで言った秀秋が、正則から目を逸らし上座を見た。

目が合う。

生意気なほど不遜な若者のぎらつく視線を、家康は笑みのまま受け止める。余裕を絶やさぬよう腹の底に気を溜め、床几に泰然と腰を落ち着けながらも、心中には怒りの炎が渦巻いていた。

「この金吾中納言秀秋が大谷刑部の兵どもを壊滅せしめ、宇喜多中納言の兵どもを追い立てたが故に、敵は潰走し、三成は単身戦場を離れたのである。我が松尾山を降りるまで、其方たちはなにをしておった。一進一退。いつ敵に押されるやもわからぬ状勢で、ただただ時を過ごしておっただけではないか」

不遜。

無礼。

傲慢。

なんたる放言であろうか。

武士が己の功を語るなど、厚顔無恥にも程がある。

が……。

事実だ。

「我が動いた故に、御主達は勝ちを得たのだ。この金吾中納言秀秋がおればこそ、敵を潰走させられたのだ。三成を侮ってはならぬ。あの男は小身でありながら、奸智のみで日ノ本一の大名を討つ一歩手前まで迫ったのだぞ。あの男の首を見るまでは、我等は決して気を緩めてはならぬのだ」

ただただ縁者が天下人であっただけの若僧に、歴戦の猛者が言い負かされている。

その細い体から放たれる覇気に、正面に立つ正則さえも言葉を失っていた。

ここで己まで吞まれてしまっては駄目だ。

「ほほほほ」

家康は顔をくしゃくしゃに崩しながら、冷え冷えとした場の気を緩めるように笑う。皆の目が上座にむく。剣吞な視線の群れを意識しながら、家康は最前となんら変わらぬ穏やかな声を小生意気な若僧に投げる。

「なにもかも金吾殿の申される通りぞ。其方のおかげで我等はいまこうして生きておれる。あの治部少輔めの奸智に取り込まれずに済んだ」

秀秋は口を引き結び、立ったまま上座を見据えている。

正則は振り上げた拳をどうして良いかわからぬといった様子で、腰を頼りなく上下させていた。座るか座るまいか迷っている。早く座れば良いものを。座らぬのならば目の前の生意気な小僧の頬を思いきり殴れ。殴らぬのなら座れ。心のなかでつぶやきながら、家康は滑稽な武人の姿に面白みを感じていっそう顔を破顔させた。誰も家康の真意など解るはずもない。ただひとり、上座の家康だけが悠然と笑っている。

「ただのぉ」

笑みのまま秀秋を見据える。

「其方がおらねば我等は果たして本当に負けておったのであろうかの」

「誰一人として、敵を押し切れなんだ」

「小西勢は崩れかけておったが」

家康がそう言った時、小西行長と戦った寺沢広高が、鼻の穴を大きくして激しくうなずく。現に、寺沢は小西勢を攻めたてて、秀秋が裏切る以前に敗走寸前にまで追い込んでいた。

「小西などしょせんは商人ではないか」

吐き捨てるように秀秋が言った。たしかに行長の父は堺の豪商である。もともとは宇喜多家の臣であったが、中国征伐時に秀吉の目に留まり、その臣となった。

「それを申されるのであらば、金吾殿も同じようなものであろう」

長政だった。面の皮はなんとか平静を取り繕ってはいるが、その奥で肉がひくついている。この男も怒っているのだ。家康に負けぬくらい、長政も秀秋のせいで肝を冷やしたはずである。この男もみずからの家臣を、松尾山に派遣して秀秋を見張っていたのだ。裏切るその寸前まで、沈黙する秀秋を遠くに見据えながら石田勢と戦っていたのである。今度の戦において、長政の功は大きい。長政の調略のおかげで、けっきょく毛利勢は南宮山から動かなかった。秀秋の言葉を借りれば、この戦の勝利は、長政の存在がなければ得られなかったと言っても過言ではない。しかし長政は決して己の功を誇示しない。それが、本当の武士というものである。

「父が高台院様の兄であったというだけで、御主はこの場におるのではないか。小西を商人とさげすむならば、そう言われても抗弁は出来ぬはずだが」

「たしかに我は高台院様を叔母に持っただけの男だ。其方の申す通り、生まれの運のみでここにおる。が、我はみずからの采配によって勝敗を決した。小西とは違う」

「内府殿が申されておったことを聞いておらなんだか。其方が動かねば、我等は本当に敗れておったのか」

「動かぬだけではない。我が三成に与して……」

「それより先は言わぬほうが良いのでは」

頬を紅くして言を重ねようとしていた若僧を、長政が口許を緩めて止めた。

三成に与していたら、お前たちは負けていた。そう秀秋は言おうとしたのだ。己はどちらに味方するか迷っていたと、みずからの口で白状したようなものである。途中で長政が止めはしたが、誰もが秀秋の存念を見透かしさげすみの笑みを浮かべた。

論戦は完全に長政の勝利であった。

「まぁまぁ、そう熱くならず、穏便に穏便に。のぉ」

評定が始まってから一度も崩さぬ笑みを生意気な秀吉の縁者にむけながら、家康は優しくうなずいた。所詮は若僧。少し突けばこの様《ざま》である。いまの無礼な物言いについては長政の反抗によって溜飲は下がった。だが、戦場での煮え切らぬ態度だけは、どうあっても許せるものではない。

いつか必ず……。

秀秋には報いを受けてもらう。が、ひとまずいまは先を急がねばなるまい。この若僧の言うことにも一理ある。三成を侮ってはいけない。

「先刻、金吾殿が申された通り、三成が佐和山に戻るよりも早く、城を攻めるが得策であろう。御疲れであろうが、すぐに発ってもらえまいか」

「承知いたしました」

これ以上、蔑みの渦中にいるより席を外した方が己の為だといわんばかりに、秀秋が踵を返して場を後にする。それに続くようにして赤座直保たち裏切り者の四将が席を辞した。

敗戦後、戦場を逃げ出した者は三成だけではない。宇喜多秀家、小西行長。毛利輝元を唆《そそのか》し三成に与させた張本人、安国寺恵瓊に、戦場を一文字に突っ切って逃走した島津義弘など、多くの者がいまだに捕えられていない。すでに諸大名たちは家臣たちに命じ、捜索をはじめている。幾人かはすぐに捕えられるだろう。

戦はまだ終わっていない。

すでに敵は反抗する力を失っている。南宮山を動かなかった毛利勢が、恵瓊が逃亡してもなお家康に弓引くとは思えない。会津の上杉も三成の敗北を知れば、それ以上の抵抗が無意味であることを知るだろう。

だが、それでもまだ終わっていないのだ。

三成。

家康の心の奥深くに、あの冷え冷えとした目をした男の姿が居座っている。どんと腰を据え微動だにしない。そうして、みずからの心をのぞく家康のことを堂々と見返して来るのだ。己はまだ敗れていない。生きている限り、必ずお前を追い詰める。闇の中、自信に満ちた目をした三成がそう語りかけるのだ。

これほど恐怖を覚えた敵は何時《いつ》以来か。

心を探る家康の手が三成の背後に居座る武人に触れた。

「っ……」

息を吞む。

大きな二本の角を生やした獅子の前立てと、白髪をあしらった諏訪法性兜《すわほっしょう》を着けた壮年の偉丈夫が、家康を睨んでいる。

武田信玄晴信《たけだしんげんはるのぶ》。

この男と戦った時、家康ははじめて死を覚悟した。三方ヶ原の戦にて、挑発に乗った挙句に散々に追い立てられ、影武者を買って出てくれた家臣たちを犠牲にしながらなんとか城に戻った。城門が閉まって馬から降りるまで、恐怖で糞《くそ》を漏らしていたことさえ解らないほどであった。

死ぬ。

そう思ったのは、あの時だけだ。

死ぬかもしれぬ。

今回の戦では幾度もそう思った。三成の決起を知った小山で、評定を行う前夜。味方する諸大名たちに東海道を上らせ、みずからは江戸に留まり、諸国の大名たちに必死に文を書いていた時。岡山に本陣を定め、三成を城からおびき出さんと画策している時。秀忠の遅参。関ヶ原で秀秋が動かず、戦局が硬直している最中。

幾度も幾度も、家康は死を垣間見た。本当に、一手でも致命的な悪手を打てば、たちまち形勢は三成の方へ傾いていたのである。致命的ではなくとも、悪手はいくつもあった。秀忠の遅参も、杭瀬川での敗戦も、秀秋などを当てにしたことも、三成を利する手ではあったのだ。

そのすべてを辛くも堪えきり、いまこうして勝者として関ヶ原にいる。あの男の張った細かき罠の網の目を潜り抜けて、耐えきったのだ。

だからこそ。

縄を打たれた三成を見るまでは、落ち着くことができない。

「殿」

脇から直政の声が聞こえた。眼前に居並ぶ諸大名たちとは違い、忠勝と直政は、息子の忠吉とともに家康の脇に控えている。直政と忠吉は、逃走する島津の兵が放った銃弾を受けて傷を負った。かなりの手傷でありながら、いまは寝ている場合ではないと言って、この場に座っている。

「如何なされました」

忠勝が問う。戦場に立つこと幾十度。いまだかつて正面から傷を受けたことのない猛将の問いにうながされるようにして、目の前の男たちにあらためて意識をむける。誰もが心配そうに上座の家康を見つめていた。どうやら、我を忘れていたようである。咳払いをひとつして、家康は皆に笑みを見せつけた。

「儂も年かの。昨夜から一睡もしておらぬで、眠うなったようじゃ」

直政が手傷を受けたことなど忘れているかのように、ぐいと身を乗り出した。

「某めに佐和山攻めの軍監を御命じいただけませぬか」

「玉がまだ体に入っておろう」

「御味方に万一不穏の動きあらば……」

「裏切ると申すか」

「いまだ大坂城に毛利中納言がおりまする。あり得ぬことではござりませぬ」

「わかった」

家康がうなずくと、深紅の腹心が傷の痛みをものともせずに、勢い良く立ち上がる。

「しかと目を光らせておけ」

「はっ」

大股に去って行く直政の背を眺めながら、家康は心の裡で兜の緒を締め直した。

佐和山の城は関ヶ原での戦から二日後、たった一日の戦で落ちた。けっきょく三成は現れず、城を守っていた三成の兄である正澄《まさずみ》をはじめ、父の正継《まさつぐ》、三成の妻と子らが炎のなかで果てた。

佐和山城の落城を見届けた家康は、草津《くさつ》を経て大津《おおつ》に入りここに腰を据えた。

依然として大坂城に留まる輝元を牽制するためである。戦が始まる前から家康と通じていた吉川広家を通じ、輝元には所領の安堵を約束し、大坂城から退去することを求めていた。毛利家を三成方に仕向けていた安国寺恵瓊はすでに逃走している。一門衆である広家の説得を輝元が聞き入れて大坂城から退去するのは、そう遠くないことであろうと家康は思っていた。大津に留まり、徳川に与した諸将もまた周辺に展開したまま、大坂の輝元への圧力をかけている。

すでに小西行長と増田長盛は捕えていた。三成探索を命じた田中吉政も、昼夜を分かたず伊吹山を駆けずり回っている。

もう恐らく大きな戦は起こらない……。

家康は大津にて吉報を待つ。

陣所に定めた大津城は、京極高次の城だ。家康は上杉征伐のため会津へと下向する折、この地で高次と会っている。もし上方で変事があらば、敵をこの地に引き付け時を稼いで欲しい。そう頼んだ。高次は見事にその願いを聞き届けた。三成の挙兵後、大津城は毛利元康《もとやす》率いる一万五千に攻められたが、高次は強硬に城を守った。高次が城を敵に明け渡したのは、関ヶ原での決戦の前日のことである。

「殿」

大津城内の本丸屋敷にあてがわれた居室にて、ぼんやりと庭の湖面に浮かぶ水鳥を眺めていた家康の背を聞き慣れた声が打った。

本多正純だ。彼の父である本多正信は、家康の長年の謀の友である。今回の戦では、正純が家康に従い、正信は秀忠とともに中山道を上って来る手筈になっていた。

「会わん」

それだけを言って正純を遠ざける。来訪の理由は聞かずとも知れているのだ。昨日からすでに幾度となく、正純は執拗にひとつのことだけを願い出ている。

秀忠と会ってくれ。

真田昌幸に翻弄され、関ヶ原での戦に間に合わなかった息子が、昨日草津に到着した。秀忠はその足で、大津の家康を訪ねたのである。報せを受けた家康は門前払いで息子を遠ざけた。

これにはさすがに徳川譜代の臣たちが焦った。忠勝をはじめ、佐和山での戦を終えて傷の養生をしていた直政に、秀忠の遅参は己が父、正信の不明のためであると言う正純などが、代わる代わる説得のために現れた。そのことごとくを、家康は追い払った。

あの小生意気な小早川の小僧と同等に、秀忠へは怒り心頭であった。真田など相手にせず、一刻も早く中山道を上ってくれれば、戦に間に合ったのだ。秀忠の率いていた兵は三万七千にものぼる。これはすべて徳川の兵だ。それだけの数の軍勢が関ヶ原に到達していれば、小早川の小倅など当てにせずに勝てていたのだ。

昌幸と三成の間に密約があったのは間違いない。二人の謀に、息子はまんまとはめられたのである。

三成……。

奴の罠に搦め取られた息子が気に喰わない。

「違いまする」

正純が父に似た平坦な声で言ったのを聞いて、寝転がったまま、庭に向けていた目を室内に移した。平伏した若き智謀の臣が、上目遣いで言葉を重ねる。

「ただいま、田中兵部大輔殿からの報せが参り、三成めを捕えたとのことにござりまする」

「やったか吉政っ！」

膝を叩いて立ち上がり、庭に背を向けた。これほどの喜色を露わにしたのは、何年振りであろうかと冷徹に思いながらも、家康は心底からの笑いを隠せずにいる。

「伊吹山に潜んでおったとのことにござりまする」

「そうか、捕えたか三成を」

これで終わる。

勝利という二文字が、脳裏で明確に像を結ぶ。あの男さえ捕えてしまえば、大坂の輝元など取るに足りぬ。広家に任せておけば、おのずと頭を垂れて来るだろう。なにがあろうと家康に頭を垂れぬ者はただひとり、石田治部少輔三成以外にいない。

「縄を打ち、大津へと護送してまいるとのことにござりまする」

待ち遠しい。

いったい三成はどんな顔をしているのか。一世一代の謀略の末に、日ノ本全土に罠を張り、家康を死地に追い込んだ。幾度もその首に刃を突き付けながらも一歩及ばず、科人《とがにん》として縄目にかかった。その苦衷《くちゅう》はいかばかりか。

「つきましては」

立ったまま両の拳を握りしめ、歓喜に震える主へ、正純が平伏したまま言った。

「中納言様を許していただけませぬで……」

「ならん」

正純の言葉を断ち切る。

「しかし、殿が中納言様との面会を拒んだことが、すでに諸将の間で噂になっておりまする。この大事な時に御二人の不和が取り沙汰されるこ……」

「正純」

ふたたび断ち切ってから、若き謀臣を見下ろす。

「奴が嫡男であるかどうかは儂の胸三寸ぞ」

「そ、そは」

忠吉は勇敢に戦に臨み、戦傷を受けている。かたや秀忠は、功を焦って真田を突き、大事な戦に遅れた。

どちらが徳川家の惣領として相応しいのか。

「とにかく許すつもりはない。下がれ」

強硬な主の態度に、正純はそれ以上の抗弁を諦め、去った。

夜になって榊原康政が訪れた。

康政は直政、忠勝とともに徳川四天王と呼ばれている忠臣だ。もう一人の四天王である酒井忠次は目を患い、すでに息子に家督を譲っている。

今回の戦で康政は、秀忠に従っていた。正純の父である正信とともに、秀忠を監督する立場にあったといえる。

直政と忠勝にも引けを取らぬ頑強な面構えをした武人は、遅参したことを悔やみもせぬ堂々とした面構えのまま、家康の前に座っていた。

「戦場では余所人を出し抜くこともござりましょう。が、子を出し抜き、そのうえ御勘当などと申されては、中納言様も立つ瀬がござりませぬ」

「儂が秀忠を出し抜いたと申すか」

深く重い声で言い放つ。長年の付き合いである。家康が怒っていることを、康政はすでにわかっている。いや、わざと家康を怒らせるような物言いをしているのだ。

乗ってやろうではないか。

家康は忠臣を睨み付け、その抵抗を待つ。

「殿が江戸を御出立になられたのは九月一日のことと存じまする。なればその前日に御報せいただければ良いものを。中納言様が報せを受けたのは九日にございまする。それから昼夜を分かたず山道を駆けて参りましたが、木曾川が荒れており足止めを喰らい、やっとのことで大津まで辿り着き申した」

「儂は前日に使者を出したぞ。二日か三日には信州に届いたはずじゃ」

「いいや、中納言様が殿の出立を知ったのは九日のことにござりまする。その時の使者は何処にありや。問うてみれば解りましょうぞ」

康政はいっこうに退かない。家康も引くに引けなくなった。

「あの時、使いに出た者は何処におる」

二人の背後で聞いていた正純が、膝を滑らせてわずかに前に出た。

「幸い、いまこの場に呼んでおりまする」

「御主は」

家康の声を耳にしながら、正純はかすかに口角を吊り上げた。いつかこうなることを予見して、あらかじめ呼び寄せていたのである。

「呼べ」

命じるとすぐに、秀忠の元へ使いに出たという男が現れた。恐れ多いとばかりに額を床につけるようにして頭を垂れる男に、上座から問う。

「其方が中納言に儂の出立を伝えたのは何日のことじゃ」

「ど、道中、川の大水で足止めを受け、参着いたしましたのは九日のことにございまする」

「間違いはないのだな」

「ま、間違いありませぬ」

額が床に埋まるのではないかというほどに、男が深々と頭を下げる。その言葉を聞き届けてから、康政が胸を張って声を放つ。

「この者にも落ち度がござりました。しかし、この者も中納言様も大水には為す術もござりませぬ。この程度の調べもなされずに、中納言様の落ち度のみを御責めになり、勘当を申し付けられる御積りでしょうや」

「わかった、わかった」

たとえ主の前であろうとも、己の信じた理非は曲げない。そういう気骨のある男たちが、主の為ならば命を惜しまぬと思い定め、徳川家のために働いてくれるからこそ、家康はこうして上座に座っていられるのだ。

笑みがこぼれる。

「儂の敗けじゃ」

「ならば」

「明日連れて来い」

「中納言様も御悦びになられましょう」

康政の屈託のない笑みに、愚息の人望の一端を垣間見たような気がして、家康はまんざらでもない心地になった。


「まことに申し訳ございませぬっ！」

涙声で叫んだ秀忠が、広間中に響き渡るほどの音を響かせながら額で床を叩いた。

「大丈夫か」

思わず問うてしまった。それほど強烈な一撃であった。床が割れたのではないかと心配になる。父である家康以上に、左右に控えていた直政や忠勝たちが、頭を下げ続ける秀忠をおもんぱかっていた。家臣の長老である正信などは、腰を浮かせて駆け寄りそうになっている。

「お、御父上の、め、命に従わず、み、みだりに上田城を、せ、攻めたばかりに、だ、大事な戦に遅参するという、だ、大失態を演じましたこと、ま、まことに、まことに、ぐ、ぐふっ……」

額を床にめり込ませたまま泣いている。

「兄上」

脇で見ている忠吉までもが涙ぐんでいる。この二人は同腹の兄弟であるため、他の息子たちよりも絆が強い。もし、家康が秀忠を廃嫡して忠吉をその座に置こうとしても、忠吉が頑として聞き入れないだろう。下手をすると、兄とともに父に背くなどという暴挙にすら出かねない。

次男の秀康は、一度秀吉の養子として家を出しているし、いまは結城家の惣領である。もはや秀康は徳川家の者ではないのだ。今回も上杉への備えとして会津に留め置いている。

つまり。

目の前で泣き崩れる三男が、家康の跡を継ぐのに最も適していることは間違いないのだ。

「まことに、まことに……」

うわごとのように繰り返しながら、秀忠は泣きじゃくる。その姿を見守る荒武者たちが、今にも泣き出しそうになっていた。忠勝などはすでにぼろぼろと涙を流し、鼻を啜っている。

武士としては情けない。頼りなさ過ぎる。が、家康はまだ死ぬつもりはない。これから先も徳川の家を守り立てていくつもりだ。この情けない息子が天下の政を決する時には、戦無き世が訪れているはず。家康が一生を費やし、そうすれば良いだけのこと。戦無き世ならば、この情けない男にも天下の柁《かじ》は取れるはず。情けないが故に、むくつけき男たちが手を差し伸べる。己とは違ったやり方で、この男なりの天下を描けるのではないか。

「まことに……」

「秀忠」

じめついた場の気配を振り払うように、家康はことさらに明るい口調で息子の名を呼んだ。そして胸を張り、満面に笑みを湛えながら、息子が顔を上げるのを待つ。

鼻水と涙で顔をぐしゃぐしゃに濡らしたまま、秀忠が上座を見た。己に似て丸い顔をした息子は、くりくりとした目を紅く染めながら、笑う父を見て己も一生懸命笑ってみせた。

「なんじゃその顔は。お化けでも見たような面じゃ。儂は死んでおらぬぞ。まぁ、御主の遅参のおかげで死にかけたがな」

「ま、まことに」

「もう頭を下げるな」

強張った笑みがまたもや泣き顔になろうとするのを止める。

「御主には戦働きは期待せぬことにした」

家康の言葉に家臣たちも騒然となる。が、一番動揺したのは、息子であった。

「泣くな」

頭を下げることを禁じられた秀忠が、上座を見つめたまま目を細めて苦い物でも食ったような顔になったのを、笑みのまましなめる。肩を小さく震わせた息子は、唇を必死にすぼめながら嗚咽《おえつ》を耐えていた。その様があまりにも滑稽で、家康は思わず声を上げて笑う。だが家臣たちの顔はいっこうに和らがない。先刻の主の言葉に不穏な気配を感じているから、気を抜くことが出来ずにいる。

「戦は儂がやる」

「え」

「これより先、徳川家は忙しゅうなる。もはやただの大名家ではない。豊臣に代わって天下を差配することとなろう」

ここに集っているのは気の置けない者ばかり。いまさら建前にこだわる必要もない。三成は捕えた。天下を二分した戦の勝利はもう目前に迫っている。次代の覇権を争う戦に勝つのだ。

天下の差配は家康に委ねられたのである。

「御主は政のことだけに心を砕いておればよい。徳川家の政ではない。天下の政じゃ。良いな秀忠。敵は儂が退ける。御主は政道を行け」

息子は劫働きが悪いわけではなかった。生来の臆病さの所為で、生き死にが交錯する戦場が苦手なだけなのである。徳川家の嫡男として、父のように勇猛に戦わんと必死に努めてはいるが、本性はいかんともしがたい。

「御主の代には、戦無き世になっておる。心配するな秀忠。御主は徳川家の嫡男ぞ」

「ははぁっ！」

「兄上」

堪え切れぬといった様子で忠吉が膝を滑らせ、泣き崩れる兄に寄り添い、震える背に触れた。そんな二人を見て、忠勝以外の者たちの目にも涙が浮かぶ。

徳川は安泰だ。

天下を喰らう器として申し分無き者たちが集っている。

「輝元が城を出ておらぬ。まだ終わった訳ではないぞ」

皆を引き締める家康の目が潤んでいるのを、家臣たちは見て見ぬふりをした。


静寂のなか、部屋の隅に置かれた灯火が揺れる。

家康が見据える青ざめた顔が、照らされた火の揺らぎで怪しい影を帯びていた。面の皮が凍り付いているかのように眉すら動かぬというのに、揺れる影の所為で男の顔が耐えず蠢いているように見える。

静かに端坐している男の総身に、縄が幾重にも巻かれている。ひとりでは立ち上がることすらままならぬ男は、下手に座らされる時も甲冑姿の男たちが左右から押さえつけるようにしてその場に置いた。その間も男は、苦悶の表情を浮かべるでもなく、ただ淡々とされるがままになっていた。縄目にかけられていることすら忘れているのか、平然とした顔色で上座の家康を正面から見据えている。

「久方振りじゃな治部少輔殿」

家康は男の官職を呼んだ。戦に敗れ縄目を受ける身となった男に、官職などなんの意味もない。が、いまだ朝廷から罷免の宣下があった訳でもないから、建前上はまだこの男は治部少輔なのだ。

家康は勝者である。

大仰に三成と呼んでも良いのだが、眼前に座る男の堂々とした居ずまいを目の当たりにすると、それなりの対応をせねばという気になってくる。

大津城の本丸屋敷にあてがわれている居室であった。いま三成が座っているあたりで、数刻前は秀忠が泣きじゃくっていた。

二人きりである。

正信や忠勝も遠ざけていた。

「ずいぶんと御苦労をなされたようじゃな」

縄目にかけられた三成の身形は、どこで着替えたのか、ぼろぼろの筒袖《つつそで》の衣に、括《くく》り袴《ばかま》と脛巾《はばき》という民の物であった。いつも綺麗に整えられていた顎には無精髭《ぶしょうひげ》がびっしりと生えている。関ヶ原から逃走して八日。産毛と呼ぶにはしっかりし過ぎている毛が、本来尖っているはずの三成の顎をわずかに丸みを帯びたものに見せていた。

家康が投げかける穏やかな言葉にも、髭に覆われた薄い唇を動かす気配はない。部屋に連れて来られた時とまったく変わらぬ冷淡な顔つきで、家康を眺めている。睨んでいるわけではない。許しを乞うような卑屈さもない。ただ目の前にいる者に視線を定めているだけといった様子である。

「一世一代の大戦に敗れ、心が砕けてしまわれたか」

「見縊《みくび》るな」

「やっと声が聞けましたな」

家康が返すと、三成はこれみよがしに溜息を吐いた。しばらく忘れていたこの男の不遜さを久方振りに思い出し、何故だか家康は嬉しくなる。

「なにが可笑しい」

「笑っておりましたかな」

「そういう慇懃な物言いが、昔から嫌いであった」

「戦に敗れたとはいえ、治部少輔殿は佐和山十九万四千石の大名であらせられる」

「もはや城は無い。縁者も御主に殺された。我はもう佐和山の領主ではない。ただの敗者だ」

怒りも恐れもない。ただ淡々と三成は語る。これから己に待ち受ける定めに臆しているような様子もない。

「縄目を解け」

「それは出来ぬ」

家康が慇懃な物言いを止めたことに、三成が右の眉尻をちいさく震わせた。が、それも束の間。人形のごとき顔つきに戻る。

「どうせ部屋の外を囲ませておるのであろう。我には得物などない。なにもできぬ。縄が食い込んで苦しゅうてならぬ故、縄目を解けと言うておる」

「それは出来ぬと申したであろう」

「解け」

「御主はまだ儂を殺すことを諦めておらぬ。それ故、縄は解けぬ」

「我は本多佐渡のような猛者ではない。得物も持たずになにができよう」

「歯があろう。爪があろう。手も足も失うておらぬ」

揺らめく灯火に照らされた三成の瞳の奥に邪《よこしま》な光が宿ったのを、家康は見逃さなかった。

「御主はまだ儂を殺すのを諦めておらぬ。そうであろう」

先刻あれほど饒舌《じょうぜつ》に語った三成が口をつぐんだ。

「図星であろう」

答えない。

細波《さざなみ》ひとつ立っていなかったであろう三成の心を殺意の闇が包みはじめたのを家康は老いた肌に感じる。どす暗い邪念が三成の細い体から染み出し、上座を目指して床を這ってくる。両手で振り払いたい衝動を堪えながら、家康は笑みを絶やさず、三成を見据える弓形に歪んだ目の奥に覇気を絡める。

氷柱《つらら》の如き殺気を浴びながら家康は思う。なにがここまで、この男を突き動かすのであろうか。大恩ある豊臣家を守るという大前提はある。が、果たしてそれだけの想いのみで、ここまでの邪気を身中に養えるものだろうか。三成が事を起こしたのは、私怨のためではないのだ。己のためでもないものに、みずからを滅してここまで執念を燃やせるものなのだろうか。

それを問うために、家康は大津に運ばれて来たばかりの三成を呼んだのである。

「何故、そこまで儂を殺したがる」

核心を突く。三成は縄目にかけられた総身から殺気を溢れさせながら、家康を見据え続ける。

「答えよ三成」

「その物言いのほうが、御主には似合っておるぞ」

笑った。

家康が勝者で三成は敗者である。なのに下座にある三成の目には、明らかな蔑みの色があった。上座の家康をまるで盗人を見るかのような目つきで眺めている。

「儂を殺す。そのためだけに御主は日ノ本全土の大名を己が策の渦に取り込みおった。そうまでして御主はいったいなにがしたかったのだ。豊臣家を守るためなどという綺麗事で言い逃れるのは許さぬぞ」

「豊臣家大事。それだけじゃ」

「殺されたいのか」

「どうせ御主は我を殺す。殺さねばこの戦は終わらぬ。そうであろう」

すでに三成は己の死を覚悟しているのだ。どれだけ威《おど》そうと、どこ吹く風である。家康は己が怒りに我を失いはじめていることに気付いていない。気付かぬうちに腰を浮かして、下座へと乗り出している。

「申せ三成。御主は何故、儂を殺したいと思うたのじゃ。儂を殺せば死んでも良い。そう思うておるのであろう。そうであろう三成。何故じゃ。答えよ」

「太閤殿下の御遺言じゃ」

「なんだと」

「家康を殺せ。それが太閤殿下の最期の御言葉であった。我以外に聞いた者はおらぬ。我のみに与えられた遺言だ」

「そ、そんなもののために、御主は儂を殺そうとしたのか」

「御主にとってはそんなものかもしれぬが、我にとってはみずからの命よりも重き言葉である」

「秀吉は死んだ。もうこの世にはおらぬ。そんな男のために、死のうとしたのか」

三成が声を出して笑った。上座にむけられた蔑みの視線に哀れみが宿る。

「我は死のうとしたのではない。御主を殺そうとしただけだ。見縊るなよ家康。我は御主に敗けるつもりはなかった」

「じゃが、御主は敗けた。死した者の言葉に操られ、みずからの命を捨てたのだ」

「この世におられぬからこそ、己が命よりも重き言葉なのだ。どれだけ隠忍自重という皮をかぶって取り繕うておっても、こういう時に性根が出るな。御主が心底から案じておるのは、御主の身だけだ。そういう御主だからこそ、我は命に代えて殺さねばならぬと思うたのだ。たしかにきっかけは太閤殿下の御遺言であった。だが、殿下亡き後の御主の傍若無人な遣り様を見ておって、やはりこの男は殺さねばならぬと思うた。殿下の御遺言はいつしか、我の宿願となった」

「豊臣家には天下の差配は務まらぬ」

「馬脚を現したな家康。結局御主の性根には常にその想いがあったのだ。どれだけ豊臣家大事と言って皆を唆そうと……」

言った三成の無精髭に覆われた顎先が、家康の肉に覆われた腹を指した。

「その膨れた腹のなかには、天下を盗まんとする野心が満ち満ちておるのだ」

「秀吉だって信長公亡き後、織田家より天下を奪ったではないか。今度は儂の番ぞ。天下を治めるに足る力を持つ者が、天下の大権を握る。それは世の理ぞ」

「そうやって御主は、日ノ本の大名たちを争いに巻き込み、多くの血を流させた」

「それは御主の罪であろうっ！」

　思わず叫んでいた。主の激昂にも家臣たちは姿を現さない。三成は部屋を囲んでいると言っていたが、本当は家康が背にしている壁の裏に忠勝が隠れている。一人だ。息を潜ませ、二人のやり取りに耳を澄ましている。

「儂を殺すという御主の業《ごう》が、多くの血を流させたのじゃ」

「それを言い争うても詮無きことであろう」

　どれだけ家康が叫んでみても、三成は眉ひとつ動かさない。薄ら笑いを浮かべたまま、上座で怒りに震える家康を見据えている。

「双方に言い分があり、互いの正義がある。どれだけ言葉を弄してみても、我は御主を認めるつもりはない。御主は天下の大盗人じゃ。それはなにがあっても譲らぬ」

「儂は絶対に御主を許さぬ」

「それで良い。我を許さぬから殺す。それで良いではないか。我は戦に敗れた。が、最期のひと時まで、御主を殺すことを諦めはせぬ。御主は我の首が飛ぶその時まで、努々《ゆめゆめ》気を緩めるな」

「その姿で良う申した」

勝った。

己は勝ったのだ。

家康は心中でみずからに言い聞かせる。

二人でなど会うべきではなかった。諸大名たちを集め、その場で貶《おとし》めるべきだったのである。

「ひとつだけ」

三成が目を伏せた。それまでの強気な物言いが鳴りを潜めている。

「ひとつだけ頼みがある。御主が豊臣家から大権を盗もうとしているのは解っておる。だが、秀頼様だけは生かしてくれまいか。虫の良い願いであるのはわかっておる。どのような形でも良い。豊臣家を滅ぼすことだけは……」

そこまで言って三成が上座から顔を背けた。

耐えている。

「御主がどう思おうと、儂は豊臣朝臣ぞ」

家康の言葉にも、三成は顔を背けたまま動かない。

頃合いか。

家康は立ち上がる。

顔を背け続ける三成は、上座に目をむけようともしない。

「さらばじゃ」

見下し言葉を投げる。

「さらばだ」

涼やかな声を背に、家康は部屋を後にした。

石田三成は都に運ばれ、安国寺恵瓊、小西行長とともに首を刎ねられた。それより以前に毛利輝元は大坂城を辞し、家康への服従を誓った。己に与した大名たちとともに大坂に入った家康は、西の丸に入り敗者となった大名たちの領地を召し上げ、己に与した者たちに与える。

多くの大名たちが取り潰されるなか、毛利、上杉の両家は多くの領地を召し上げられながらも取り潰しだけは免れた。家康に逆らい旧領を安堵されたのは唯一、薩摩の島津家のみであった。

井伊直政は薩摩の兵に撃たれた傷が元で、関ヶ原での戦の二年後に死す。小早川秀秋もまた、後嗣無きまま同じ年に病に倒れる。秀秋の死により、明治になって毛利家によって再興されるまで小早川家は途絶えることとなる。

関ヶ原で家康たちが戦っている最中、九州にて黒田長政の父、如水とともに西軍諸将と激闘を繰り広げていた加藤清正は、小西行長の旧領と元々の己が領地を合わせた肥後一国を与えられた。しかし、関ヶ原から十一年後、秀頼と家康の面会の立会人を務めた後、病を得て死ぬ。その後、息子がその跡を継いだが加藤家は改易処分となる。

清正の盟友、福島正則も関ヶ原の戦功によって安芸国広島四十九万八千石を与えられるが、無断に城を補修したという罪を問われ改易。福島家はその後、取り潰しとなる。

西軍として関ヶ原に参加した宇喜多秀家は、戦場を逃れた後、島津を頼った。宇喜多家は改易処分となりながらも、秀家は三年もの間、島津家に匿《かくま》われる。その後、家康に身柄を引き渡されたのだが、死罪を免れ遠島。八丈島《はちじょうじま》に流された。この地で秀家は天寿を全うする。

享年八十四。

関ヶ原に加わった者のなかで誰よりも生きた。

天下を二分した関ヶ原の戦いは、日本全土の武士の命運を左右した末に家康を勝者に導いた。関ヶ原の三年後、家康は征夷大将軍となり徳川幕府を開く。

天下は徳川家の下に定まった。

だが……。

戦国の世はまだ終焉《しゅうえん》を迎えたわけではない。三成の今生の願いを反故にする戦、戦国の世の終焉を告げる戦の開戦は、秀吉が最期まで愛した息子の成長を待たねばならなかった。

○主な参考文献

『関ヶ原の役　日本の戦史』旧参謀本部編纂　徳間書店刊
『日本の歴史15　織豊政権と江戸幕府』池上裕子著　講談社学術文庫刊
『関ヶ原合戦全史』渡邊大門著　草思社刊
『新解釈　関ヶ原合戦の真実　脚色された天下分け目の戦い』白峰旬著　宮帯出版社刊
『敗者の日本史12　関ヶ原合戦と石田三成』矢部健太郎著　吉川弘文館刊
『関ヶ原の戦い　勝者の研究　敗者の研究』小和田哲男著　三笠書房刊
『秀吉と家康　関ヶ原と戦国武将の興亡』小和田哲男監修　主婦と生活社刊

本書は文庫書下ろし作品です。

|著者|矢野 隆　1976年福岡県生まれ。2008年『蛇衆』で第21回小説すばる新人賞を受賞。その後、『無頼無頼《ぶらぶら》ッ！』『兇』『勝負《ガチ》！』など、ニューウェーブ時代小説と呼ばれる作品を手がける。また、『戦国BASARA3　伊達政宗の章』『NARUTO－ナルト－シカマル新伝』といった、ゲームやコミックのノベライズ作品も執筆して注目される。2021年から始まった「戦百景」シリーズ（本書を含む）は、第4回細谷正充賞を受賞するなど高い評価を得ている。他の著書に『清正を破った男』『生きる故』『我が名は秀秋』『戦始末』『鬼神』『山よ奔《はし》れ』『大ぼら吹きの城』『朝嵐《あさあらし》』『至誠の残滓《ざんし》』『源匣記《げんこうき》 獲生伝《かくしようでん》』『とんちき 耕書堂青春譜』『さみだれ』『戦神《いくさがみ》の裔《すえ》』などがある。

戦百景《いくさひやつけい》　関《せき》ヶ原《はら》の戦《たたか》い

矢《や》野《の》 隆《たかし》

2022年２月15日第１刷発行

発行者――鈴木章一
発行所――株式会社　講談社
東京都文京区音羽2-12-21　〒112-8001
電話 出版（03）5395-3510
販売（03）5395-5817
業務（03）5395-3615

Printed in Japan

講談社文庫
定価はカバーに
表示してあります

KODANSHA

デザイン―菊地信義
本文データ制作―講談社デジタル製作
印刷―――豊国印刷株式会社
製本―――株式会社国宝社

ISBN978-4-06-526947-3

講談社文庫刊行の辞

二十一世紀の到来を目睫に望みながら、われわれはいま、人類史上かつて例を見ない巨大な転換期をむかえようとしている。

世界も、日本も、激動の予兆に対する期待とおののきを内に蔵して、未知の時代に歩み入ろうとしている。このときにあたり、創業の人野間清治の「ナショナル・エデュケイター」への志を現代に甦らせようと意図して、われわれはここに古今の文芸作品はいうまでもなく、ひろく人文・社会・自然の諸科学から東西の名著を網羅する、新しい綜合文庫の発刊を決意した。

激動の転換期はまた断絶の時代である。われわれは戦後二十五年間の出版文化のありかたへの深い反省をこめて、この断絶の時代にあえて人間的な持続を求めようとする。いたずらに浮薄な商業主義のあだ花を追い求めることなく、長期にわたって良書に生命をあたえようとつとめるところにしか、今後の出版文化の真の繁栄はあり得ないと信じるからである。

同時にわれわれはこの綜合文庫の刊行を通じて、人文・社会・自然の諸科学が、結局人間の学にほかならないことを立証しようと願っている。かつて知識とは、「汝自身を知る」ことにつきていた。現代社会の瑣末な情報の氾濫のなかから、力強い知識の源泉を掘り起し、技術文明のただなかに、生きた人間の姿を復活させること。それこそわれわれの切なる希求である。

われわれは権威に盲従せず、俗流に媚びることなく、渾然一体となって日本の「草の根」をかたちづくる若く新しい世代の人々に、心をこめてこの新しい綜合文庫をおくり届けたい。それは知識の泉であるとともに感受性のふるさとであり、もっとも有機的に組織され、社会に開かれた万人のための大学をめざしている。大方の支援と協力を衷心より切望してやまない。

一九七一年七月

野間省一